CW01499318

Daniel Glattauer

DIE
SPÜRST
DU
NICHT

Roman

Paul Zsolnay Verlag

1. Auflage 2023

ISBN 978-3-552-07333-3
© 2023 Paul Zsolnay Verlag Ges.m.b.H., Wien
Satz: Nele Steinborn, Wien
Autorenfoto: © Leonhard Hilzensauer/Paul Zsolnay Verlag
Umschlag: Anzinger und Rasp, München
Motiv: © Lisk Feng
Druck und Bindung: CPI books GmbH, Leck
Printed in Germany

MIX
Papier | Fördert
gute Waldnutzung
FSC® C083411

DIE
SPÜRST
DU
NICHT

KAPITEL EINS

Die ersten Bilder

Wir sehen einen gedeckten Terrassentisch, überdacht mit einer vanillefarbenen Plane, flankiert von Steinmauern eines Landhauses im warmen ockergelben Licht. Weiter hinten schlängelt sich die dunkelgrüne Zierleiste einer Platanenallee durch die luftflimmernde Landschaft. Vorne rechts eine kleine Irritation – ein winziger kosmetischer Eingriff in die Natur, ein scharf ins Auge stechendes azurblaues Rechteck, ein Swimmingpool. Dahinter erheben sich die sanften Hügel mit den von der Sommerhitze schon blassgrün gefärbten Weinzeilen und dem matten Hellbraun der Erde. Zur Linken hat man freie Sicht bis zum Horizont. Da schmiegen sich lebensdurstiger Himmel und abenteuerhungriges Meer in üppigen blauen Streifen aneinander. Das schafft kein Werbesujet. Das ist die Toskana in aller Echtheit. Und in Echtzeit.

Auf der Terrasse

Jetzt lernen wir die Urlaubsgäste kennen, zuerst die vier Kinder. An der Böschung spielen Lotte und Benjamin, beide neun Jahre alt. Lotte ist die Kleine der Strobl-Marineks und gibt den Ton an, nicht nur bei Benjamin, sondern in der gesamten Gruppe. Wenn sich Lotte wohl fühlt, kann es ein großartiger Urlaub werden. Nur dann.

Benjamin ist der Sohn der Binders und gilt als pflegeleicht. Sein Gemüt verrät einem nicht, ob er sich alles gefallen lässt oder ob ihm tatsächlich alles gefällt. Er zeigt niemals Präferenzen, will keine Entscheidungen treffen und nimmt die Dinge, wie sie kommen, wie sie gehen und wie sie sind, wenn sie eine Weile bleiben. Das gilt auch für Menschen, und allen Menschen voran für Lotte. Die beiden Kinder haben einander gesucht und gefunden. Lotte hatte gesucht, Benjamin wurde gefunden.

Sophie Luise hockt auf einer Steinbank und surft. Sie ist vierzehn Jahre alt, also volljährig, glaubt sie. Die Große der Strobl-Marineks lebt bereits in ihrer eigenen Erwachsenenwelt, die nichts damit zu tun hat, was ihr die Familie ständig vor Augen führen will. Jedes Drumherum verschwindet für sie, wenn es ein Drinnen gibt – drinnen im Netz. Sophie Luises Einsichten sind allesamt höchstens dreißig Zentimeter von ihrem jeweiligen Betrachtungspunkt entfernt, ihre Wirklichkeit spiegelt sich global im Display ihres Smartphones wider. Aber sie hält sich wacker gegenüber ihren Eltern und den zahlreichen Vertretern der alten Schule, die nur erleben, was sich riechen, schmecken und angreifen lässt, und die behaupten, das Hier und Jetzt wäre immer nur dort, wo sie sich gerade räumlich befinden.

Sophie Luise unterscheidet sich auf angenehme Weise von gut achtzig Prozent aller Gleichaltrigen – sie trotzt und revoltiert nicht. Nein, sie lächelt sich, zugegeben, ein wenig spöttisch, durch ihre Pubertät. Und sie verfolgt selbst in schmerzlichen Trennungsphasen vom Internet, im qualvollen Offline-Dasein, in der sogenannten physischen Geselligkeit ihrer Familie und Freunde, eine Art pädagogische Mission. Sie will ihrer Umwelt zeigen, was im Leben zählt und wie man alles besser machen könnte. (Wir lernen bald ihren Vater kennen.)

Da kommt ihr das zarte dunkelhäutige Mädchen, das neben ihr kauert und ihr schüchtern über die Schulter schaut, wie gerufen. Aayana ist ein Flüchtlingskind aus Mogadischu.

Vor vier Jahren, als Aayana zehn war, floh die somalische Familie aus einem Lager in Äthiopien durch die Wüste nach Libyen, wurde ein halbes Jahr später auf die italienische Insel Lampedusa geschleppt und gelangte schließlich nach Österreich, wo alle vier nach vergleichsweise kurzer Zeit Asyl bekamen, ihre Eltern, ihr zwei Jahre älterer Bruder Abdulaziz und Aayana selbst.

Aayana hat gelernt, in sich hineinzukriechen und sich zu verstecken. Sie kommt sich offensichtlich verloren vor. Diesen Eindruck erweckt sie zumindest bei allen anderen, egal wo sie sich gerade befindet. Hier in der Toskana, mitten im Paradies der wohlsituierten Individualtouristen mit westlichem Kultur- und Genussanspruch, wirkt sie besonders deplatziert. Man fragt sich unweigerlich, wie um alles in der Welt es sie hierher verschlagen konnte.

Nun, sie war sozusagen Sophie Luises Reise-Bedingung. Ohne Aayana, ihre nachholbedürftige Schulfreundin, wäre die Große gar nicht mitgefahren. Und es war ein wahres Husarenstück der Strobl-Marineks, das somalische Flüchtlingskind mit auf die Reise zu nehmen, Aayana aus der muslimischen Zwangsjacke ihrer Familie zu schälen, vorübergehend vom Kopftuch zu befreien und in eine Geländelimousine zu setzen, die sie in echte europäische Sommerferien der gehobenen Klasse bringen würde.

Sophie Luise hat nun jedenfalls ihren Urlaubsauftrag. Sie will ihrer Freundin das Schöne am Guten der westlichen Welt zeigen und sie etwas vom Leben der Privilegierten lehren, das sie selbst freilich für das ganz normale Leben hält. Deshalb sind beide hier. Und die Erwachsenen können aufatmen und davon ausgehen, dass nun wohl alle vier Kinder eine Juliwoche lang sinnvoll miteinander beschäftigt sein werden.

Die beiden Elternpaare sitzen am Terrassentisch und unterhalten sich angeregt. Wir erleben sie im möglicherweise allerschönsten Augenblick des gesamten Urlaubs, nach dem rituellen Einstands-Prosecco, selbstverständlich auf nüchternen Magen, damit er besser einfahren konnte. Die Vorfreude auf ein erstes gemeinsames toskanisches Essen ist allen anzumerken.

Engelbert Binder, ein kleiner stämmiger Mann Mitte vierzig, ist der gesellige Mittelpunkt dieser und beinahe jeder Gruppe. Er tritt bodenständig auf und versprüht Herzlichkeit und Lebensfreude. Sein Lachen ist unabhängig vom durchwachsenen Spaßfaktor ansteckend und wird immer erst gegen Ende zu laut und polternd, wenn ohnehin bereits alle abgefüllt sind und schlafen gehen wollen. Er nicht, niemals.

An der Art, wie sich Engelberts Hand in die mit Oliven gefüllte Schüssel auf dem Tisch gräbt, gleich der Schaufel eines Baggers, erkennt man das Grobschlächtige an seinem Wesen. Daheim im niederösterreichischen Fels am Wagram führt er das Erbe einer Weinbauern-Dynastie fort, pflegt sechzig Hektar Weingartenfläche in besten Lagen und hat sich mittlerweile, wohl auch dank seiner Frau, in die erste Reihe der österreichischen Spitzen-Biowinzer emporgearbeitet.

Melanie, schlank, blond und nobel blass im Gesicht, ist ein paar Jahre jünger als ihr Mann. Sie greift ganz anders in die Olivenschale, fünfmal so langsam, zehnmal so selten, zaghaft, grazil mit zwei Fingerkuppen, und ihre Lippen sind dabei gespitzt. Melanie zeichnet für den zweiten Teil der gemeinsamen Wein-Kultur der Binders verantwortlich, für die Kultur.

Eigentlich wollte sie Schauspielerin werden, geriet aber auf die Werbeschiene und erreichte mit der Kür zur Wachauer Jahrgangs-Marillen-Königin ihren persönlichen Tiefpunkt – in ihrem Anspruch, eine starke, emanzipierte Frau zu sein, die nicht an Äußerlichkeiten gemessen werden soll.

Danach rettete sie sich ins Hotelfach. Sie studierte Kulturmanagement und organisierte erste größere Veranstaltungen, ehe ihr Engelbert über einen seiner Feldwege lief und seine Arme nach ihr ausstreckte. Sie ließ sich hineingleiten, zögerlich, grazil und garantiert mit gespitzten Lippen. Ohne seine Weingärten wäre er in ihrer Biografie vielleicht nur die Notiz einer naturbelassenen Affäre geblieben. So aber wuchsen sie füreinander als doppelte Lebensaufgabe heran, beruflich und privat. Wobei das Private der beiden die einfachere Übung zu sein scheint, wohl aber auch die weniger leidenschaftliche.

Ein ganz anderer Typ sitzt ihnen vis-à-vis. Er verträgt keine Oliven, zumindest keine aus einer Schüssel, in die auch andere hineingreifen, und seien es seine engsten Vertrauten.

Oskar Marinek ist ein großer hagerer Mann Ende vierzig, dem man beim Denken zusehen kann, wie er sich gerade wieder auf die Suche nach einem neuen, erfrischenden Standpunkt macht, egal welches Thema gerade zur Debatte steht.

Seine chronisch in Skepsis-Falten gelegte Stirn verdeutlicht, dass er prinzipiell keiner anderen Meinung zutraut, intellektuell an seine jeweils eigene heranzureichen. (Am ehesten noch jener seiner Tochter Sophie Luise, die ähnliche Argumentationstugenden besitzt wie er.) Wobei er sich wirklich mächtig anstrengt, immer der Originellste unter allen Anwesenden zu sein, das muss man ihm lassen.

An seinem Arbeitsplatz, der geisteswissenschaftlichen Fakultät der Universität Wien, gab es leider hochrangige Stumpfköpfe, die seine Professur verhinderten, was zur Folge hatte, dass seine heiter-ironischen Wesenszüge mehr und mehr zynisch-sarkastischen Charakter annahmen. Er zog sich als Lektor in wenig herausfordernde Forschungsprojekte zurück und hielt sich geistig für den Privatgebrauch fit, sehr zum Leidwesen seiner zehn Jahre jüngeren Frau.

Wenn wir den Blick zu Elisa Strobl-Marinek hinüberschweifen lassen und sie im Gespräch beobachten, wundern wir uns, mit welcher Gelassenheit sie den Besserwissereien ihres Mannes begegnet. Elisa – kurze schwarze Haare, dunkler Teint, kantige Sonnenbrillen, muskulöse Figur – ist eine enge Freundin von Melanie Binder seit Jugendtagen und galt immer als die Robustere und Dynamischere der beiden. Sie haben schon im Schultheater Seite an Seite »Twelfth Night, or What You Will« von Shakespeare gespielt. Bei den gemeinsamen Demos gegen Rechts, die in Elisa die linke Kämpferin erwachen ließen, bog Melanie irgendwann in der Mitte ab, Richtung Marillen-Königin, und man verlor sich vorübergehend aus den Augen.

Elisa blieb als Umweltaktivistin engagiert und studierte Ökologie und Nachhaltigkeit.

Als nachhaltig genug – sogar für Ehe und Kinder – erwies sich die Begegnung mit dem spitzbübischen Oskar, der damals gerade Volkskunde zu lehren begann. Als Sophie Luise zwei Jahre alt war und Oskar in Väterkarenz ging, begann Elisas berufspolitischer Aufstieg bei den Grünen. Heute, mit knapp vierzig, sitzt sie im Nationalrat und gilt als aussichtsreiche Kandidatin für ein Ministeramt. Aber jetzt ist einmal Urlaub.

Und ein Blick in Elisas Augen verrät, dass sie ihn von allen Anwesenden am dringendsten braucht.

Was man so redet

»Wettermäßig hätten wir es gar nicht besser erwischen können«, meint Engelbert. Keiner widerspricht, alle essen. Ganz am Anfang schmeckt es immer am besten.

»Bleibt nicht so. Mitte der Woche dreht die Strömung auf Süd, dann kriegen wir Tropennächte«, wendet Oskar nun doch noch ein.

Lotte lässt von weiter drüben ihren ersten ohrenbetäubenden Schrei los.

»Was ist?«, fragt Elisa.

»Eine Riesenameise.«

»Benjamin, tu sie ihr bitte weg«, ruft Melanie hinüber.

»Nein!«, schreit Lotte. »Nicht töten.«

»Dann tu sie ihr bitte lebend weg«, schlägt Oskar vor.

»Nein!« – Das dürfte Lotte wiederum zu gefährlich sein. Ihr Lösungsansatz wäre, das Insekt in künstlichen Tiefschlaf zu versetzen und nach dem Urlaub wieder aufzuwecken. Elisa geht hinüber und befreit das Kind von dem Ungeheuer, beziehungsweise das Ungeheuer von der Ameise. Lotte steht noch eine Weile unter Schock, ihr Jammern lässt aber hörbar nach. Als es ihr gelingt, Benjamin am falschen Fuß zu erwischen und von der Böschung zu schubsen, lacht sie wieder.

Es wird dann länger über die Anreise gesprochen. Die Binders und Oskar mit den drei Mädchen sind – nach Zwischennächtigung in Parma – schon vormittags in zwei Autos am Zielort eingetroffen. Elisa kam allein und später. Sie ist nach Mitternacht aufgebrochen und mit Zügen und Bus angereist – zum nachhaltigen Unverständnis ihres Mannes. Elisas Begründungen: Sie hatte erstens am Vorabend noch einen wichtigen Termin im Ministerium. Und sie kann es sich zweitens aus umweltideologischen Gründen nicht leisten, Urlaubsreisen per Auto mit Verbrennungsmotor zu tätigen.

»Das ist absurd«, sagt Oskar.

»Was ist absurd?«

»Natürlich hättest du mit uns mitfahren können, ganz normal.«

»Neunhundert Kilometer im Auto sind zu viel.«

»Zu viel was?«

»Zu viel Stickstoff.«

»Das ist Umwelt-Heuchelei«, sagt Oskar.

»Hauptsache ist doch, dass wir alle gut angekommen sind«, meint Engelbert und will die Runde zum Heben der Gläser animieren. Gelingt nicht.

»Was ist Umwelt-Heuchelei?«, fragt Elisa.

»Bekanntlich sind es nicht die Menschen, die den Stickstoff ausstoßen, sondern die Motoren. Der Umwelt ist es scheißegal, ob vier oder fünf Personen im Auto sitzen.«

Jetzt schaltet sich Melanie ein.

»Verstehst du nicht, worum es geht, Oskar? Elisa will sich hier einfach keine Blöße geben. Wenn das wo in der Zeitung steht, dass sie mit der Familie Autoreisen in die Toskana macht, fallen sie mit Shitstorms über sie her.«

»Papa, sei froh, dass sie nicht mit dem Fahrrad gekommen ist«, wirft Sophie Luise von weiter drüben ein.

»Ich kann halt nicht Wasser predigen und Wein trinken, das geht einfach nicht«, sagt Elisa ermattet.

»Und damit Schluss. Ich bin für Wein predigen und Wein trinken. Prost, meine Lieben«, ruft Engelbert aus. »Schön, dass wir alle da sind.«

»Können wir jetzt endlich zum Swimmingpool gehen«, drängt Sophie Luise. Noch nicht. Die Sonne steht noch zu weit oben. Von den gesättigten Alten schafft es keiner, sich aus dem Sitz zu bewegen. Und die Kinder finden sich für Alleingänge in der neuen Umgebung noch nicht gut genug zurecht, meinen die Eltern.

Engelbert hat gerade eine zweite Bouteille Vernaccia di San Gimignano aufgemacht und vergleicht die Würze, das Spiel am Gaumen und den Abgang mit Merkmalen seiner eigenen Bio-Jungweine.

Oskar widerspricht, wo immer sich eine Chance dazu bietet. Mit »Spiel am Gaumen« kann er überhaupt nichts anfangen.

»Im Grunde geht es um das Spiel im Gehirn und um nichts anderes, wenn wir ehrlich sind«, sagt er. »Ohne den kontinuierlich wiederkehrenden Zustand der Berauschung wäre unser aller Leben nämlich unerträglich.«

Darüber will aber jetzt tatsächlich keiner diskutieren.

»Aayana, alles okay mit dir?«, ruft Elisa hinüber.

»Ja«, kommt es mit dünner Stimme zurück.

»Geht es dir gut?«

»Danke. Und Ihnen?«

»Du kannst ruhig du sagen. Ich bin die Elisa.«

»Danke.«

»Das ist ja wirklich eine Süße, und so brav, die spürst du gar nicht«, meint Engelbert.

»Sie spricht auch schon sehr gut Deutsch«, lobt Melanie.

»Zumindest ›Danke‹ kann sie gut, viel mehr hat sie noch nicht gesprochen«, bemerkt Oskar.

»Ich finde das jedenfalls großartig von euch«, sagt Melanie.

»Was?«

»Dass ihr ein Flüchtlingskind mitgenommen habt. Schon rein als Symbol.«

»Als Symbol wofür?«, fragt Oskar.

»Als Symbol dafür, dass … dass … dass auch die Chancenlosen einmal eine Chance kriegen. Es ist ja alles so verdammt ungerecht verteilt. Was kann das Kind dafür, dass es irgendwo im hintersten Afrika zur Welt gekommen ist und nicht in … in …«

»Wien-Döbling«, ergänzt Oskar.

»Ja genau.«

»Darf ich was dazu sagen? Aber ihr werdet es nicht gerne hören.«

»Dann behalte es für dich, Papa«, ruft Sophie Luise hinüber, die dem Gespräch mit einem halben Ohr beiwohnt.

»Nicht jetzt, Oskar, wir sind gerade erst angekommen. Gib uns ein bisschen Luft, bitte«, fleht Elisa.

»Okay, ich muss auch gar nichts mehr sagen.«

»Wie habt ihr es überhaupt geschafft, das Mädchen mitzubekommen?«, fragt Engelbert.

Das verlangt nach umfangreicheren Ausführungen.

Wer entscheidet, wer darf

Aayana sitzt seit einem Jahr in der Schulklasse von Sophie Luise, ohne gefragt, geprüft oder gar benotet zu werden, weil sie ja auch nur einen Bruchteil aller Inhalte versteht. Parallel dazu besucht sie theoretisch einen Deutschförderkurs, der aber praktisch nie stattfindet, weil die Lehrerin an einer hartnäckigen Krankheit laboriert. Wahrscheinlich Burnout.

Von den anderen wird Aayana gemieden, sie selbst geht auf niemanden zu. Keine Schülerin weiß irgendwas über sie, außer das Offensichtliche, dass ein schwarzes Kopftuch ihre schwarzen Haare und die schwarze Stirn ihres schwarzen Gesichts verhüllt.

Jedenfalls hat sie sich bis zum Schulschluss beharrlich geweigert, im Turnunterricht beinfreie Sporthosen und enge T-Shirts zu tragen. Das war rebellisch und antisexistisch, das gefiel Sophie Luise. Sie war die Erste überhaupt, die sich für Aayana zu interessieren begann. Und sie beschloss bald, sie zu ihrer neuen besten Freundin zu küren. Sie würden ein megacooles, ja ein geradezu krass ungleiches Paar abgeben, das nach Fotoserien auf Instagram und vielleicht sogar nach YouTube-Videos schrie. Carola, ihre vorherige beste Freundin, konnte sich jetzt mit ihren tausend »Likes« bei wem anderen reinschleimen und sich mit ihrem billigen Tussen-Outfit woanders wichtigmachen.

Tatsächlich freundeten sich die beiden rasch an und verbrachten täglich viele Stunden miteinander, nicht physisch, natürlich, aber in den gleichen Kanälen, Foren und Chatrooms, durch die Sophie Luise Aayana führte. Aayana war dankbar für alles und machte überall mit.

Der Countdown für den Urlaub begann mit folgendem WhatsApp-Dialog:

»Kannst du schwimmen?«

»Nein.«

»Was? Du musst schwimmen können!! Das ist wichtig!!!«

»Ja. Okay.«

»Soll ich es dir beibringen?«

»Ja. Cool. Danke.«

»Dann fährst du mit uns mit in den Sommerurlaub, dort gibt es einen Swimmingpool.«

»Cool. Aber das darf ich sicher nicht.«

»Wer sagt das?«

»Meine Eltern.«

»Aber das kostet nichts, das bezahlen alles wir.«

»Cool. Aber ich darf nicht.«

»Was machst du sonst den ganzen Sommer?«

»Nichts.«

»Krass. Dann fährst du mit uns mit!«

»Ich darf nicht. Sicher.«

»Doch.«

»???«

»Meine Eltern checken das.«

»Cool. Danke. Aber ich darf nicht.«

Oskar hielt das Unterfangen von Anfang an für eine Schnapsidee und war nicht bereit, etwas in der Aayana-Ferien-Causa zu unternehmen. Elisa aber formulierte auf Druck ihrer Tochter einen herzlichen Einladungsbrief, in dem alle Fakten zum Urlaub dargelegt waren. Dreimal betonte sie, dass für die somalische Familie keine Kosten anfallen würden und dass man sich fürsorglich um die Kleine kümmern werde. Sogar das Schwimmen wolle man ihr beibringen.

Die Reaktion von Aayanas Eltern war eindeutig: Sie blieb aus. Die Einladung war ihnen nicht einmal ein Dankeschön wert. Für ein persönliches Gespräch war Elisa zu sehr verärgert.

Also kontaktierte sie die Schulbehörde und ließ sich einen Termin bei der Direktorin geben, die daraufhin eine Vertrauenslehrerin einsetzte, um die Flüchtlingsfamilie zu überzeugen, wie gut und wichtig (und darüber hinaus auch ehrenvoll) Ferien mit den (österreichweit angesehenen) Strobl-Marineks für das Kind wären, schon alleine wegen des Gratis-Deutschunterrichts, in dessen Genuss Aayana so kommen würde. (Elisa bestand darauf, dass auf die Beifügungen »ehrenvoll« und »österreichweit angesehen« verzichtet wurde.)

Nun, Aayana richtete dieser Lehrerin und Sophie Luise ein paar Tage später wörtlich aus: »Danke. Aber ich darf nicht.«

Für Elisa waren Widerstände und Sturheiten berufsbedingt nicht nur üblich, sondern sogar motivierend. Sie nahm Kontakt zur psychosozialen Betreuerin auf, bei der Aayana und ihre Mutter wegen ihrer Fluchttraumata angeblich regelmäßig zu Sitzungen geladen waren, und überzeugte sie von der Sinnhaftigkeit und vom Wert des geplanten Urlaubs.

Deren gutes Zureden führte zu einem Teilerfolg. Aayana zu Sophie Luise wörtlich: »Danke. Ich darf. Aber Abdulaziz muss mit.« – Abdulaziz, der zwei Jahre ältere Bruder.

Das ging für Elisa und Sophie Luise leider gar nicht. Einen muslimisch-mittelalterlich-machoiden Aufpasser, der rund um die Uhr die Einhaltung der Kopftuchpflicht, der ganzkörperlichen Bedecktheit und der Augendisziplin seiner Schwester kontrollierte, konnte in der Toskana keiner gebrauchen, am wenigsten wohl Aayana selbst, die dann wohl den gleichen Zwängen ausgesetzt wäre wie innerhalb der eigenen vier Wände.

Die letzte Hoffnung war Warsame, ein inzwischen eingebürgerter somalischer Koch, Anfang dreißig, der oft zum Dolmetschen herangezogen wurde und angeblich recht engen Kontakt zu Aayanas Familie pflegte. Bei einem Telefonat mit Elisa zeigte sich dieser pessimistisch:

»Ohne Bruder wird nicht gehen. Der Vater hat große Angst um sein Mädchen. Aber ich kann probieren.«

Er dürfte letztlich die richtigen Worte gefunden haben, denn Aayana richtete Sophie Luise ein paar Tage später aus:

»Danke. Vielleicht ich darf!« Aber nur unter folgender Bedingung:

»Dein Vater oder Mutter muss kommen sprechen.«

Der Vater schied von vornherein aus. Was Elisa von Anfang an verhindern wollte, war also plötzlich unumgänglich. Sie musste den Canossagang über die Donau in eine abgeschiedene Wiener Stadtrand-Siedlung antreten, wo hauptsächlich Asylanten untergebracht waren, und dort ihren persönlichen Werbefeldzug für eine Woche Gratis-Luxusurlaub mit allem Komfort für ein Flüchtlingskind führen.

Schon im Stiegenhaus wurde sie empfangen beziehungsweise abgefangen. Dort lehnte ein schlaksiger dunkelhäutiger junger Mann, dahinter stand eine gespenstisch anmutende schwarze Säule, bei der nur die Augen frei waren und aus der Umhüllung herausleuchteten.

»Guten Tag, ich bin die Mutter von Sophie Luise, und Sie sind sicher …«

Der junge Mann verbeugte sich und murmelte irgendetwas, vermutlich seinen Namen – Abdulaziz.

Die Begegnung dauerte keine drei Minuten. Die »Säule« bewegte sich langsam auf Elisa zu, kam ganz nah an sie heran und vergrößerte mit ihren Händen den Augenschlitz, um ihr Gegenüber besser und intensiver mustern zu können.

»Meine Mutter kann leider nicht sprechen«, erklärte Aayanas Bruder.

»Nicht deutsch sprechen«, präzisierte er. Und er selbst schien auch wenig Lust darauf zu haben. Die beiden zogen sich nämlich erstaunlicherweise auf einen somalischen Dialog zurück. Abdulaziz wirkte eher angespannt und war offenbar anderer Meinung als die »Säule«.

Gerade als Elisa das noch gar nicht vorhandene Gespräch aufs Thema Urlaub lenken wollte, schritt der Bursche auf sie zu und leitete die Verabschiedung ein. Er verbeugte sich und machte etwas Respektvolles oder sogar Tiefgläubiges mit seinen Händen. Die »Säule« dahinter tat es ihm gleich. Mit Worten blieben sie sparsam. Möglicherweise war ein knappes »Dankeschön« dabei. Elisa war jedenfalls heilfroh, diesen beklemmenden Besuchstermin hinter sich gebracht zu haben.

»Und was ist dabei herausgekommen?«, fragt Engelbert auf der Terrasse.

»Am nächsten Tag hat Aayana zugesagt«, erwidert Elisa.

»Warum plötzlich?«

»Keine Ahnung, vielleicht habe ich ihnen gefallen. Ich schätze, Vater und Bruder waren ohnehin dagegen, aber die vermummte Mama hat sich irgendwie durchgesetzt, man möchte es nicht für möglich halten. Kann sein, dass sie auch gern einmal schwimmen gelernt hätte ...«

»Was ihr als muslimische Frau aus Ostafrika natürlich strikt untersagt war, wolltest du noch sagen«, schaltet sich Oskar ein.

»Ich wollte gar nichts dazusagen«, widerspricht Elisa.

»Ich würde an deiner Stelle momentan zu alldem nichts sagen, Oskar. Du hast Elisa das alles ganz allein machen lassen, das finde ich ehrlich gesagt nicht gerade sehr ehrenwert von dir.« Der Seitenhieb kommt von Melanie.

»Das war eine prinzipielle Sache«, erwidert Oskar.

»Wie prinzipiell? Was für ein Prinzip gibt es da?«, will Melanie wissen.

»Ich halte es hier mit Kant in seinem sehr klugen Aufsatz zur Aufklärung von 1784, oder war es 1785 …« Elisa lässt sich in ihren Sitz zurückfallen und macht die Augen zu.

»Nicht Kant. Du!«, stößt Melanie nach.

»Okay. Ich vertrete die Auffassung, dass man die Menschen nicht zu ihrem Glück zwingen sollte.«

»Aber man könnte Menschen gelegentlich aus den Zwängen ihres Unglücks befreien«, kontert Melanie. »Überhaupt, wenn sie noch Kinder sind.«

»Ich stelle in Abrede, dass uns das zusteht. Und ich stelle in Abrede, dass uns die Zwänge anderer Kulturen etwas angehen, wir haben genügend eigene Zwänge. Aber was tut man nicht alles für die Urlaubsfreuden des eigenen Töchterleins.« Oskar lächelt süffisant.

»Geht's noch, Papa? Du hast ja eh nichts getan«, ruft Sophie Luise hinüber.

»Können wir mit dem Herumgehacke jetzt bitte langsam aufhören. Hey, Freunde, schaut doch einmal, wo wir hier sind. Genießen wir diesen idyllischen Platz, diese Ruhe«, schlägt Engelbert vor.

Lotte wartet noch ein paar Augenblicke, holt tief Luft und lässt dann einen ihrer gefürchteten Gewaltschreie los. Hintergrund: Die unsanft delogierte rote Riesenameise dürfte rachedurstige Geschwister auf sie angesetzt haben.

»Benjamin, tu sie ihr weg. Bitte. Schnell!«

»Mama, können wir jetzt endlich zum Swimmingpool gehen? Wozu sind wir sonst hier?«, ruft Sophie Luise in die allgemeine Aufregung hinein.

»Mama«, wiederholt sie. Elisa, versunken in ihrem Sitz, hält noch immer die Augen geschlossen und schweigt.

»Mama, hallo, huhu, wo bist du?«

Rückblende. Elisa liegt auf einer Couch. Halb neben ihr, halb auf ihr, halbnackt – ein Mann. Es ist nicht Oskar, so viel steht fest. Seine Stimme hat diesen charakteristischen, sanft kratzenden Klang, der sofort verrät, was gerade vor sich ging. Und dann raucht auch noch eine schlecht ausgedämpfte Danach-Zigarette vom Beistelltisch herüber.

»Wann fährt dein Zug?«

»Zwanzig nach Mitternacht, oder fünfundzwanzig«, haucht Elisa.

»Dann haben wir noch zwei gute Stunden.«

»Zwei sehr gute Stunden sogar, die besten für lange Zeit«, flüstert Elisa. Auch dieses beinahe lautlos triumphierende Lächeln, bei dem die Lust am Unerlaubten mitschwingt, gibt es nur in solchen Situationen.

Jetzt dreht sich der Mann auf den Rücken. Na ja, ausschließlich um das Körperliche dürfte es Elisa nicht gehen, zumindest legt sie bei ihm offenbar nicht die gleichen Maßstäbe an Athletik und Ernährungsbewusstsein an wie bei sich selbst. Aber seine Glatze glänzt lustig, sein Gesicht strahlt Wärme aus, sein Mund mit den breiten Lippen hat sogar etwas Verwegenes, und in seinem friedfertigen, etwas phlegmatischen Blick kann man gut ruhen. Die einen würden dabei einschlafen, andere schöpfen daraus ihre Energie. Elisa gehört eindeutig zu den anderen.

Stefan Schmidinger ist für sie ein gelebter Tabubruch im doppelten Sinn. Erstens schläft sie mit ihm, streng geheim, seit fast zwei Jahren, was ihr kein Mensch zutrauen würde, der sie auch nur irgendwie zu kennen glaubt.

Zweitens ist er Polizist. Politisch ist das für sie gerade noch verkraftbar, denn damals bei den Demos war er nur für Straßensperren zuständig. Und jetzt schiebt er eine ruhige Kugel im Innenministerium, in der Abteilung … der Abteilung … In welcher Abteilung? Sie weiß es nicht, sie reden nicht über die Arbeit, niemals.

Sie reden überhaupt wenig, vor allem er. Das schätzt Elisa vielleicht am meisten an ihm. Er stellt keine Fragen. Er diskutiert nicht. Er widerspricht nicht. Er will nicht klüger sein als sie. Stefan Schmidinger ist Elisas Anti-Oskar, ihre Oskar-Therapie.

Und er ist gleichzeitig die schärfste Geheimwaffe gegen ihren Mann. Denn es gibt etwas, das der Besserwisser nicht besser wissen kann als sie, weil er nämlich nichts davon weiß: Elisa hat einen Geliebten. Stefan Schmidinger, ihr Trumpf. Er ist der Grund, warum sie Oskar noch nicht verlassen hat. Er ist die Antwort auf die Frage, wie sie es schafft, die Familie noch immer zusammenzuhalten. Ein paar Jahre noch, dann ist auch Lotte alt genug für die Wahrheit und ihre logische Konsequenz.

Nach einer weiteren sehr guten Stunde fallen dann doch wieder Worte.

»Hast du etwas?«, fragt sie ihn.

»Was soll ich haben? Ich hab dich.« Er umarmt sie.

»Du hast heute so einen eigenen Blick, so ein bisschen traurig, täusche ich mich?«

»Du täuschst dich, Eli.« Er küsst sie.

»Aber irgendetwas ist doch mit dir«, sagt sie.

»Nein. Gar nichts. Nur …«

»Nur?«

»Nur gar nichts.« Er will sie küssen.

»Komm schon, sag!«

»Ich werde bald vierzig.«

»Ich auch. Das werden wir feiern.«

»Ja.«

»Aber das wolltest du nicht sagen.«

»Nein.«

»Sondern?

»Eli, ich muss langsam an die Zukunft denken.«

»Echt jetzt? Seit wann?«

»Wir können nicht ewig so weitermachen.«

»Warum nicht? Macht es dir keinen Spaß mehr?«

»Doch, enormen Spaß. Irren Spaß. Wahnsinn.«

»Na also.«

»Genau das ist das Problem.«

»Wieso?«

»Weil. Weil. Weil …« Er braucht eine halbe Stunde, um es ihr zu erklären. Dabei wäre es in einem einzigen Satz gegangen: Stefan Schmidinger will keine Frau für eine Nacht in der Woche, sondern für mindestens dreißig Tage und Nächte im Monat – okay, im Februar dürfen es ausnahmsweise nur achtundzwanzig sein.

Er ist ein wertkonservativer Mensch mit Biedermeier-Qualitäten. Er wünscht sich eine Familie mit Kindern und einem Hund und einem Gartenhäuschen mit Liebstöckl und Grillkohle.

Nach seiner Trennung von Patricia, mit der er acht Jahre liiert war, ehe sie auf seinen Inspektor-Kollegen Kramlechner umstieg, hat Elisa perfekt in seine Lebensphase gepasst. Alles war unverbindlich. Er hatte wen zum Wenig-Reden. Er hatte Intimität. Er konnte sein Selbstwertgefühl von null auf fünfzig erhöhen. Ja, es war einfach angenehm für ihn, regelmäßig Sex mit einer Frau zu haben, die Sex genau mit ihm haben wollte. Und er musste sich dabei nicht online in Reih und Glied zur Schau stellen und sich den mühsamen Versuch-und-Irrtum-Spielchen der Partnerbörsen ausliefern. Es hat einfach wirklich gut gepasst mit Elisa.

Aber jetzt will er grillen, die Kinder bewundern die Glut,

der Hund bewacht die Koteletts, die Frau macht die Saucen und den Kartoffelsalat. Und diese Frau ist eher nicht, vermutlich nicht, schon vom Typ her nicht, sehr wahrscheinlich nicht, mit an Sicherheit grenzender Wahrscheinlichkeit nicht, also definitiv nicht – Elisa.

»Eli, ich hab wen kennengelernt.«
    »Eine Frau?«
    »Ja, eine Frau.«
    »Musste das sein?«
    Stefan lächelt. Er will sie küssen. Sie dreht sich weg.
    »Warum erzählst du mir das? Ist es etwas Ernstes?«
    »Das weiß ich nicht. Ich kenne sie ja noch nicht. Also fast nicht.«
    »Hast du mit ihr geschlafen?«
    »Aber nein, ich hab sie ja gerade erst …«
    »Willst du mit ihr schlafen?«
    »Nein, nein, daran hab ich eigentlich noch gar nicht …«
    »Noch gar nicht gedacht? Das glaub ich dir nicht.«
    »Eli, es geht mir nicht um …«
    »Worum geht es dir?«
    »Um … um … um …«
    »Ich lausche andächtig.«
    »Um die Zukunft.«
    »Ah ja, die Zukunft. Genügt dir die Gegenwart nicht mehr?«
    »Doch, Eli. Es ist nur … Ach, es ist ja noch gar nicht …« Er will sie umarmen.

Elisa presst die Augen zusammen. Sie spürt etwas Brennendes, Tränen, Schweiß oder eine Mischung aus beiden. Sie versucht, sich die Ohren zuzuhalten, ohne die Hände dorthin zu kriegen. Die dumpfen Geräusche rund um sie werden immer lauter, und schließlich setzt sich die Stimme ihrer Tochter Sophie Luise durch.

»Mama, hallo, huhu, wo bist du? Können wir jetzt endlich zum Swimmingpool gehen?«

Am Swimmingpool

Es ist ein prächtiger Pool, vermutlich der größte private in der gesamten Toskana mit dem tiefsten Blau, das Italien für seine Urlaubsgäste aufzubieten hat. Schon wenn man davorsteht und hineinschaut, und gar nie die Absicht hatte, ihn von innen kennenzulernen, fühlt man sich erfrischt, meint Engelbert Binder. Vielleicht ist das aber auch nur eine Schutzbehauptung, die ihm vorerst die Badehose erspart und den anderen den Anblick von Engelbert in der Badehose.

Lotte und Benjamin sind gleich hineingesprungen und spritzen und quietschen herum.

Oskar ist am anderen Ende, an dem das Becken am tiefsten ist, die kleine Treppe hineingestiegen und macht dort seltsam anmutende aufgescheuchte Bewegungen; diesen Stil nennt man Schmetterling-Schwimmen – praktiziert fast keiner, deshalb praktiziert ihn Oskar.

Elisa und Melanie haben sich Liegestühle im Schatten des mächtigen Pinienbaums aufgestellt, keine fünf Meter vom Becken entfernt, mit Blick auf die großen Kinder.

Schwimmlehrerin Sophie Luise und ihre Schülerin beginnen gerade mit dem Trockentraining auf der Luftmatratze. Da fällt ihnen Aayanas furchterregende Kostümierung erst auf. Sie sieht in ihrem Kapuzen-Anzug, der nur Gesicht, Hände und Füße ausnimmt und eher an die Montur einer Eisschnellläuferin erinnert, wie ein dünnes schwarzes Alien aus.

»Kind, ich bitte dich, zieh doch den Bikini an, den du von

uns bekommen hast. Du verbrühst uns ja in dem Plastikzeug«, ruft ihr Elisa zu.

»Danke. Ich mache morgen«, erwidert Aayana und lächelt verkrampft.

»Du brauchst dich für deinen Körper nicht zu genieren, Mädel, du hast eine super Figur, da würden dich tausende Teenies drum beneiden«, sagt Melanie.

»Wir rennen hier alle so leicht bekleidet herum, wir sind unter uns, du kannst dich hier absolut frei fühlen«, fügt Elisa noch hinzu.

»Danke«, murmelt Aayana und rührt sich nicht vom Fleck.

»Lasst sie doch in Ruh', sie will nicht«, fährt Sophie Luise energisch dazwischen. »Sie mag das nicht, wenn die Sonne auf ihre Haut scheint, hat sie mir gesagt. Sie mag nicht braun werden, sie ist schon braun genug.«

»Sie darf keinen Bikini tragen, ihre Familie hat es ihr verboten. Ihre Familie, ihr Clan und ihr Allah, nehmt das bitte zu Kenntnis, meine Damen.« Oskar hat sein Schmetterlings-Dasein im Becken unterbrochen und sich extra hierher bemüht, um kulturelle Klarheit in die Angelegenheit zu bringen.

»Wir sind nicht mehr im Mittelalter, lieber Herr Dozent«, rügt ihn Melanie.

»Wir nicht«, erwidert Oskar.

»Aber hier ist sie bei uns«, sagt Elisa.

»Bei uns zu sein heißt noch lange nicht, zu uns zu gehören oder gar uns zu gehören«, kontert Oskar.

»Aber bei uns gelten eben unsere Werte, für die wir Frauen jahrzehntelang hart gekämpft haben. Es ist unsere Pflicht, sie weiterzuverbreiten«, meint Elisa.

»Und gerade auch denen zu vermitteln, die da noch Jahre hintennach sind«, ergänzt Melanie.

»Das nennt ihr Werte vermitteln? Dass ihr dem Mädchen

sagt, sie soll einen Bikini tragen, weil sie eine super Figur hat?«, spöttelt Oskar.

»Ich finde es immer wieder erstaunlich, worüber hier eigentlich diskutiert wird«, bemerkt Engelbert.

»Komm, Aayana, wir gehen jetzt ins Wasser«, sagt Sophie Luise.

»Okay. Oder morgen?«

»Nein, jetzt. Komm, wir gehen.«

»Dräng sie nicht, sie hat offensichtlich noch Angst«, ruft Melanie hinüber.

»Wir müssen einmal anfangen, sonst wird das nie was«, meint Sophie Luise.

»Okay«, sagt Aayana. »Oder später?«

Eine Stunde später

Die Sonne ist schon tief gesunken und legt einen orangen Filter über die Landschaft. Die Gruppe hat sich inzwischen großräumig aufgeteilt. Lotte konnte mit fairen Mitteln zum Schweigen gebracht werden. Sie und Benjamin quetschen sich im Kinderzimmer vor ein Tablet und bestaunen »Sea Monsters Trying Not to Get Caught«, ein pädagogisch wertvolles Video, weil die Kids dabei ja auch ein bisschen Englisch lernen.

Die Väter sitzen in Korbstühlen auf der Terrasse und degustieren einen Cuvée vom berühmten Weingut »Tenuta di Arceno«, bei dem Winzer Engelbert einen Petit Verdot herausschmecken will, was Oskar naturgemäß anzweifelt: »Ich schmecke Merlot und Cabernet Sauvignon.«

»Merlot und Sauvignon sowieso«, sagt Engelbert. (Steht im Übrigen auch auf dem Etikett.)

Elisa und Melanie sind immer noch unten am Pool in ihren hochgeklappten Liegestühlen. Sie haben synchron jeweils auf Seite eins aufgeschlagene Bücher auf ihren Bäuchen liegen. Versuche eines tiefergehenden vertraulichen Gesprächs scheitern schon im Ansatz.

Melanie: »Jetzt sag einmal, Elisa, wie geht es dir, ich meine – wirklich? Jetzt sind wir ja unter uns. Du wirkst nämlich so … so.«

Elisa: »Nein, nein, alles gut. Ich bin nur … ein bisschen. Es war viel los in letzter Zeit, viel auf einmal, weißt du.«

Melanie: »Ja, das versteh ich. Aber …«

Elisa: »Und bei dir?«

Melanie: »Bei mir? Alles gut, jaja, läuft gut.«

Elisa: »Und mit Engelbert, alles okay?«

Melanie: »Jaja, klar, alles bestens. Du kennst ihn ja. Er ist einfach, er ist so … er ist halt, wie er ist.« Sie lächelt. Es entsteht eine beklemmende Pause.

Melanie: »Elisa, was ich dich eigentlich fragen wollte … weil mir ja schon die längste Zeit auffällt … das ist ja praktisch nicht zu übersehen …«

Elisa: »Ich weiß, was jetzt kommt, Meli. Bitte, große Bitte – können wir das heute lassen, können wir vielleicht morgen darüber reden? Oder übermorgen? Ich bin heute einfach nicht mehr …«

Melanie: »Aber klar, entschuldige, das versteh ich natürlich. Ich wollte dich wirklich nicht …«

Elisa: »Weißt du, ich bin einfach …«

Melanie: »Ja, das versteh ich. Das sehe ich natürlich sofort, ich kenne dich ja.«

Ein paar Meter weiter unten, im seichten Bereich des Schwimmbeckens, läuft auch noch nicht alles nach Plan, zumindest nicht nach Sophie Luises Plan. Aayana liegt verkrampft auf einem Schwimmbrett und klammert sich an eine gelbe Plastik-Poolnudel. Alle ihre Versuche, die an der Luft erlernten Schwimm-Tempi auch im Wasser umzusetzen, sind bisher kläglich gescheitert. Und wenn Sophie Luise es wagt, sie zu berühren oder gar ihren Bauch zu umfassen, zuckt sie zusammen und strampelt mit Händen und Füßen.

»Ich kann nicht«, wimmert sie.

»Natürlich kannst du es, alle können es. Du musst dich nur trauen. Du musst deinen Körper freilassen. Du kannst gar nicht untergehen. Du musst dich richtig frei fühlen, dann geht es«, sagt Sophie Luise.

»Danke. Ich probiere.«

»Okay, dann versuchen wir es noch einmal.«

»Morgen«, sagt Aayana.

»Nein, jetzt.«

»Aber ich kann nicht.«

»Doch. Du kannst es, du schaffst es, du musst dich nur überwinden. Wenn du locker bist, kann nichts passieren. Du musst endlich locker werden, du musst dich so richtig frei fühlen, dann kannst du schwimmen, dann kannst du schweben, dann kannst du fast schon fliegen.«

»Wie ein Vogel?«, fragt Aayana.

»Ja, wie ein Vogel«, erwidert Sophie Luise. »Also fühle dich frei. Frei. Frei. Frei.«

Sonnenuntergang

Lotte und Benjamin spielen auf dem von Chips- und Kekspackungen umringten kleinen Terrassentisch Memory. Die von Lotte modifizierten Regeln sehen vor, dass die Siegerin der ersten Partie (Lotte) nun jeweils drei statt nur zwei Karten aufdecken darf, um nach den beiden gleichen Bildern zu suchen. Wir leben eben in einer Zeit, in der Erfolge zusätzlich belohnt werden, was dazu führt, dass die Sieger noch siegreicher und letztlich unschlagbar werden. Zum Glück gibt es nach wie vor gute Verlierer wie Benjamin, der zwar chancenlos, aber weiterhin mit Freude dabei ist, weil er einfach gerne Memory spielt.

Melanie verabschiedet sich auf der Anhöhe hinter dem Haus im Yoga-Lotussitz von der Sonne. Davor war sie im herabschauenden Hund und in diversen Kriegerinnen- und Heldinnen-Stellungen zu sehen.

Auch die Väter betrachten, mit Weingläsern in der Hand, den Untergang der Sonne im Meer. Er fällt wegen einer einzelnen mickrigen Schäfchenwolke, die sich offenbar keinen besseren Platz finden konnte, leider wenig spektakulär aus.

»Wenn du den besten Sonnenuntergang der Welt sehen willst, musst du einen Kamelritt in der Sahara machen«, erklärt Oskar. »Der Sand der Dünen macht aus der Sonne einen gigantischen Feuerball, der in allen Gelb- und Rot-Schattierungen strahlt.«

»Wow, das klingt großartig«, erwidert Engelbert. »Und du warst dort, du hast das echt erlebt?«

»Bist du wahnsinnig? Ich doch nicht. Was mache ich in der Sahara? Zum Beduinen bin ich nicht geboren.« Oskar lacht grell auf. »Nein, nein, das war eine Fotodokumentation von mir, auf der Uni. Es ging um Bilder, die unser Gemüt bewegen.«

»Ah so, ich verstehe. Und ich dachte schon, du warst wirklich dort, ich sah dich schon auf einem Kamel durch die Wüste ziehen, mit Strohhut und einer riesigen Telekamera um den Hals.« Jetzt lachen beide.

»Wie schmeckt dir eigentlich der Arcanum 2015?« Engelbert schwenkt mit bewegtem Gemüt sein Glas und hält die Nase hinein.

»Ja, ist okay, eine Spur zu warm, aber okay«, meint Oskar.

Elisa liegt noch immer am Pool, nickt manchmal kurz ein, wird aber von aufwühlenden Gedanken am überfälligen tieferen Schlaf gehindert. Geht es ihr gut? Lebt sie richtig? Ist es ihr eigenes Leben? Oder ist es nur das Leben für die anderen, denen sie glaubt, alles recht machen zu müssen, wie schon als Kind, um vom Vater beachtet und von der Mutter gestreichelt zu werden?

Ja, genau darauf kommt es ihr an – sie muss beachtet und gestreichelt werden. Dann geht es ihr gut, dann lebt sie richtig, dann lebt sie ihr eigenes Leben. Jetzt gerade nicht.

Sophie Luise hat nach dem abgebrochenen Schwimmunterricht etwa eine Stunde Haare geföhnt, Augen verziert, Lippen bemalt und Ähnliches, um sich in perfekte Selfie-Ausgangslage für den Sonnenuntergang zu bringen.

Jetzt sucht sie wie eine Wünschelrutengeherin nach geeigneten Plätzen mit idealen Hintergründen für den optimalen Vordergrund, für ihr One-Million-Followers-Gesicht. Ja, die Bilder werden vermutlich um die Welt gehen, und vielleicht kann sie das später einmal professionell ausüben, um ihr Geld damit zu verdienen. Es heißt ja immer, man sollte sein liebstes Hobby zum Beruf machen, dann bleibt auch der Erfolg nicht lange aus.

Eine zweite, provokantere Zoom-Serie, mit Zungen und Mittelfingern und Grimassen, also mehr in Richtung »Bad Girls«, soll dann mit Aayana entstehen.

»Wo ist Aayana eigentlich?«, fragt Melanie, die gerade vom Yoga-Ausflug zurückgekehrt ist.

»Weiß nicht, auf ihrem Zimmer, schätze ich«, sagt Sophie Luise.

»Habt ihr etwas vereinbart?«

»Nein, warum? Sie wird wahrscheinlich schlafen. War für sie sehr anstrengend heute.«

»Du musst dich aber schon ein bisschen um sie kümmern, gell«, sagt Melanie.

»Na klar, sie macht ja ohnehin keinen Schritt ohne mich.«

Irrtum. Aayana ist zunächst lange vor dem Spiegel gestanden und hat ein Mädchen angeschaut, das sie nicht kennt. Sie hat dann den rotgestreiften Bikini angezogen, zuerst verstohlen im Dunkeln, dann hat sie das Licht aufgedreht, ist noch einmal vor den Spiegel getreten, hat ihren Bauch berührt und mit der Handinnenfläche darauf Kreise gedreht. Frei, frei, frei, hat sie gedacht. Sie muss ihre Angst überwinden. Sie muss schwimmen können, dann kann sie schweben. Sie muss schweben können, dann kann sie fliegen. Einmal nur ein Vogel sein, dann würde sie alles hinter sich bringen, alles unter sich lassen. Sie würde aufsteigen, ohne schwindlig zu werden, und von oben würde sie plötzlich all das erkennen, wozu ihr die Sicht bisher verwehrt geblieben war. Mühelos würde sie diesen einen und einzigen Platz ausfindig machen, der für sie bestimmt war, und wenn er noch so klein war. Auf ihn würde sie zusteuern, lautlos, locker und frei. Punktgenau auf ihm würde sie landen. Dort würde sie sich geborgen fühlen. Dort wäre sie daheim. Dort bräuchte sie keine Flügel mehr. Dort müsste sie kein Vogel mehr sein. Dort wäre sie ein Mensch, den es nur einmal gibt. Dort fände sie zu sich. Dort fände sich, Aayana.

Und dann hat sie barfuß ihr Zimmer verlassen, hat sich an der hell beleuchteten Terrasse vorbeigeschlichen, hat die Stimmen hinter sich gelassen, ist über die Böschung auf feuchtem und kühlem Gras hinabgestiegen ins Finstere. Das Schwimmbecken hat seine Farbe gewechselt, dunkelviolett ist es ihr schon auf halbem Weg entgegengekommen. Jetzt steht sie davor und weiß, was sie sich schuldig ist und worin die Chance auf ihre Freiheit besteht.

Auf dem Liegestuhl liegt noch immer die fremde Frau, zu

der sie »Elisa« sagen darf. Ihr Kopf ist ihr zugewandt, aber sie
rührt sich nicht, wahrscheinlich schläft sie. Aayana muss ganz
leise sein, um sie nicht aufzuwecken. Sie steigt vorsichtig ins
Becken, das Wasser fühlt sich warm an. Sie findet mit ihren
Füßen sogleich festen Halt auf dem Boden. Sie streckt die
Arme vor, macht in der Luft noch einige Bewegungen, wie
Sophie Luise es sie gelehrt hat. Dann lässt sie sich sachte nach
vorne fallen, die Beine kippen automatisch in die Höhe. Jetzt
liegt sie mit dem Bauch auf dem weichen violetten Spiegel,
der Kopf bleibt darüber, Hände und Beine beginnen sich wie
von selbst zu bewegen. Keine Angst mehr vor Nacht und Wasser. Locker bleiben. Frei sein. Schwimmen. Schweben. Fliegen.
Alle können es. Alle schaffen es. Sogar Aayana.

Untergang

Oben auf der Terrasse ist ein kleiner Abendimbiss angedacht.
Den Herren würde eine Wein-Begleitung, also eine etwas fes-
tere Unterlage, auf der sich der Wein dann weiter begleiten
ließe, jedenfalls gut zu Gesichte stehen. Lotte zappelt bereits
herum und wirft mit Memory-Karten nach Benjamin, der sie
zuletzt nicht einmal mehr mit Niederlagen belustigen konnte,
zu groß war der Klassenunterschied.

Man sollte vielleicht auch einmal nach Elisa schauen, um
sie vom Liegestuhl abzuziehen, ehe sie sich dort noch ver-
kühlt.

Sophie Luise kommt gerade von Aayanas Zimmer zurück.
Sie wollte sie aufwecken und zum abendlichen Fotoshooting
animieren. Nun aber wirkt sie eher ratlos, denn sie muss vor
versammelter Runde erklären: »Aayana ist nicht da.«

»Was heißt nicht da?«, fragt Melanie.

»Nicht auf ihrem Zimmer.«

»Wo ist sie dann?«

»Ich weiß es nicht.«

»Wahrscheinlich auf der Toilette«, sagt Oskar.

»Hab ich nachgesehen, da ist sie nicht«, entgegnet Sophie Luise.

»Hast du sie schon angerufen?«, fragt Engelbert.

»Ihr Handy liegt auf dem Bett, sie kann also nicht weit sein.«

»Dann schlage ich vor, wir suchen sie schnell alle zusammen«, sagt Engelbert.

»Vielleicht ist sie wo gestolpert, hat sich den Fuß verknackst und kann nicht auftreten«, meint Melanie.

»Du musst natürlich gleich wieder das Schlimmste annehmen«, erwidert Engelbert.

Elisa im Liegestuhl ist in den Schlaf gestreichelt worden. Sie spürt Stefans Hand auf ihrer Wange.

»Eli, ich …«

»Nein, sag jetzt bitte nichts, Stefan. Lassen wir es einfach so, wie es ist. Bitte. Ich brauche es. Ich brauche dich. Du musst gar nichts tun. Du musst nicht reden. Du musst nur da sein. Bitte bleib da, bleib bei mir, bleib in meinem Leben.«

»Eli, ich hab eine …«

»Pssst. Nicht so laut, nicht so laut.« Sie drückt ihm den Zeigefinger auf den Mund. »Nicht so laut, ich bin müde, ich muss schlafen.«

Für die Kleinen ist das ein aufregendes Versteckspiel. Benjamin muss dreimal unter Aayanas Bett kriechen, um nach ihr Ausschau zu halten, Lotte findet es von Mal zu Mal gruseliger und lustiger. Die Erwachsenen nehmen die Sache langsam ernst, sogar Oskar beteiligt sich, wenn auch widerwillig, an der Suchaktion.

Seltsam, im Haus ist sie nicht, das steht bald fest. Und auch rundherum ist mittlerweile schon jeder Meter erfolglos durchkämmt worden.

»Wahrscheinlich ist sie unten bei Elisa«, meint Engelbert. Also bewegt sich der Tross Richtung Swimmingpool.

»Aayana, Aayana«, ruft Sophie Luise mit schriller Stimme.

»Schrei nicht so, du weckst ja Tote auf«, rügt sie ihr Vater.

Aayana hat sich frei geschwommen und gleitet geräuschlos und ohne Anstrengung über die dunkelviolette Wasseroberfläche. Ihr fehlt nicht viel zum großen Triumph über sich selbst, nur noch etwas mehr Ruhe in der Bewegung, noch freier schweben und dann schon einmal ein kleines Stück abheben.

Aber plötzlich sind diese Stimmen wieder da. Sie kommen vom anderen Ende des Beckens, wo das Wasser wie schwarze Tinte glänzt und seine tiefsten Stellen hat. »Aayana, Aayana«, rufen sie. »Aayana, Aayana.«

Es sind Hilferufe. Es sind wieder diese Hilferufe, die gleichen, die sie auch in den Nächten so oft hört. Aber endlich ist sie wach, endlich kann sie sich frei bewegen. Diesmal liegt es in ihren eigenen Händen, diesmal wird sie den Stimmen folgen. Niemand kann sie mehr zurückhalten. Keiner kann ihr mehr etwas vormachen, denn sie kennt die Wahrheit. Es gibt keine Boote, das ist die Wahrheit. Es gibt gar keine Rettungsboote, es hat sie nie gegeben.

»Aayana, Aayana.« Sie stößt sich noch einmal kräftig vom Boden des Pools weg. Sie beginnt mit den Armen fest zu rudern und steuert auf das schwarze Loch zu. Schwimmen. Schweben. Fliegen.

»Ich komme, Caaisho, halte durch, ich komme.«

Elisa wälzt sich im Liegestuhl hin und her. Stefan hat seine Hand von ihrer Wange genommen.

»Eli, ich hab wen kennengelernt.«

»Sei still, ich will nichts davon wissen.«

»Eine Frau.«

»Nicht jetzt, Stefan. Bitte hör auf damit.«

Sie versucht sich die Ohren zuzuhalten.

»Aayana, Aayana.«

Elisas Traum endet, bevor der Albtraum beginnt. Sie reißt die Augen auf und fährt erschrocken hoch.

»Mama, ist Aayana bei dir?«, ruft Sophie Luise.

»Aayana? Bei mir? Nein. Warum bei mir?«

Man verliert viel zu viel Zeit mit der Diskussion darüber, ob Elisa tatsächlich durchgehend wach gewesen ist, wie sie beharrlich behauptet. Dann hätte sie es natürlich sehen oder hören müssen, wenn Aayana hier unten gewesen wäre.

Vielleicht ist es die kollektive Ehrfurcht vor der ungeheuren Wucht des Schicksals, jedenfalls kommt minutenlang keiner auf die Idee, auch nur einen Blick auf den Swimmingpool zu werfen.

Da muss Melanie erst auffallen, dass hier Wasser plätschert und Wellen gegen die Betonwände schlagen, obwohl draußen absolute Windstille herrscht. Der plötzliche grauenvolle Verdacht flößt ihr selbst so viel Angst ein, dass es wiederum eine Weile dauert, bis er sich den Weg in ihre Stimmbänder bahnen kann.

»Um Himmels willen, vielleicht ist sie ins Wasser gefallen«, schreit sie.

Zeitgleich werden alle von Panik ergriffen. Lotte beginnt wie ein Wolf zu heulen. Engelbert schleudert die Flipflops von den Füßen, reißt sich das Hemd vom Leib und springt ins Becken. Oskar läuft den Pool außen entlang zum anderen Ende.

»Hierher, Engelbert, schwimm hierher, schnell, ich sehe was, da unten ist etwas!« Niemand hat Oskar, den Mann, der sonst nie die Beherrschung verliert, jemals so kläglich schreien gehört.

Nun beginnt auch Benjamin zu plärren. Melanie stellt sich schützend zu ihm und hält ihm die Augen zu.

Engelbert hat die besagte Stelle erreicht, taucht hinunter und stemmt Sekunden später mit beiden Händen das Kind im rotgestreiften Bikini hoch.

Oskar und die herbeigeeilte Elisa beugen sich über den Poolrand und heben Aayana aus dem Wasser.

»Sofort die Rettung rufen«, schreit Engelbert und hievt sich aus dem Becken.

»Bin schon dabei«, kommt es von Sophie Luise zurück. Sie ist als Einzige ruhig geblieben und hantiert an ihrem Handy.

Engelbert hat nun vollständig das Kommando übernommen. Er beugt sich über den reglosen Körper, tastet ihn ab, bringt ihn in Seitenlage, versucht dem Kind den Mund zu öffnen, um Wasser hinauszulassen.

»Ich hab wen am Telefon«, ruft Sophie Luise und drückt ihrem Vater das Handy in die Hand.

»Verdammt, wie ist die Adresse hier?« Oskar scheint die Stimme zu versagen.

Elisa stürmt auf ihn zu und entreißt ihm das Mobiltelefon.

»Hilfe, Hilfe, salvare!«, schreit sie.

»Villa di Lusso, Castagneto Carducci. Bambino annegare! Salvare! Veloce, veloce! Presto, presto!«

Engelbert pumpt abwechselnd am Brustkorb des Mädchens und versucht sie von Mund zu Mund zu beatmen. Melanie packt die beiden hysterisch brüllenden kleinen Kinder und entfernt sich mit ihnen ein paar Meter von der Unglücksstelle.

»Ist es sehr schlimm?«, fragt Elisa mit zittriger Stimme.

»Ich hab keinen Puls und gar nichts«, erwidert Engelbert, der weiterhin wie ein Besessener pumpt und beatmet.

»Soll ich dich … ein bisschen … ablösen?« Der erbärmliche Ton in Oskars Angebot nimmt die Antwort vorweg.

»Lebt sie noch?«, fragt Sophie Luise.

»Noch nicht«, erwidert Engelbert.

»Aber ich versuche sie zurückzuholen.«

Die letzten Termine

Nach etwa zwanzig Minuten trifft die Rettung ein, setzt die Maßnahmen zur Reanimation fort und liefert das Mädchen ins »Ospedale di Cecina« ein, wo es in künstlichen Tiefschlaf versetzt wird.

Am nächsten Morgen wird Aayanas Familie mittels Dolmetscher fernmündlich vom Badeunfall und dem lebensbedrohlichen Zustand des Kindes in Kenntnis gesetzt.

Die Strobl-Marineks und die Binders brechen den Urlaub ab und reisen heim.

Nach drei Tagen wird der Tod des Kindes offiziell bestätigt und eine Obduktion zur endgültigen Klärung der Todesursache veranlasst.

Vier Tage später wird der Leichnam nach Österreich überstellt. Die Angehörigen können Abschied von Aayana nehmen.

KAPITEL ZWEI

Mediale Aufmerksamkeiten

Pressetext: Kurzmeldungen
1. Nach einem Badeunfall in Sankt Gilgen am Wolfgangsee ist ein zwölfjähriges Mädchen aus Würzburg am Mittwoch gestorben. Zuvor wurde das Kind von zwei Badegästen reanimiert und anschließend vom Rettungshubschrauber ins Unfallkrankenhaus Salzburg geflogen.

2. Schon am Samstag vergangener Woche ist, wie jetzt bekannt wurde, die vierzehnjährige Tochter einer im Urlaub befindlichen Familie aus Wien in einem Swimmingpool einer Villa bei Castagneto Carducci in der italienischen Toskana auf tragische Weise ums Leben gekommen. Wie es zu dem Unglück kommen konnte, ist noch nicht bekannt.

Dazu drei Postings, mit Antworten:
P1: Mein tiefes Beileid gilt den Eltern der Kinder. Hatte so ein Schwimm-Unglück im Freundeskreis auch schon erleben müssen. Es zieht einem den Boden unter den Füßen weg.

P2: »Auf tragische Weise ums Leben gekommen.« Gibt es auch eine untragische Weise, ums Leben zu kommen?
    A1: Ja, mit neunzig einschlafen und nicht mehr aufwachen.

P3: In einem Swimmingpool einer Villa in der Toskana ertrunken. Bizarr! Reichtum schützt vor Unglück nicht.
    A1: Ihnen ist offenbar jeder noch so traurige Anlass recht, um Ihren Neid und Hass auf Besserverdiener loszuwerden. Schämen Sie sich.

A1a: »Loswerden« ist da das falsche Wort. Seinen Neid und seinen Hass wird man durch solche Sager nämlich niemals los. Im Gegenteil, damit feuert man nur andere Neider und Hasser an.

Korrigierter Pressetext:
Bei dem vierzehnjährigen Mädchen, das vergangenen Samstagabend in einem Swimmingpool einer Villa bei Castagneto Carducci in der italienischen Toskana verunglückt und drei Tage später im örtlichen Krankenhaus verstorben ist, handelt es sich nicht, wie irrtümlich berichtet, um die Tochter einer Wiener Familie, sondern um eine Freundin der Tochter, ein Flüchtlingskind aus Somalia.

Dazu 167 Postings, hier fünf davon, mit Antworten:
P6: Uiiii, schöner Scheiß!

P18: Wie kommt ein Flüchtlingskind aus Somalia in eine Villa in der Toskana?
    A1: Nicht zu Fuß.
    A1a: Haha!
    A2: Mit NGOs. Die bringen Migranten überallhin. Natürlich gratis.
    A2a: Sparen Sie sich Ihre geschmacklosen Bemerkungen.
    A3: Steht eh im Artikel – es war die Freundin der Tochter. Zuerst lesen, dann posten!
    A4: War wahrscheinlich ein Patenkind von Gutmenschen-Bobos.
    A5: Wenn ich manche Kommentare lese, kommt mir das Kotzen. Ein Kind ist beim Schwimmen verunglückt, das ist allemal tragisch genug, da braucht man keine blöden Sprüche klopfen.

P69: Afrikanisches Migrantenkind ertrinkt in europäischem Fünfsterne-Swimmingpool. Gratulation! Das sind die Auswüchse der Willkommenskultur der Frau Merkel …
  A1: Geh bitte. Jetzt melden sich schon wieder die ganzen Trolle von rechts außen.
  A2: Wo steht, dass das ein Fünfsternehotel war?
  A2a: Na ja. Villa. Toskana. Das riecht schon nach fünf Sternen.

P103: Die afrikanischen Kinder können alle nicht schwimmen. Kein Wunder, dass so viele ertrinken.
  A1: Aber eher im Mittelmeer, und weniger im Swimmingpool.
  A1a: Ja, das entbehrt nicht einer gewissen Skurrilität.

P152: Kaum steht in einem Artikel das Wort »Flüchtling«, müssen hier im Forum schon wieder alle unbedingt was dazu sagen.
  A1: Einschließlich Ihnen.

Modifizierter Pressetext, einen Tag später:
Zu dem tödlichen Badeunfall, der sich vergangenen Samstag in einem Swimmingpool einer Villa bei Castagneto Carducci in der Toskana in Italien ereignet hat, sind nun einige Details bekannt geworden. Wie berichtet, ist ein Migrantenkind aus Somalia im Pool ertrunken. Das vierzehnjährige Mädchen, das zwei Jahre in Wien gelebt und bereits Asylstatus hatte, war von zwei österreichischen Familien mit in den Urlaub genommen worden, darunter eine bekannte Grün-Politikerin und ein renommierter niederösterreichischer Winzer. Unmittelbar nach dem Unglück waren von den Anwesenden sofort lebensrettende Maßnahmen gesetzt worden, die aber zu spät kamen. Die Vierzehnjährige starb drei Tage später im Spital in Cecina.

Dazu 844 Postings, hier einige davon, mit Antworten:
P1: Ich möchte mein tiefes Mitgefühl allen Betroffenen und Angehörigen gegenüber ausdrücken.

A1: Die Angehörigen werden mit deinem Posting vermutlich nicht viel anfangen können.

P2: Weiß man schon, wer es ist?

A1: Die Politikerin oder der Winzer?

P2: Der Winzer ist mir egal, ich bin Biertrinker!

A2: Sehr witzig.

A3: Angeblich die Strobl-Marinek, schreiben sie zumindest auf oe24.

A4: Ja! Elisa Strobl-Marinek, und der Starwinzer ist Engelbert Binder.

A5: Oida, so etwas brauchst du auch nicht in deiner Biografie …

P37: Wieso werden die Namen im Bericht nicht geschrieben, wenn sie ohnehin schon bekannt sind?

A1: Weil es bei uns das Recht auf Schutz der Privatsphäre gibt.

A1a: Das gilt aber nicht für »Personen des öffentlichen Interesses«, also für die Promis.

A1b: Blödsinn. Natürlich gilt das auch für die! Wenn das Ereignis nichts mit dem Job zu tun hat, ist und bleibt es Privatsache und muss geschützt werden.

A2: Manche Medien halten sich daran, manche nicht. Die sich daran halten, sind die Depperten. Wenn ein Name einmal im Netz steht, dann ist es eh schon wurscht, dann wissen's eh alle.

P133: Die Strobl-Marinek tut mir leid. Ich mag die. Sie ist eine der wenigen Echten bei den Grünen, mit Ecken und Kanten! Wäre interessant, was da genau passiert ist mit dem Flüchtlingskind.

A1: Machen überall Scherereien, diese Flüchtlinge!! (Vorsicht: Ironie.)

A2: Die kann sich ihre politische Karriere jetzt abschminken.

A2a: Wieso? Das ist ein persönliches Unglück und hat nichts mit Politik zu tun.

A3: Von einer als zukünftige Umweltministerin gehandelten Person erwarte ich mir schon, dass sie ihre unmittelbare Umwelt so weit überblicken kann, dass nicht ein Kind quasi neben ihr im Swimmingpool ertrinkt.

A3a: Reden S' nicht so g'scheit daher. Wir wissen ja noch gar nicht, wie es dazu gekommen ist.

Neuer Pressetext, vierzehn Tage später:
Ein tragischer Badeunfall in der Toskana könnte nun für die Grün-Abgeordnete Elisa Strobl-Marinek ein gerichtliches Nachspiel haben. Gegen sie und weitere drei Personen, darunter ein renommierter niederösterreichischer Winzer, wurden von den italienischen Behörden Vorerhebungen wegen des Verdachts der »fahrlässigen Tötung« eingeleitet. Das bestätigt ein Sprecher des Außenamts. Dabei handle es sich freilich nur um Routine-Untersuchungen.

Am 12. Juli war ein vierzehnjähriges somalisches Mädchen mit Asylstatus in Österreich im Swimmingpool einer italienischen Villa verunglückt und drei Tage später verstorben. Das Mädchen war als Freundin der Tochter Strobl-Marineks in den Familienurlaub mitgenommen worden.

Ob tatsächlich Anklage gegen die Grün-Politikerin erhoben wird und was das für berufliche Konsequenzen für sie haben könnte, ist noch unklar. Elisa Strobl-Marinek war bisher zu keiner Stellungnahme bereit.

Dazu 1036 Postings, hier einige davon, mit Antworten:
P47: Da will man Gutes tun und nimmt ein Flüchtlingskind mit in den Urlaub, und dann passiert so etwas. Und man kriegt vielleicht auch noch eine Strafe dafür. Das kann's nicht sein, oder?

A1: Wahrscheinlich war das Kind unbeaufsichtigt. Das geht halt nicht, auch wenn es nur ein Flüchtling war, also für viele im Forum hier »ein Mensch dritter Klasse«.

A1a: Es macht schon einen Unterschied, ob ein Kind drei Jahre oder vierzehn Jahre alt ist. Eine Vierzehnjährige kann man nicht ununterbrochen beaufsichtigen.

A1b: Wenn sie in einem Swimmingpool ist und nicht schwimmen kann, muss man sie jede Sekunde beaufsichtigen! Ertrinken geht so schnell, und vor allem lautlos. Da gibt es keine Hilfeschreie und gar nichts.

A1c: Absurdes Theater! Tausende minderjährige unbegleitete Flüchtlinge rennen bei uns täglich rund um die Uhr unbeaufsichtigt herum, und immer wieder ertrinken welche in der Donau, oder es passieren andere Dinge. Da müsste man praktisch jede Woche eine Jugendbehörde auf fahrlässige Tötung klagen.

P88: Normalerweise wird bei tödlichen Badeunfällen dieser Art keine Anklage erhoben. Wenn es hier passiert, ist es politisch motiviert.

A1: Aha, und was soll daran schon wieder politisch motiviert sein? Hier geht es um die Aufsichtspflicht von Eltern bzw. mit der Obsorge einer Minderjährigen Betrauten und um nichts anderes.

A1a: Na ja, es ist schon eine gute Gelegenheit, die aufmüpfige und unbequeme Strobl-Marinek politisch abzuschießen.

A1: Aha, und da haben ihr die anderen Parteien, wahrscheinlich die bösen Blauen, ein totes Migrantenkind in den Swimmingpool gelegt, oder was?

A2: Selten so einen Unsinn gelesen von wegen »politisch motiviert«! Die Voruntersuchungen sind reine Routine der italienischen Behörden. Denen ist eine österreichische Grün-Politikerin politisch aber schon sowas von blunzen!

A2a: Aber der renommierte niederösterreichische Winzer könnte für die Italiener interessant sein. (Smiley.)

A2b: Haha.

A2c: Dolm!

P467: Im Mittelmeer ertrinken jährlich tausende Flüchtlinge, das kümmert mittlerweile kein Schwein mehr. Dann verirrt sich einmal ein Migrantenkind in einen vornehmen Swimmingpool einer bekannten Grün-Politikerin und geht dort unter, und die mediale Welt steht kopf bei uns. Wir sind schon eine kranke Gesellschaft!

KAPITEL DREI

Schockstarre

Keiner der Beteiligten ist mit dem Schrecken davongekommen. Das Unglück hat sich in die Hinterköpfe gegraben und dreht dort Endlosschleifen. Es löst die Strukturen zweier Familien auf, versetzt deren Alltag in chronische Ausnahmezustände, kontrolliert die Nächte, dirigiert die Träume, und jedes Erwachen führt zum Ausgangspunkt zurück, zu diesem gottverdammten Swimmingpool in der Toskana.

Wenigstens die beiden Kleinen konnten aus der Schusslinie genommen werden. Lotte verbringt den Rest der Sommerferien auf dem von Alpakas umsäumten und mit Turopolje-Ferkeln reich gesegneten Biobauernhof plus angeschlossener Pferderanch der Großeltern im Burgenland. Benjamin ist mit den Pfadfindern auf eine Almhütte im Salzburger Tennengebirge verlegt worden.

Die Binders stehen eine Spur besser da als die Strobl-Mineks. Aber selbst Engelbert, der sonst allem Übel immer auch etwas Positives abgewinnen kann, muss sich der ungeheuren Schlagkraft des Schicksals beugen. Zum Glück lässt sich die Katastrophe kurzfristig verdrängen – dank einer zweiten. Denn daheim am Wagram haben Hagel-Unwetter gewütet und ausgerechnet in seinen kostbaren Ersten Lagen schwere Schäden an den Weinkulturen angerichtet. Nun gilt es, die Ärmel hochzukrempeln und auf den Feldern zu retten, was noch zu retten ist.

Melanie zieht mit ihm an einem Strang, zumindest von außen betrachtet. Sie hat sich zur Sprecherin der Unwetter-

Opfer erklärt, tröstet die Mitbetroffenen, traktiert die Versicherungen und kämpft um Entschädigungszahlungen bei der Gemeinde.

Das wirft genügend Gesprächsstoff ab, und an manchen Tagen möchte man meinen, die Binders hätten nur dieses eine gravierende Problem.

Aber wehe, Melanie und Engelbert sitzen abends beisammen, und es scheint alles gesagt, dann wissen beide, dass noch kein Wort von Belang gesprochen wurde. Melanie sucht nach seinen Armen, in die sie sich so gerne fallen lassen würde wie damals, doch die baumeln neben ihr von trostlos hängenden Schultern herab. Und Engelbert wartet vergeblich auf Melanies Blick, auf ein Zublinzeln, auf ein kurzes aufmunterndes Kopfnicken, auf eine kleine Geste, die ihm alles nachsieht, die ihm Mut zuspricht, die sagt: »Du hast getan, was du tun konntest, Engelbert. Dich trifft keine Schuld.«

Aber sie schweigen, sie sehen aneinander vorbei, und sie rühren sich nicht, weil sie wissen, dass jede Bewegung vom anderen sofort als Fluchtversuch durchschaut werden würde. Dann ergreift sie eine tiefe Traurigkeit, die an der Substanz ihrer Beziehung zehrt, die sie sich fragen lässt, wo ihre Liebe geblieben ist, wann sie sie verloren haben, wie lange sie still und geduldig darauf verzichtet haben, worauf sie warten, und wieso sie überhaupt noch beisammensitzen und sich gegenseitig mit Gedanken quälen und mit Ohnmacht strafen.

Dann ist es meistens Engelbert, der es nicht mehr aushält, der dieser elendigen Stille ein Ende setzt, der mit einer Wahrheit rausrückt, die man voreinander nicht geheim halten muss:

»Die Matzeneders in Kirchberg, die sind mit einem blauen Auge davongekommen.«

»Ah so, die Matzeneders? Ehrlich? Davon weiß ich noch gar nichts«, lügt Melanie.

»Jaja, tatsächlich«, setzt Engelbert dankbar nach.

»Die sind wie durch ein Wunder verschont geblieben, also nicht ganz verschont, aber halbwegs verschont.«

»Ja, die einen trifft's eben härter, die anderen weniger hart«, bemerkt Melanie.

»Du sagst es. So ist das mit dem Hagel«, bestätigt Engelbert.

»Unberechenbar«, ergänzt Melanie.

Sie sind sich einig, jetzt ist ihnen leichter, jetzt können sie schlafen gehen.

Der krasse Brief

Um Sophie Luise würde man sich ernsthaft Sorgen machen, wenn jemand den Kopf dafür frei hätte. Sie hat aufgehört zu lächeln. Sie hat aufgehört zu sprechen. Sie erscheint nicht mehr zum Essen. Sie hat sich in ihr Zimmer zurückgezogen und ernährt sich quasi von der Software ihres Computers.

Dort forscht sie unter anderem nach Gleichgesinnten, die Ähnliches erlebt haben und ebenfalls nicht fähig sind, mit ihren Eltern oder sonst wem darüber zu reden.

In einem deutschen Forum für Opfer von Unfällen schreibt sie recht offen über ihr traumatisches Erlebnis.

Hallo, ich bin die So-Lu aus Wien. Im Urlaub in Italien ist eine Freundin von mir gestorben. Ich will jetzt nicht sagen, wie genau, weil das ist echt krass. Also es war keine sehr enge Freundin. Ich hab sie eigentlich fast nicht gekannt, weil sie kaum Deutsch kann. Aber trotzdem, ich muss dauernd daran denken, und mir macht nichts mehr Spaß, und ich will niemanden sehen. Alles scheiße momentan. Am liebsten würde ich den ganzen Tag nur schlafen, aber ich kann nicht. Wem geht es noch so?

Julia geht es so. Jacquie geht es so. Tom geht es so. Anke geht es so. Allen geht es so, die sich hier im Forum mehr oder weniger ausführlich ihre eigene tragische Geschichte von der Seele schreiben. Davon bleibt Sophie Luise freilich unberührt, das interessiert sie nicht, das hat nichts mit ihr zu tun, das spendet ihr keinen Trost. Nur eine Einzige, die sechzehnjährige Frida aus Dortmund, deren Schwester nach einem Reitunfall querschnittgelähmt ist, fragt nach:

> *Woran genau musst du denken, So-Lu? Denkst du an die tote Freundin? Oder denkst du an dich? Ich denke an mich, denn wie komme ich dazu? Warum muss ich jetzt leiden, nur weil meine Schwester nicht auf sich aufgepasst hat? Das macht mich richtig wütend. Ist es bei dir auch so?*

Sofort erwidert Sophie Luise:

> *Ja, genau so ist es! Ich bin auch megawütend!! Was kann ich dafür? Sie war nicht einmal eine enge Freundin, sie ist Afrikanerin. Ich kenne sie überhaupt nicht, ich wollte ihr nur helfen, weil sie sonst eh niemanden hat, also gehabt hat. Sonst gar nichts.*

In der darauffolgenden Nacht wälzt sich Sophie Luise wieder schlaflos im Bett herum. Gegen vier Uhr früh setzt sie sich vor den Bildschirm und schickt eine zweite Nachricht nach Dortmund.

> *Hallo Frida, es stimmt nicht ganz. Ich bin schon sehr wütend, aber auch auf mich. Ohne mich wäre sie nicht gestorben, wahrscheinlich. Weil ich hab sie in den Urlaub mitgenommen, sie hat eigentlich gar nicht dürfen. Und weißt du, woran ich dauernd denken muss? Das ist crazy, aber ich kann nicht anders. Ich hab was vergessen. Sie hat mir nämlich, wie wir in den Urlaub gefahren sind, einen dicken Briefumschlag gegeben. Sie hat gesagt: Das ist wichtig! Das soll ich gleich meinen*

Eltern geben. Das hab ich vergessen. Und jetzt daheim, wo sie schon tot war, hab ich den Brief in meinem Baderucksack gefunden. Und jetzt kommt das Krasseste: Ich hab richtig Angst vor dem Brief. Ich hab ihn nicht aufgemacht, sondern gleich in einer Schublade versteckt. Wenn ich nicht schlafen kann, denke ich immer daran. Das ist, wie wenn sie selber in dem Briefumschlag steckt, die Tote. Das ist übelst gruselig. Echt weird. Was sagst du? Was soll ich tun?

Sophie Luise muss einen Tag auf eine Antwort von Frida warten. Dann kommt kurz und prägnant:

Hallo So-Lu, da hast du nur zwei Möglichkeiten. Entweder du gibst den Brief deinen Eltern. Oder du verbrennst ihn. Ich würde ihn an deiner Stelle verbrennen. Tot ist tot.

Spitzenreiter der Unschuld

Man kann ein Unglück totschweigen, wie es die Binders versuchen. Man kann es aber auch zu Tode diskutieren. Darum bemüht sich Oskar.

»Lassen wir die Gefühle ausnahmsweise einmal beiseite«, schlägt er vor.

»Ausnahmsweise, Oskar?« Elisa will vor Lachen brüllen, das Ergebnis hat zweifellos mehr mit Brüllen als mit Lachen zu tun.

»Du lässt die Gefühle immer beiseite. Du bist der Prototyp, du bist der Landesmeister im Beiseitelassen von Gefühlen. Ich kenne dich gar nicht mehr mit Gefühlen.«

»Spar dir deinen Sarkasmus, der bringt uns nicht weiter«, kontert er. »Du weißt, dass ich in der Sache recht habe.«

»Ja, ich weiß, dass du in jeder Sache immer recht hast«, murmelt sie.

Seine Sichtweise: Was geschehen sei, sei geschehen. Man müsse damit leben, dass das Unglück passiert sei. Man könne das tote Kind durch »Jammern und Wehklagen« nicht lebendig machen. Mit »katholischer Selbstgeißelung«, »Hingabe im Schmerz« und »masochistischer Suche nach der eigenen Verantwortlichkeit« sei keinem geholfen.

Für Oskar ist die Schuldfrage längst abgehakt, und er wird nicht müde, und es kann Elisa dabei gar nicht mies genug gehen, seine Standpunkte darzulegen.

Manchmal probiert er es so:

»El delito mayor del hombre es haber nacido. – Des Menschen größte Schuld ist, dass er geboren wurde. – Pedro Calderón de la Barca. Ich würde anfügen: Es ist des Menschen *einzige* Schuld.«

Elisa hält sich die Ohren zu und schreit: »Aufhören!«

Oder er geht direkt in den Angriffsmodus über:

»Du weißt, ich war von Anfang an dagegen, das Mädchen mitzunehmen. Ich hab gespürt, da im kleinen Finger hab ich es gespürt ...« Er hält ihr den kleinen Finger unter die Nase. »Unter dem Fingernagel des kleinen Fingers, da hab ich es gespürt, dass es Probleme geben wird. Aber nein, aber nein, aber nein. Das Fräulein Tochter und die Frau Mama haben sich eingebildet ...«

»Willst du damit sagen, dass Sophie und ich die Schuldigen sind?«, fährt sie laut dazwischen.

»Nein, es gibt keine Schuldigen, denn es gibt keine Schuld. Es gibt höchstens eine ... oder zumindest so etwas Ähnliches wie eine ...«

»Eine was?«, fragt Elisa. Ihre Stimme überschlägt sich.

»Eine Rangordnung der Unschuld in unserer Familie. Und die führe ich haushoch an, da bin ich der absolute Spitzenreiter, das will ich damit sagen. Ich komme zu diesem schrecklichen Unfall wie die buchstäbliche Jungfrau zum Kind.«

Warum sich Elisa das überhaupt anhört? – Weil sie sich dabei spürt. Weil Oskar sie aufregt und zornig macht. Weil er sie nicht in Ruhe lässt. Nicht und nicht – zum Glück. Weil die Ruhe für sie Gift wäre. Das sagt auch ihre Psychotherapeutin, die sie jetzt wieder zweimal wöchentlich aufsucht.

»Elisa, du bist eine Kämpferin, vergiss das nicht, vergiss das bitte nie. Ohne Kampf verlierst du. Ohne Kampf verlierst du dich.«

Ruhe käme einem Rückzug gleich. Rückzug hieße Resignation. Die Therapeutin weiß, wovon sie spricht, von Depressionen, ein Dauerthema in ihren gemeinsamen Sitzungen, und das schon seit vielen Jahren.

Oskar ist Elisas Antidepressivum. Wenn es ihr besser geht, wenn es ihr endlich auch nur eine Spur besser geht, wird sie es absetzen, ja dann wird sie Oskar absetzen. Lieber heute als morgen. Aber noch muss sie ihn schlucken, trotz beinahe unerträglicher Nebenwirkungen verbaler Art.

»Wie sagte Friedrich Nietzsche so schön? – Irgendjemand muss schuld daran sein, dass ich mich schlecht befinde – diese Art zu schließen ist allen Krankhaften eigen«, führt er aus.

»Und was hat das mit mir zu tun?«, fragt Elisa.

»Muss ich dir das wirklich erklären?«, erwidert Oskar.

»Nein, das musst du nicht. Tu es bitte nicht. Ich glaube, das verkrafte ich nicht, heute nicht mehr.«

»Also vergessen wir die Schuld. Schauen wir lieber, wie wir aus der Sache am besten herauskommen«, empfiehlt Oskar.

»Aus welcher Sache?«

»Es gibt bekanntlich auch eine rechtliche Dimension, und da müssen wir kühlen Kopf bewahren.«

»Was meinst du mit kühlem Kopf?«

»Mit kühlem Kopf meine ich einen Anwalt. Wir brauchen einen Rechtsanwalt«, sagt Oskar. »Und ich weiß auch schon, wen.«

In ihrer Jugend war Elisa eine begnadete Langstreckenläufe-
rin, eine, die mit wachsender Anstrengung immer schneller
wurde, die die letzten Reserven aus sich herausholen konnte,
wenn sie einmal das Ziel vor Augen hatte.

Ähnlich fühlt sie sich jetzt, wie in der Zielkurve eines zä-
hen Marathons, während sie in die Gentnergasse einbiegt. Sie
schleppt sich, kraftlos, aber euphorisch und vollgepumpt mit
Adrenalin, zum Haustor 24, drückt den Knopf der Gegen-
sprechanlage und wartet mit heftigem Herzklopfen auf den
Klingelton, der ihr das Freizeichen zum Passieren der Ziel-
linie gibt.

Danach sind es noch genau zwölf Stufen, von denen Elisa
jede einzelne persönlich kennt und liebt, mit allen Mustern
und Kerben, mit denen sie ihr intimstes Geheimnis teilt. Diese
zwölf Stufen begleiten sie innig und treu zur Eingangstür
Nummer drei, die immer bereits einen Spalt offen steht, als
würde die Tür ebenso unbändig vor Ungeduld auf ihr Erscheinen warten wie der Mann dahinter. Voll Begierde. Hoffentlich. Endlich. Stefan.

Und dann ist es normalerweise schon gleich die erste Umarmung, die nicht mehr von Sex zu unterscheiden ist. Die sie
beide in einen Rauschzustand versetzt, der ihnen die Kleider
vom Leib fallen und sie in ihre gemeinsame Auszeit taumeln
lässt. Alles rundherum verschwindet, jeder Gedanke erübrigt
sich, nichts ist plötzlich mehr verboten, alles Vergangene ist
ungeschehen.

Doch diesmal ist es anders. Die Umarmung verfestigt sich
zur Umklammerung, aus der sich keiner zu befreien vermag.
Das Gewand bleibt an ihnen kleben. Und Elisa beginnt zu
weinen, erst still und unbemerkt, dann immer heftiger, mit
schwerem Atem und kläglich schluchzenden Geräuschen.

»Lass es raus«, könnte sein dumpfes Brummen geheißen haben, sofern es Worte waren. Sie schüttelt sich vor Weinkrämpfen, und ihre Finger versuchen Krallen zu machen und sich in seinen Rücken zu graben. Er legt eine Hand auf ihren Kopf und streichelt sie, als wäre sie sein Kind, das zum ersten Mal so richtig schwer gestürzt ist und noch nicht recht weiß, wie ihm geschah.

Endlich gelingt es ihnen, ihre Verschränkung aufzulösen. Stefan bringt Elisa eine Packung Papiertaschentücher Sensitive mit Melissen-Duft – wahrscheinlich die armseligste Form, jemandem Trost zu spenden, aber eine recht zweckdienliche.

»Besser?«, fragt er. Sie schnieft, nickt und schnäuzt sich. Jetzt würde sie gerne mit ihm schlafen, aber sie schafft es nicht, ihm dies mitzuteilen. Und er wirkt so, als würde er nicht wagen, von alleine darauf zu kommen.

Sie sitzen schon eine ganze Weile in Wartestellung eng nebeneinander auf dem Sofa und reiben einander die Hände, als überraschenderweise dann doch noch ein Gespräch zustande kommt.

»War es sehr schlimm?« – Da sieht man, was dabei herauskommt, wenn sich einer vielleicht schon tagelang den Kopf zermartert hat, was er jemanden in so einer beschissenen Situation als Erstes fragen könnte.

»Mhm«, sagt sie. – Eine Antwort zwischen »Ja« und »Genauer willst du es nicht wissen?« Irrtum, er will.

Stefan: »Und, wie haben sie es aufgenommen?«

Elisa: »Wer sie?«

Stefan: »Die Eltern.«

Elisa: »Welche Eltern?«

Stefan: »Na ja, die Eltern … die Eltern von … die Eltern von dem … Mädchen.«

Hier wird der Dialog abrupt unterbrochen, und man sollte

Elisas Gesicht sehen, wie die Bedrücktheit einer tiefgehenden Verwunderung und Ratlosigkeit weicht.

»Ich weiß es nicht«, sagt sie schließlich.

»Wie, du weißt es nicht?« Jetzt staunt Stefan.

Elisa: »Ich weiß es einfach nicht. Punkt.«

Stefan: »Du meinst, du hast noch gar nicht …«

Elisa: »Nein.«

Stefan: »Du hast sie noch gar nicht …«

Elisa: »Nein. Ich hab es probiert, gleich danach, mehrmals. Aber ich konnte sie nicht … Ich hab sie nicht erreicht. Was soll ich tun? Und jetzt …«

Stefan: »Du hast also noch gar nicht mit ihnen …«

Elisa: »Nein, hab ich nicht.« Sie beißt sich auf die Lippen. »Ich kann es nicht, Stefan. Ich kann nicht daran denken. Ich will nicht daran denken, an diese Leute. Ich schaffe das nicht, es ist mir zu viel. Ich kann mir das Leid von denen nicht auch noch umhängen. Verstehst du? Ich ertrage das nicht, es ist mir einfach zu … zu furchtbar.«

Stefan: »Aber es wird dich einholen, es wird dich irgendwann einholen.«

Sie entzieht ihm ihre Hand und stützt damit ihr Kinn. Sie versucht ihr Gefühl der Ohnmacht mit Trotz zu überspielen.

»Eli, du musst hingehen, du musst mit ihnen reden, das bist du ihnen schuldig. Und das bist du dir schuldig«, sagt Stefan. Da war ein falsches Wort dabei.

»Schuldig? Schuldig? Schuldig? Ich bin niemandem auch nur irgendetwas schuldig, Stefan, und am wenigsten mir selbst!«

Jetzt springt sie auf und tut so, als würde sie hastig letzte Dinge zusammenklauben, wie man es als Besucherin macht, bevor man im Zorn eine Wohnung verlässt.

»Soll ich mitgehen?«, fragt er.

Elisa verlangsamt ihre Bewegungen und stoppt sie.

»Mitgehen?«

»Ja, soll ich mit dir zu ihren Eltern gehen?«

»Das würdest du machen?«

»Ja, klar«, sagt Stefan.

»Du würdest mich begleiten, obwohl wir zwei …«

»Ja. Warum nicht? Wenn es dir hilft.«

Sie sieht ihn lange an, geht dann auf ihn zu und umarmt ihn zart, ganz ohne Umklammerung.

»Aber es wird schrecklich sein, ein Albtraum. Und die können noch dazu kein Wort Deutsch.« Sie versucht zu lächeln.

»Sie werden dich schon verstehen«, sagt er.

»Und du meinst das ernst, du kommst wirklich mit?«, flüstert sie.

»Klar. Wenn du es willst.«

»Natürlich will ich es«, sagt sie fast stimmlos.

»Und ich will noch etwas anderes«, haucht sie ihm ins Ohr.

Als sie bei seinem dritten Hemdknopf angelangt ist, drückt er seine Hand auf ihre. Sie sieht ihn besorgt an. Er entschuldigt sich mit einem reumütigen Blick.

»Was ist?«, fragt sie.

»Elisa, ich …«

»Du willst nicht.« Sie sagt es ungläubig, geradezu fassungslos, als wäre ihr so etwas noch nie passiert.

»Elisa, ich glaube, es ist besser, wenn wir …«

»Warum ist es besser? Für wen ist es besser? Für mich ist es nicht besser, für mich ist es ganz und gar nicht besser, im Gegenteil.« – Elisa ist es nämlich von der Politik her gewohnt, unangenehme Wahrheiten schon im Ansatz zu erkennen und sofort abzuwürgen und mit eigenen Worten unschädlich zu machen.

»Das ändert aber im Grunde überhaupt nichts an unserer …«

»Heißt das, dass du Schluss machen willst?«, fragt sie.

»Nein. Es heißt, dass ich einfach … irgendwann … damit Schluss machen muss.«

»Womit? Mit mir?«

»Nein, mit … Du weißt schon, womit.«

»Warum? Wer zwingt dich dazu? Die Neue?« Verächtlicher kann man »die Neue« nicht ins Gespräch einführen.

»Eli, es ist jetzt wirklich nicht der richtige Zeitpunkt, um darüber …«

»Nein, es ist nicht der richtige Zeitpunkt, Stefan. Es ist absolut nicht der richtige Zeitpunkt, mich einfach kalt abzuservieren.«

»Ich will dich nicht abservieren.«

»Aber du willst nicht mehr mit mir schlafen«, sagt Elisa.

Stefan schweigt.

»Weil es eine andere Frau in deinem Leben gibt.«

Stefan schweigt.

»In die du dich verliebt hast.«

»Aber das ändert nichts an unserer …«

»Stopp. Bevor du jetzt das Wort Freundschaft aussprichst, lass mich bitte gehen.«

Stefan schweigt.

Elisa stürzt aus der Wohnung und stürmt mit kräftigen Tritten die widerwärtigen zwölf Stufen hinunter zum Ausgangstor.

Sophie Luise hält ihre Zimmertür versperrt und öffnet sie nur für sporadische Ausflüge in Küche, Bad oder WC. Kommunikationsbemühungen ihrer Eltern von draußen prallen zumeist an ihren Kopfhörern ab. Drinnen schwanken ihre Stimmungen zwischen Lethargie, Unlust und Niedergeschlagenheit. In einem Anflug von Tatendrang stellt sie in diversen Online-Foren für Jugendliche folgende Botschaft ins Netz:

Hallo, ich bin die So-Lu aus Wien, und ich werde bald fünfzehn. Momentan bin ich sehr traurig. Wer kann mich aufheitern?

Die Resonanz bleibt bescheiden, die wenigen Aufheiterungsversuche erweisen sich als stümperhaft. Daraufhin fügt sie dem Text ein Selfie bei, eines aus der Sonnenuntergangsserie in der Toskana. Nun hat sie das gegenteilige Problem: Alle wollen »So-Lu« aufheitern, alle Jungs zwischen fünfzehn und zwanzig und sogar weit darüber hinaus. Und alle haben die gleiche geniale Idee, worin diese Aufheiterung bestehen könnte – in einem persönlichen Treffen.

Den wenigen, die etwas Nettes schreiben, antwortet sie mit einem knappen »Danke«, »Cool« oder dem Symbol Daumen nach oben. Keine einzige Wortmeldung schafft es, sie zum Lachen zu bringen. Dafür ist ein wortloser Beitrag darunter, der sie länger beschäftigt. Beim ersten Mal hat dieses Kurz-Video sie auf wohlige Weise erschreckt, nun schaut sie es sich immer wieder an. Es zeigt eine animierte Figur, eine Art ausgefeiltes Emoji, das aus einem schwarzen, affenähnlichen Gesicht mit riesigen Augen besteht, aus denen Tränen in alle Richtungen schießen. Diese Figur bewegt sich zuerst langsam auf den Betrachter zu und springt ihn dann unvermittelt an, sodass man zusammenzuckt und automatisch den Kopf vor dem Bildschirm zurückreißt. Nun lacht das mächtige Äffchen schadenfroh und schleckt mit üppiger rosa Zunge den Monitor scheinbar von innen ab. Der Adressat dieses kurzen Clips trägt den Nickname »Pierre pour vous«.

Ihm schreibt Sophie Luise: *Hey, das Video ist ultranice. Woher hast du das? Wer bist du?*

Die Antwort lässt nicht lange auf sich warten: *Das ist Pierre pour vous. Gefällt dir? Ich mache das! Pierre.*

Darauf Sophie Luise: *Das machst du echt selbst? Wow, übertrieben cool. Du bist aber nicht von hier? Woher kommst du, wie alt bist du? So-Lu.*

Diesmal dauert es etwas länger, dann folgt: *Du hast gleich gemerkt! Ich komme Frankreich. Paris, du kennst. Jetzt ich lebe Wien. Ich gehe zu hohe Schule Kunst. Ich bin neunzehn. Und du bist fünfzehn, du hast geschrieben. Pierre.*

Ein schon volljähriger Franzose, der schräge Online-Trickfiguren-Clips zeichnet – jedenfalls eine willkommene Abwechslung in Sophie Luises sonst so trüber Gedankenwelt. Sie empfindet es als äußerst angenehm, dass er gar nicht aufdringlich wirkt, obwohl er ihr Foto gesehen hat, dass er sie also nicht gleich zutextet und anbaggert, wie die anderen. Außerdem mag sie das Fehlerhafte an ihm, wie an allen anderen Menschen, ausgenommen natürlich an sich selbst.

Hallo Pierre, es muss heißen: Ich komme aus Frankreich. Jetzt lebe ich in Wien. Ich gehe in die Hochschule für Kunst. Sonst übelst geil! Schreib mir wieder. Und schick mir noch so ein schrilles Video. So-Lu.

Jetzt kehrt bei ihr schon eine gewisse Unruhe ein, wenn er sich drei Stunden nicht meldet. Am späten Abend ist es aber endlich so weit:

Hallo So-Lu. Ich habe gesehen, du sagst mir, wie ich richtig schreibe! Das ist super! Ich kenne sonst kein Mensch hier. Aber ich muss lernen Deutsch! Du kannst verbessern, So-Lu, ich liebe es, wenn du tust. Ich schicke dir noch eine von Pierre pour vous. Gutes Schlaf! Pierre.

Sein zweites Video-Dokument zeigt neuerlich das tränenreiche schwarze Äffchen. Diesmal heult es in ein gelbes Taschentuch, springt wieder ruckartig nach vorne, grinst und windet das Tuch bildschirmfüllend aus, sodass der gesamte Monitor von innen zu triefen und sich nebelig zu beschlagen scheint.

Sophie Louise antwortet: *Ultrakrass! Es heißt nicht »Gutes Schlaf«, sondern »Gute Nacht« oder »Schlaf gut!« Ich glaube, ich kann heute endlich gut schlafen. Danke, Pierre! So-Lu.*

Mama kann weinen

Ja, Sophie Luise hat einige Stunden gut geschlafen. Sie ist weniger ängstlich aufgewacht als sonst. Und sie hatte sich etwas Bestimmtes so sehr gewünscht, dass es gar nicht anders konnte, als real zu werden: eine Morgengabe von Pierre. Sein sich in Tränen schüttelndes schwarzes Äffchen trägt diesmal eine Schlafmütze, zieht sie sich bedächtig vom Scheitel und schleudert sie schwungvoll nach vorne, der Userin scheinbar ins Gesicht, wobei der Mütze eine Herde kleiner schwarzer Schafe entspringt, die jetzt in alle Richtungen davonstieben. Dazu die Textmitteilung:

Hallo So-Lu. Gute Kraft für neues Tag, ich hoffe. Pierre.

Sophie Louise antwortet:

So lieb von dir, Pierre!! Es heißt richtig: Viel Kraft für den neuen Tag! Wünsch ich dir auch. So-Lu.

Pierres virtuelle Energiezufuhr muss genutzt werden. Sophie Luise öffnet die Schublade, holt das Päckchen heraus, das ihr Aayana gegeben hatte, verlässt ihr Zimmer und sucht die Eltern. Ohne Lotte ist es hier draußen gespenstisch ruhig. Seltsamerweise sind auch keine Geräusche aus der Küche oder den Homeoffice-Räumen zu vernehmen. Papa dürfte die Wohnung bereits verlassen haben. Und auch Mama ist lange Zeit nicht auffindbar. Zuletzt wirft Sophie Luise einen Blick ins Schlafzimmer, da bemerkt sie, dass ihre Mutter noch immer im Bett liegt, und das um zehn Uhr vormittags.

»Hallo Mama, was ist mir dir?«, fragt sie besorgt.

»Sophie, Engelchen«, erwidert Elisa, scheinbar aus dem Schlaf gerissen, mit belegter Stimme.

»Bist du krank?« – Was für eine absurde Frage! Mama kann nicht krank sein, das hat es noch nie gegeben, das hätte ihr Job nie zugelassen, und Lotte erst recht nicht. Manchmal »kränkelt« sie vielleicht, das heißt, sie tut so, als ob sie krank werden könnte, und wie es wäre, wenn. Manchmal ist sie »gekränkt«, das geht meistens auf Papa zurück und verschwindet so schnell, wie es gekommen ist. Manchmal ist sie auch »krankhaft«, zum Beispiel krankhaft wütend, da haftet ihr etwas Krankes an, aber sie muss sich nur ein paar Mal schütteln, und schon fällt es von ihr ab. Nein, krank ist Mama nie gewesen. Krank kann Mama nicht sein.

»Komm, setz dich zu mir, Liebes.« – Das klingt freilich sonderbar, da bleibt Sophie Luise lieber ein paar Meter vom Bettrand entfernt stehen. Mama richtet sich auf und reibt sich die Augen, als wäre es nichts als lästiger Schlaf, der da noch an ihr klebt und für ihre missliche Lage verantwortlich ist.

»Oder ist etwas passiert?«, fragt Sophie Luise.

»Nein, Liebes, es ist nichts passiert, es ist schon zu viel passiert.« – Ein typischer Satz ihrer Mutter, alles und nichts in einem. Sophie Luise reagiert verärgert:

»Kannst du nicht einmal etwas klar sagen?« – Ihre Frage erzwingt eine Schweigepause, und man könnte Elisa dabei beobachten, wie sie verzweifelt darum bemüht ist, endlich aus ihrer Rolle zu fallen.

»Liebes, es gäbe so viel zu erklären«, sagt sie ungewohnt zerbrechlich.

»Dann fang doch einfach damit an!«

Elisa hievt sich aus dem Bett, schreitet mit wackeligen Beinen auf ihre Tochter zu, umarmt sie, drückt sie fest an sich, streichelt ihre Haare, gibt ihr einen Kuss auf die Wange und sagt: »Ich liebe dich, mein Kind.« Das war eine gefällige Ouvertüre, aber noch lange kein Auftakt zu einer Erklärung für irgendetwas.

Jetzt erst erkennt es Sophie Luise, und zwar an den stockenden Atemgeräuschen:

»Mama, du weinst ja.« Sie zieht ihren Kopf zurück und sieht ihrer Mutter direkt in die durchnässten Augen, die sie wie ein Weltwunder bestaunt. »Ich glaub, ich hab dich noch nie weinen gesehen.«

»Dann ist es vielleicht einmal Zeit geworden«, sagt Elisa und drückt ihre Tochter noch einmal fest an sich.

»Was macht dich so traurig? Ist es … das? Ist es das Gleiche? Ist es bei dir auch noch immer das Gleiche?

»Ja, es ist noch immer das Gleiche, und …«

»Und?«

»Und noch einiges mehr, Engelchen.«

»Sag nicht immer Engelchen.«

»Ich werde dir alles erzählen.«

»Wann?«

»Bald.«

»Wie bald?«

»Sehr bald. Sehr, sehr bald. Versprochen!«

Beim Verlassen des Raumes stolpert Sophie Luise beinahe über das Päckchen, das ihr irgendwann aus der Hand gefallen sein muss. Sie kickt es mit den Füßen auf den Flur hinaus und weiter bis in ihr Zimmer. Sie sollte sich jetzt endlich ein Feuerzeug besorgen. Einstweilen verschwindet das unheimliche Ding am besten wieder in einer Lade im Kleiderkasten – unter den Badetüchern. Dort sucht und findet es keiner. Und es kann auch nichts herauskriechen.

KAPITEL VIER

Aneinander-Treffen

Im Foyer, um nicht zu sagen, im Warteraum der Rechtsanwalts-kanzlei Steinpichler treffen 57 Tage danach erstmals alle vier wieder aneinander, um nicht zu sagen, aufeinander, um nicht zu sagen, zusammen.

Engelbert muss noch einen Parkplatz suchen und erreicht die gewünschte Adresse, glaubhaft abgehetzt, praktisch in letzter Sekunde. In der gleichen letzten Sekunde passt ihn Melanie, ein paar Schritte vom Eingang entfernt, im frühherbst-lichen Nieselregen ab.

»Warum bist du nicht schon hineingegangen?«, fragt Engel-bert. – Wegen wegen wegen. Wegen der frischen Luft. Anwalts-kanzleien gelten ja als potentiell verstunken vom Zigarren-rauch der Juristenbosse und vom Angstschweiß der Klienten.

Drinnen sitzt bereits – niemand, weil Elisa durch drin-gende Telefonate aufgehalten wurde und deshalb erst ein paar Minuten nach der letzten Sekunde zu den Binders stößt. Die Begrüßung wäre an sich sicher herzlich, und man hätte sich auch gleich tausend Dinge zu erzählen, aber das verhindert die Atemnot, in der man sich befindet, ist man doch gerade erst der Druckkammer des im Stundentakt schnelllebiger werdenden Alltags entstiegen, suggeriert allen voran Elisa. Sie trägt sogar noch ihre Sonnenbrille, dabei versteckt sich die Sonne schon den dritten Tag, so lange hat Elisa offensichtlich keine Gelegen-heit gefunden, die Brille abzunehmen. Kinder, so ein Stress.

Dreizehn quälende Minuten nach der letzten Sekunde kommt Oskar dazu, der sich als Einziger so verhält wie immer, weil ihm zur Berührungsangst die Berührungsfähigkeit fehlt.

»Ihr seid schon da?«, fragt er schmunzelnd.

»Wisst ihr nicht, dass Anwälte immer unpünktlich sind?« Je erfolgreicher, desto unpünktlicher, klärt er sie auf. Die wollen damit kundtun, dass sie sich der Fülle an Aufträgen zwar fast nicht erwehren können, sich aber dennoch ausreichend Zeit für jedes einzelne Anliegen nehmen.

»Ihre Verspätung ist ihre Visitenkarte«, bringt es Oskar auf den Punkt. Die anderen nicken tapfer und sind dankbar über die paar Fetzen Gespräch, um nicht zu sagen, Monolog. Außerdem, so Oskar, müssen die Anwälte zum offiziellen Beginn jedes Gesprächstermins erst einmal die entsprechenden Akten überfliegen, damit sie wenigstens die Namen derer kennen, deren Fälle sie schon wochenlang bis ins kleinste Detail studiert haben. – Hätten sollen.

»Gilt natürlich nicht für Olli«, fügt Oskar triumphierend lächelnd hinzu.

»Olli ist auf unsere Sache bestens vorbereitet, ich hab ihm alle notwendigen Informationen zukommen lassen.« Er meint Oliver Steinpichler, seinen guten Freund aus alten Zeiten, oder präzisieren wir – sie sind gemeinsam in die Schule gegangen und haben sich dort gehasst wie kaum zwei andere, aber das vergisst man über die Jahre, die Bindung bleibt ewig.

Außerdem ist Steinpichler medial präsent und genießt einen ausgezeichneten Ruf, weil er hauptsächlich bekannte Persönlichkeiten vertritt. Faustregel: Je bekannter die Persönlichkeiten sind, die man vertritt, desto prominenter taucht man als Anwalt in den Medien auf, desto ausgezeichneter ist der Ruf, der einem vorauseilt – dem dann wieder neue bekannte Persönlichkeiten als Klienten folgen.

»Aber der Olli ist eben nicht nur prominent, sondern auch wirklich gut«, versichert Oskar.

Beinahe müssten sie leider dennoch ein anderes Thema anschneiden, da Oskar nun alles Wesentliche zum Wesen eines prominenten Anwalts und zu den Qualitäten des Doktor Olli im Speziellen verraten hat. Aber knapp fünfundzwanzig Minuten nach der letzten Sekunde öffnet sich nun doch endlich die Tür, die alle schon längst verstohlen im Visier hatten. Und ein drahtiger kleiner Mann, der aber durch die mustergültig aufgerichtete Wirbelsäule, den gestreckten Hals und das hochgekämmte, schwarz gemeschte Haupthaar noch einige wertvolle Zentimeter gutmachen kann und dem ein dezent monarchistisch gezwirbelter Oberlippenbart zusätzliche Würde zu verleihen hilft, winkt sie herein.

»Entschuldigen Sie die Verzögerung, bitte kommen Sie nur weiter.«

»Hallo Olli, schön, dich zu sehen«, beeilt sich Oskar noch an der Tür.

Verstehen wir uns nicht falsch

Die Sitzung beginnt mit einer verbalen Gedenkminute, wo wir den Menschen Steinpichler kennenlernen, der passagenweise sogar die Augen schließen muss vor lauter Innerlichkeit.

»Zuallererst möchte ich Ihnen gegenüber mein tiefstes Bedauern und mein aufrichtigstes Mitleid zum Ausdruck bringen. Ich habe in meiner Praxis schon viele ähnlich gelagerte Fälle erlebt, und ich weiß, was es bedeutet, wenn man unter solch tragischen Umständen einen lieben Angehörigen … oder, wie es bei Ihnen der Fall ist, eine sehr, sehr … eine nahestehende liebgewonnene Person, wenn man die plötzlich verliert. Noch dazu, wenn es ein Kind ist, das sein Leben ja eigentlich noch fast vollständig vor sich hat, und dann passiert so etwas Furchtbares und reißt einen aus dieser Welt. Möge es bitte auch einen tieferen Sinn dafür geben, wenn ein Kind …«

Wahrscheinlich waren es sogar zwei Gedenkminuten. Sie enden mit den Worten:

»Es war mir ein persönliches Anliegen, Ihnen das vorweg mitgeteilt zu haben.«

»Danke«, murmelt Engelbert, wobei er offenlässt, wofür.

»So, aber nun zur Sache.« Und jetzt der Anwalt Steinpichler. Der beeilt sich zu versichern, dass alles halb so schlimm sei, wie es möglicherweise auf den ersten Blick erscheinen möge. Dass sie das Glück gehabt hätten, dass man sie – eigentlich widerrechtlich – aus Italien ausreisen habe lassen, denn hier in Österreich könne ihnen praktisch nichts passieren. Und dass die strafrechtlichen Untersuchungen der italienischen Behörden wahrscheinlich eingestellt sein würden, noch ehe sie ordentlich aufgenommen worden sind.

»Aber verstehen wir uns nicht falsch, aufpassen müssen wir trotzdem, wir müssen jedenfalls gerüstet sein.« Der Plural deutet an, dass sich Steinpichler bereits als Teil des Klienten-Teams sieht. Vermutlich ist die erste Honorarnote schon auf dem Postweg.

»Also was erwartet uns?« – Da gebe es exakt zwei Möglichkeiten, die zweite wolle er erst später verraten, »sozusagen als Zuckerl«. Er schmunzelt.

»Variante eins – wir werden Besuch kriegen«, sagt er. Ein von den italienischen Behörden »zur Mithilfe genötigter« österreichischer Kriminalbeamter oder Staatsanwalt werde mit beiden Familien Kontakt aufnehmen und sie persönlich als Zeugen des Unglücks befragen.

»Verstehen wir uns nicht falsch, das ist reine Routine, da haben wir nichts zu befürchten. Aber aufpassen müssen wir trotzdem.«

Nun zu den einzelnen Personen:

»Frau Magister.«

»Binder«, vervollständigt Melanie.

»Frau Magister Binder, Sie können praktisch nach Hause gehen.« Kurz will sie es glauben und rutscht auf dem Sitz nach vorne, als wollte sie ihn sogleich verlassen.

»Das Gleiche gilt für Ihren Mann. Sie beide sind, was den Unfall betrifft, strafrechtlich nicht verantwortlich, Sie haben mit dem Kind nichts zu tun, Sie sind zu dem Kind fremd, wie wir Juristen sagen. Sie sind keine Verpflichtung eingegangen, Sie können deshalb auch für nichts belangt werden.« Er nickt ihnen anerkennend zu.

»Wir hingegen hatten die Obsorge, wir haben das Mädchen mitgenommen, wir sind in der Verantwortung.« Er blickt von Oskar zu Elisa und wieder zu Oskar, knautscht seinen Mund und zwirbelt an seinen Bartenden.

»Da müssen wir aufpassen.«

»Was meinen Sie mit aufpassen?«, fragt Elisa.

»Wir müssen gut vorbereitet sein.«

»Worauf?«

»Auf die Befragung.«

»Inwiefern?«

»Insofern, als wir wissen müssen, was wir sagen«, erklärt Steinpichler.

»Die Wahrheit, nehme ich an«, fällt Melanie spontan dazu ein. Der Anwalt lacht hell auf, er fühlt sich auf hohem Niveau gut unterhalten.

»Natürlich die Wahrheit, Frau Magister Binder, die Wahrheit und nichts als die Wahrheit. Das Großartige am Wesen der Wahrheit ist freilich, dass sie so facettenreich ist, dass sie von so vielen Seiten angesehen werden kann und sich jedes Mal ein klitzekleines Stückchen verändert. Die Wahrheit ist ein Chamäleon, sie wechselt ihre Farbe mit dem Blickwinkel des Betrachters. Diesem Umstand verdanke ich unter anderem meinen Beruf«, führt Steinpichler zunehmend enthusiasmiert aus.

Oskar probiert übrigens immer wieder, das Wort zu ergreifen – zur Wahrheit wären ihm großartige Dinge eingefallen –, aber Steinpichler ist einfach zu schnell und zu dominant. War das nicht schon in der Schule das Problem? So bleibt Oskar nichts übrig, als bestätigend auf den Anwalt hinzudeuten, im Sinne von »viel besser hätte ich es auch nicht formulieren können«. Wofür er immerhin mit Ollis wiederholtem Augenzwinkern und einigen verschworenen, die Weisheit teilenden Blicken belohnt wird. Da hat sich schon einiges verbessert in den letzten fünfunddreißig Jahren.

Jetzt greift Steinpichler zu seinem Notebook, wo er die Geschehnisse vom 5. Juli kompakt zusammengefasst hat:

21.55 Uhr, Toskana, Villa, Terrasse, Abendbrot. Alle sitzen beim Tisch. Die kleinen Kinder spielen eine Abschlussrunde Memory, bevor sie schlafen gehen müssen. Sophie Luise Strobl-Marinek darf noch eine Weile aufbleiben, es sind ja Ferien. Sie will ihre Freundin Aayana Hussien Ahmed, wie vereinbart, vom Zimmer abholen. Dort ist diese aber nicht. Sophie Luise beginnt sie selbständig zu suchen, dabei gehen schon einmal gut fünf Minuten verloren. Stopp. Steinpichler unterbricht sich selbst für eine wichtige Mitteilung.

»Die Kinder werden selbstverständlich nicht einvernommen, auch unsere Sophie Luise nicht, da werden wir ein Attest vorlegen, das ist eine traumatische Angelegenheit, das ist psychisch nicht zumutbar, da sind wir auf der sicheren Seite, da kann uns nichts passieren. Wo waren wir?«

Also weiter: Sophie Luise kommt an den Tisch zurück und vermeldet die Absenz und Unauffindbarkeit ihrer Freundin Mohammed … nein, falsch – Ahmed. Alle beginnen zu suchen. Zuerst im Haus: fünf Minuten. Dann im oberen Gartenbereich: weitere fünf Minuten. Wir halten schon bei 22.20 Uhr. Man durchstreift das Gelände, arbeitet sich Stück für Stück weiter vor. Die Drahtmaschentür bei der Abgrenzung des Swimmingpools ist zu, die Kette vorschriftsgemäß befestigt. Wer soll uns das Gegenteil beweisen? Wer soll uns überhaupt irgendetwas anderes beweisen?

22.30 Uhr: Man betritt den Bereich des Pools, man tastet sich in der Dunkelheit bis zum Beckenrand vor. Ossi beugt sich darüber und will was erkennen. »Es war mehr eine Intuition als eine optische Wahrnehmung«, wird er später bei der Einvernahme angeben. Die Alarmglocken schrillen. Der furchtbare Verdacht greift um sich. Wir reagieren blitzschnell. Wir springen ins Wasser, Herr Binder. Wir ziehen das Kind heraus, Herr Marinek. Wir sind geistesgegenwärtig. Beatmung. Herzmassage. Notruf. Rettung. Wir machen alles richtig. Wir verlieren keine Zeit. Wir unternehmen alles Menschmögliche, um das Unheil abzuwenden. Tja. Wir haben alles getan, was getan werden konnte.

»Sparen Sie mir bitte die weiteren Ausführungen«, schließt der Anwalt. Er wischt sich mit der Handaußenfläche imaginären Schweiß von der Stirn.

Giuseppe, der Degenfechter

»Aber das stimmt so nicht!«, protestiert Melanie. Sie kommt mit der Stille und Verschwiegenheit hier im Raum nicht mehr zurecht.

»Meli, lass es bitte«, flüstert ihr Engelbert zu.

»Was stimmt so nicht?«, fragt der Anwalt.

Melanie beugt sich vor und will Elisa in die Augen schauen, doch die senkt ihren Blick.

»Elisa, sprich es doch am besten du selber aus.«

Elisa spricht hier gar nichts aus.

»Was soll das jetzt, Melanie?«, fragt Oskar genervt. Engelbert greift nach ihrer Hand, um sie zu besänftigen, erzielt aber eher die gegenteilige Wirkung.

»Okay, wenn es euch allen hier die Sprache verschlagen hat, dann muss eben ich.« Melanie holt tief Luft, ehe sie es lautstark herauslässt: »Elisa war nicht bei uns auf der Terrasse. Sie war unten beim Swimmingpool, als es passiert ist.«

»Wer sagt das?«, fragt Steinpichler geradezu empört.

»Ich sage das«, erwidert Melanie.

»Warum?«

»Wie bitte?«

»Warum sagen Sie das?«, fragt der Anwalt.

»Weil, weil … weil es die Wahrheit ist.«

»Ach«, entgegnet Steinpichler. Er macht Handbewegungen, wie man sie bei Dirigenten während mühseliger Orchesterproben sieht, bevor sie lauthals »Aufhören« schreien.

Er möchte jetzt gerne einige grundsätzliche Fragen klären:

»Warum sitzen wir hier? Was ist unser Ziel? Worum geht es uns? Was wollen wir erreichen?«

Um die Sache zu verkürzen, antwortet er gleich selbst:

»Wir wollen Frieden haben. Wir wollen wieder zurück in unser normales Leben finden. Wir wollen nicht mehr an das schreckliche Unglück denken müssen. Wir wollen, dass unsere Kinder wieder gut schlafen können.«

Oskar möchte dazu etwas sagen, kommt aber nicht zu Wort.

»Wie kann uns das gelingen? Indem wir die schmerzvolle Angelegenheit hinter uns bringen. Wie bringen wir sie hinter uns? …«

»Indem wir sie abschließen.« Jetzt hat es Oskar einmal geschafft.

»Richtig. Das heißt: Wir wollen von den gerichtlichen Behörden in Ruhe gelassen werden. Wir wollen den Medien keine weitere Nahrung für ihren Voyeurismus liefern. Kurzum: Wir wollen, dass das Verfahren eingestellt wird.«

»Punkt«, ergänzt Oskar und erntet dafür einen wohlwollenden Blick von Olli. Elisa hält ihren Kopf gesenkt. Engelbert sieht flehentlich zu Melanie hinüber, die sich am Rande von etwas Heftigem befindet, entweder Wutanfall oder Schreikrampf oder Tränenausbruch. Sie beißt die Zähne zusammen.

»Verstehen wir uns bitte nicht falsch, Frau Magister Binder«, bemüht sich der Anwalt. »Da müssen wir eben alle an einem Strang ziehen. Da müssen wir zusammenhalten. Da dürfen wir uns keinen Fehler leisten. Und keine Unstimmigkeit. Ja, da brauchen wir eine gemeinsame …«

»Strategie«, liegt Oskar auf der Zunge.

»Lüge? Eine gemeinsame Lüge? Da brauchen wir eine gemeinsam Lüge?«, schreit Melanie.

Steinpichler reagiert überrascht. Er wollte eigentlich gerade »eine gemeinsame Wahrheit« sagen.

Melanie springt auf und will den Raum verlassen. Engelbert versucht beschwichtigend auf sie einzuwirken.

»Halt, halt, halt, einen kleinen Moment noch«, ruft der Anwalt. Er lächelt.

»Ich habe Ihnen doch noch ein Zuckerl versprochen, eine Variante zwei, die uns Aufwühlungen wie diese künftighin ersparen könnte. Sind Sie interessiert? Frau Magister Binder, ich bitte Sie, geben Sie uns die Chance.« Er zwingt damit Melanie, wieder ihren Sitzplatz einzunehmen.

»Nun, was ich Ihnen unbedingt noch mitteilen wollte – ich bin begeisterter Degenfechter.« Er schaut in die Runde und genießt die allgemeine Verblüffung.

»Giuseppe ebenfalls«, fügt er hinzu. Jetzt wissen sie natürlich überhaupt nicht mehr, wovon er spricht.

»Wir haben uns in unserer Studienzeit, während meines Auslandssemesters in Bologna, faszinierende Duelle geliefert, Giuseppe und ich.«

Oskar wird unruhig. Er hat es immer schon gehasst, wenn Olli seine Geschichten erzählt hat, mit welcher Selbstherrlichkeit er seine Worte zelebriert, seine Kunstpausen inszeniert und seine Pointen aufbereitet hat, und alle Mädchen sind an seinen Lippen gehangen.

»Dabei ist so etwas wie Freundschaft entstanden.«

»Und?«, fragt Oskar. Nahezu unbemerkt klopft er mit ein paar Fingern auf die Armlehne.

»Erst vor wenigen Monaten hat er mich wieder angerufen, und wir haben uns sehr lange und sehr herzlich unterhalten.«

Oskar wetzt auf seinem Stuhl herum.

»Da hat er zu mir gesagt, caro amico, se hai bisogno di qualcosa contattaci.« Er schielt zu Oskar hinüber, der zwar wissend zu nicken versucht, aber Olli übersetzt es dann doch besser selbst:

»Lieber Freund, wenn du etwas brauchst, dann melde dich.«

Jetzt lehnt er sich zurück und lässt die Runde noch ein paar Augenblicke grübeln.

»Giuseppe sitzt heute übrigens im Pubblico Ministero di Firenze.«

»Wo?«, fragt Engelbert.

»Das ist die für die Toskana zuständige Staatsanwaltschaft.« – Auch das soll ruhig erst einmal einsickern.

»Er entscheidet unter anderem über die Einstellung von Verfahren.«

Steinpichler gönnt sich noch eine allerletzte dramaturgische Pause. Er lässt seinen gewinnen wollenden Blick von Augenpaar zu Augenpaar wandern. Und mit den Fingern der rechten Hand zupft und wuzelt er lustvoll an seinen Bartspitzen.

»Morgen werde ich Freund Giuseppe anrufen, um wieder einmal ein bisschen ausführlicher mit ihm zu plaudern.«

Draußen hat es inzwischen aufgehört zu nieseln. Elisas Versuch, sich mit schreckerfülltem Starren auf ihre Armbanduhr und einem »Um Himmels willen, ich muss« gleich bei der Tür zu verabschieden, scheitert an Oskar.

»Jetzt warten wir aber schon noch zusammen, so viel Zeit muss sein«, sagt er so laut, dass es Engelbert hören kann. Zur Belohnung darf er sich auf dessen Display Bilder von verwüsteten Weinkulturen und angeblich tennisballgroßen Hagelkörnern ansehen.

»Na ja, die sind aber höchstens tischtennisballgroß«, findet er.

»Also bitte. Ich weiß ja nicht, mit welchen Bällen du Tischtennis spielst«, erwidert Engelbert. Den Männern ist die Erleichterung über den gut überstandenen und zufriedenstellend verlaufenen Termin anzumerken.

Melanie war noch auf der Toilette, schreitet nun frontal auf Elisa zu und nimmt sie, gar nicht behutsam, zur Seite.

»Und wie fühlst du dich dabei? Und frag mich jetzt bitte nicht, wobei.« Melanie zittert vor Wut, da ist es geradezu ein Kunststück, die bebende Stimme auf dieser niedrigen Tonfrequenz zu halten.

»Du hast keine Ahnung, wie ich mich fühle«, pfaucht Elisa zurück. Die beiden haben sich wegbewegt, befinden sich außer Hör- und Sichtweite ihrer Männer und können, der spannungsgeladenen Situation angemessen, nun lauter reden beziehungsweise schreien.

»Ich finde es beschämend, dass du zu alldem schweigst.«

»Was soll ich denn sagen, was gibt es da zu sagen? Ich weiß nicht, was du von mir willst. Meli, was willst du?«

»Dass du es endlich einmal aussprichst.«

»Was, bitte was?«

»Elisa, du warst dort! Du warst bei ihr! Du hättest es verhindern können.«

»Wie bitte? Spinnst du? Ich hätte überhaupt nichts verhindern können.«

»Du hättest es verhindern *müssen*. Das Kind war bei dir. Es hat sich dir anvertraut. Es hat sich sicher gefühlt, weil du bei ihm warst.«

»So ein Schwachsinn. Wie kannst du so etwas behaupten?«

»Das Mädchen ist vor deinen Augen ins Schwimmbecken gestiegen.«

»Hallo! Meine Augen waren zu! Ich hab geschlafen! Ich hab nichts mitbekommen, absolut nichts! Bist du verrückt? Glaubst du allen Ernstes, ich hätte nicht sofort …«

»Wie kann man da nichts mitbekommen? Das begreife ich nicht, das geht nicht in meinen Kopf hinein. Das gibt es nicht, wir sind doch Mütter, da kriegt man doch mit, wenn ein Kind, das nicht schwimmen kann, in einen Pool steigt. So tief und fest kann man gar nicht schlafen, da wacht man doch sofort auf. Elisa, das war ein Riesen-Blackout von dir. Unverzeihlich!«

»Hör mal, wie redest du mit mir?«, herrscht Elisa sie an.

»So wie ich längst schon mit dir reden hätte sollen!«, kommt es giftig zurück.

»Was willst du damit sagen?«

»Dass … dass … dass …«

»Sag es, jetzt sag es!«

»Elisa, was ist aus dir geworden? Du bist arrogant, du bist abgehoben, du bist uneinsichtig, du bist rücksichtslos, du bist unsensibel. Du versteckst dich hinter einer riesigen Fassade. Ich erkenne dich nicht wieder. Hat das die Politik aus dir gemacht? Ist das der Erfolg? Bist du dem Machtrausch verfallen?«

»Ah, alles klar, Melanie. Jetzt weiß ich, woher der Wind weht. Darum geht es dir. Das ist also dein Problem.«

»Nein, das ist nicht mein Problem. Das ist dein Problem, aber du erkennst es nicht als dein Problem. Du siehst es nicht. Du bist blind. Du bist taub. Du bist gar nicht mehr da, du bist nicht mehr vorhanden. Die Elisa, die ich einmal kannte, die gibt es nicht mehr.«

Melanie dreht sich im Stand um und entfernt sich mit großen schnellen stampfenden Schritten.

Anders Mensch

Sophie Luise weiß mittlerweile, woran sie denken muss, damit es ihr wenigstens für eine Weile besser geht. Aber sie kann es ohnehin nicht steuern, sie denkt zwangsläufig daran, an ihn, an Pierre. Und sie hat ein wachsendes Bedürfnis und echte Freude daran, Bausteine von ihm zu sammeln, die dann ein Bild ergeben, das in den Rahmen ihrer Vorstellung von ihm passt. Außerdem spürt sie, dass da jemand ist, der die außergewöhnliche Fähigkeit besitzt, sie sein zu lassen, wie sie ist. Und er ist lieb und lustig und traurig und schüchtern und ängstlich und krass ähnlich wie sie.

Und er will etwas von ihr wissen, ohne etwas von ihr zu wollen, das kommt ganz selten vor, überhaupt bei Jungs, da ist ihr das eigentlich noch nie passiert. Pierre will aber auch nicht zu viel von ihr wissen, sodass es nervt, sondern nur, was sie ihm auch tatsächlich verraten möchte. Er spürt irgendwie ganz genau, was die Dinge sind, die sie ihm sowieso einmal sagen wollte. Und wenn sie noch nicht so weit ist, dann sagt sie es ihm halt später, das macht ihm nichts aus, er ist einer, der ewig warten kann. Das hört sich jetzt alles ziemlich theoretisch an. In der Praxis klingt das dann so.

Sie: *Hallo Pierre, ich hab eine Frage, die mich beschäftigt. Wieso weint dein Äffchen eigentlich immer?*

Er: *Hallo So-Lu. Was ist Äffchen?*

Sie: *Äffchen heißt kleiner Affe, das sagt man bei uns so. Was Affe heißt, weißt du aber schon, oder? Ich meine deine Figur, deine Zeichnung, deinen Pierre pour vous, den kleinen Affen, dem immer die Tränen aus den Augen schießen. Warum weint er immer?*

Er: *Das ist nicht Affe, das ist Mensch, anders Mensch, traurig Mensch. Das ist wie ich. Pierre pour vous ist ich.*

Sie: *Es muss heißen: Pierre pour vous bin ich! Du willst damit sagen, dass du auch traurig bist? Warum? Du kannst es mir gerne erzählen. Ich verstehe dich sicher. Ich bin derzeit auch immer traurig, außer wenn wir uns schreiben. Also warum bist du traurig?*

Er: *Ich traurig – ich komme Frankreich. Jetzt ich lebe Wien. Aber ich gehöre Frankreich. Hier ich falsche Mensch. Andere Gesicht, anderes Spreche, anderes Spaß, anderes Liebe. Verstehst du?*

Sie: *Ungefähr verstehe ich dich. Du sagst, du bist hier ein falscher Mensch. Aber du meinst, du bist hier wie ein Mensch am falschen Ort. Es ist nie der Mensch falsch, höchstens der Ort. Ich sag dir was: Du musst unbedingt besser Deutsch lernen! Wenn du besser Deutsch kannst, wird man dich besser ver- stehen, und dann wird man dich auch mehr mögen. Und du bist nicht mehr so allein. Aber warum bist du allein? Hast du keine Familie?*

Er: *Doch ich habe! Aber schwierig, sehr schwierig. Ich erzähle später. Jetzt du erzähle, du immer traurig warum?*

Sie: *Darf ich dich weiter korrigieren, damit du schneller Deutsch lernst? Also es muss heißen: Jetzt erzähl du, warum du immer traurig bist. Ich mag jetzt aber auch nicht davon reden. Bei mir ist es echt megascheiße gelaufen, das kannst du mir glauben. Scheiße musst du dir übrigens nicht merken, das ist kein gutes Wort. Aber oft fällt einem kein besseres ein.*

Er: *Zu spät. Ich kenne scheiße. Das ist erste Wort, ich höre hier.*
Und ich höre immer hier. Scheiße! Alle immer sprechen –
scheiße.
Sie: *Jetzt hast du mich zum Lachen gebracht. Danke!*

Oder ein andermal, mitten in der Nacht.
Sie: *Hallo Pierre, ich habe gerade an dich gedacht und mir*
vorgestellt, wie du aussiehst. Und da ist mir etwas Komisches
eingefallen, jetzt muss ich dich fragen: Siehst du so aus wie dein
PPV??? Hoffentlich nicht!
Er: *Hallo So-Lu, du machst Spaß! PPV ist Comic Mensch. Ich bin*
reality Mensch. Ich sehe anderes aus natürlich.
Sie: *Aber wie? Wie siehst du aus? Sag es mir!*
Er: *Wie willst du, ich sehe aus? So ich sehe aus! Wie So-Lu mag*
mich schön aussehen, so ich möchte aussehen, dann perfekt!
Verstehst du?
Sie: *Pierre, du bist echt übertrieben cool! Ich mag das. Du meinst,*
dass du so aussehen möchtest, wie es mir am besten gefällt? Das
ist ultralieb von dir. Ich mag dich wirklich gern. Du bist das
Einzige, was mich momentan interessiert. Und ich liebe dein
katastrophales Deutsch. Das ist so echt, das bist einfach du.
Schön, dass es dich gibt!
Er: *Ich denke nicht oft zu mir, schön, dass es dich gibt. Ich denke*
oft zu mir, scheiße, dass es dich gibt. Aber wenn du sagst, schön,
dass es dich gibt, dann ich denke auch! Eine Minüte ich denke.
Sie: *Wahnsinn! Wie bei mir, lieber Pierre. Ich denke auch*
meistens: Es ist scheiße, dass es mich gibt. Ich will oft gar nicht
auf der Welt sein. Die Welt ist ohnehin meistens nur scheiße.
Aber was soll man machen?
Er: *Ich weiß ein bisschen schon was machen. Aber ich sage nicht.*
Ich sage später vielleicht. Jetzt ich sage: So-Lu, ist schön, dass es
dich gibt! Vielleicht du denkst auch jetzt. Eine Minüte du
denkst, ich hoffe.

Sie: *Es muss heißen: Ich hoffe, du denkst das jetzt auch, wenigstens eine Minute lang. Und ja, lieber Pierre, ich denke es gleichzeitig mit dir: Schön, dass es dich gibt. Schön, dass es mich gibt. Schön, dass es uns beide gibt!! Und ich glaube, ich denke es jetzt sogar länger als nur eine Minute. Vielleicht sogar die ganze Nacht. Küsschen.*

Er: *Was ist Küsschen?*

Sie: *Küsschen heißt kleiner Kuss. Das sagt man bei uns so.*

Er: *Warum nur kleines? Großes Kuss. Besser!*

KAPITEL FÜNF

Verfahren eingestellt

Pressetext: Aktuelles/Chronik/Politik
Der tragische Badeunfall in der Toskana Anfang Juli, in den auch die Grün-Abgeordnete Elisa Strobl-Marinek (39) verwickelt war, wird kein strafgerichtliches Nachspiel haben. Wie aus Wiener Anwaltskreisen verlautet, wurden die Vorerhebungen der italienischen Behörden gegen Strobl-Marinek und drei weitere Personen wegen des Verdachts der »fahrlässigen Tötung« abgeschlossen und alle Untersuchungen eingestellt. Auf eine Einvernahme der am Unglück Beteiligten im Rechtshilfeweg konnte verzichtet werden.

Am 12. Juli war ein vierzehnjähriges Flüchtlingskind aus Somalia mit Asylstatus in Österreich im Swimmingpool einer von den Feriengästen gemieteten Villa in der Toskana verunglückt und drei Tage später verstorben. Das Mädchen war als Schulfreundin der Tochter Strobl-Marineks in den Familienurlaub mitgenommen worden.

Die Grün-Mandatarin zeigte sich in einer ersten Reaktion auf die Einstellung des Verfahrens »sehr erleichtert«. Es falle »eine riesige Last« von ihr ab. Sie wolle sich »nach einer echten Schockphase im Sommer« nun wieder intensiv ihren dringlichen Aufgaben im Umweltbereich zuwenden.

Dazu 97 Postings, hier einige davon, mit Antworten:
P9: Und warum hab ich das jetzt gelesen?
  A1: Das müssen Sie sich schon selber fragen.
  A2: Vielleicht, um nachher einen depperten Kommentar abzugeben.

P17: Mich amüsieren ja immer solche Phrasen wie »wie aus Anwaltskreisen verlautet«. Da hat ein Anwalt ein paar befreundete Journalisten angerufen und gesagt: »Ich hab was für euch, aber wisst's eh, von mir habt ihr's nicht!«

A1: »Verwickelt« ist auch so eine Phrase. Ständig ist wer in was verwickelt, das klingt so wunderbar anrüchig. Aber was bedeutet es, in einen Badeunfall »verwickelt« zu sein? Ich bin kein Fan von der Strobl, aber was unterstellt man ihr da eigentlich?

A1a: Vielleicht war sie in ein Badetuch eingewickelt, als der Unfall passiert ist.

A1b: Oder sie hat sich in einen Gartenschlauch verwickelt und konnte nicht helfen.

A1c: Oder sie hat grad an Wickel mit ihren Oiden g'habt.

A1d: Heute habt ihr es eh wieder lustig, gell?

P66: Was ist bitte eine »Einvernahme im Rechtshilfeweg«?

A1: Das heißt, dass die Österreicher zuständig sind.

A2: Kein Fall für Commissario Brunetti. – Kottan ermittelt!

A3: Die italienischen Behörden haben keine Befugnis im Ausland, deshalb stellen sie ein Ansuchen auf Einvernahme durch österreichische Richter oder Staatsanwälte.

A3a: Und die haben keine Lust gehabt, also wurde das Verfahren eingestellt.

A3b: So ungefähr.

A4: Eigentlich hätte die Strobl-Marinek gar nicht aus Italien ausreisen dürfen, solange Voruntersuchungen gegen sie laufen.

A4a: Wen kümmert's?

A4b: Vermutlich sind die Italiener saftig geschmiert worden.

A4c: Geld war sicher im Spiel.

A4d: Geld und Prominenz, die beste Kombination ever.

A4e: Eure Welt ist so simpel, ihr besitzlosen Neider!

A4f: Leider ist die Welt wirklich so simpel.

A4g: Je dümmer die Menschen, desto simpler die Welt.

A4h: Und umgekehrt.

P75: Was sind das für sonderbare Vorerhebungen, wenn man niemanden befragt, der beim Unglück dabei war? Was ist da erhoben worden? Die Temperatur im Schwimmbecken? Der Chlorgehalt des Wassers?

    A1: Geh bitte! Glaubt wer im Ernst, dass da auch nur irgendwer irgendwas untersucht hat? Die Italiener haben genügend eigene ertrunkene Flüchtlinge. Die scheren sich doch nicht um ein Asylantenkind aus Österreich und die Bobos. Die sind froh, dass die bei gutem Wind wieder weg sind.

P87: Die Grün-Abgeordnete zeigt sich »sehr erleichtert«, es fällt »eine riesige Last ab«. – Nooo naaa neeet! Was für grandiose Wortmeldungen.

    A1: Was soll sie denn sonst sagen? Dass es ihr leidtut, dass das Verfahren eingestellt worden ist, sie hätte sich noch gern länger damit beschäftigt und hätte auch gern in aller Öffentlichkeit über die Details des Unglücks gesprochen?

    A1a: Am besten, sie hätte gar nichts gesagt.

    A1b: Politiker können nicht gar nichts sagen, das widerspricht ihrem Berufsethos.

P91: Hier im Forum melden sich fast ausschließlich User und Userinnen zu Wort, die keine Ahnung haben, was es bedeutet, bei einem Unfall ein Kind zu verlieren! Und manche machen sich auch noch einen Spaß daraus. Ihr wisst gar nicht, wie grausam und respektlos ihr seid, das ist eure einzige Entschuldigung.

A1: Moment, war das denn das Kind von der Strobl-Marinek, das sie verloren hat? Hab ich da etwas falsch gelesen?
A1a: Sie sind ja überhaupt der Allerärgste!! (Ich gehe davon aus, dass Sie ein Mann sind!) Das Kind war eine Schulfreundin der Tochter. Genügt Ihnen das nicht?
A1b: Oder wollen Sie darauf hinaus, dass das Kind ohnehin nur ein Flüchtlingskind war, so nach dem Motto: Flüchtlingskinder ertrinken eben, das liegt in der Natur der Sache?
A1: Klar ist das tragisch. Aber es macht wohl schon einen Unterschied, ob es das eigene Kind ist, das ertrinkt, oder ein mitgenommenes.
A1a: Ihnen sollte man Posting-Verbot auf Lebzeiten aussprechen!!
A1b: Das »mitgenommene« Kind hat übrigens auch eine Familie.
A1: Ja, irgendwo in Somalia …
A1a: Sie meinen, die dort in Afrika haben eh noch zehn andere Kinder, denen fällt das gar nicht auf, wenn eines stirbt. Sie Oberzyniker!
A1c: Hallo! Die Angehörigen von dem toten Kind leben in Wien. Die ganze Familie hat Asyl bekommen. Informieren Sie sich, bevor Sie Ihre rassistischen Kommentare abgeben.
A1: Wenn ihr mit euren Gutmensch-Befindlichkeiten nicht durchkommt, dann wird gleich einmal die Rassismus- und Faschismus-Keule geschwungen.
A1d: Ich bin kein Blau-Wähler, aber da hat mein Vorposter recht! Ihr zimmert euch eure eigene Moral, und wenn da jemand nicht darauf einsteigt, ist er rassistisch.
A1e: Kann ich bestätigen. Faktum ist, dass eine somalische Frau im Schnitt sechs (!) Kinder zur Welt bringt, in Deutschland und Österreich sind es nur ein bis zwei.

86

AIa: Und das bedeutet für einen kühlen Rechner wie Sie, dass ein deutsches Kind mindestens dreimal so wertvoll ist wie ein somalisches?

AIe: Hat das wer gesagt?

AIa: Das ist nicht notwendig. Leute wie Sie wollen, dass man so denkt. Und das erinnert mich mit Schaudern an gewisse Zeiten …

Mitteilung der Foren-Moderation:
Liebe Community, wir möchten Sie daran erinnern, Ihre Worte achtsam zu wählen. Pietätlose Kommentare sind hier fehl am Platz. Um eine offene Diskussionsumgebung zu garantieren, in der alle Nutzerinnen und Nutzer willkommen sind, bitten wir Sie, von beleidigenden, diskriminierenden, sexistischen und persönlich untergriffigen Äußerungen Abstand zu nehmen. Postings, die diesen Verhaltensregeln nicht entsprechen, werden umgehend gelöscht.

A1: Ha ha ha!

A2: Schön wäre es.

A3: Dann könnt's aber den Laden zusperren.

Sie will geliebt werden

In der populären und prestigeträchtigen Skystar-Interviewreihe »Exklusiv und intensiv« ist diesmal die Umweltexpertin und grüne Nationalratsabgeordnete Doktor Elisa Strobl-Marinek zu Gast bei Nina Hochfaringer und ihrem Team. Das eineinhalbstündige Gespräch kann wie immer digital per Live-Ticker verfolgt und kommentiert werden, ist auch als Podcast abrufbar und in der Radiothek einen Monat lang nachzuhören.

Da es sich um Strobl-Marineks ersten medialen Auftritt

nach verlängerter Sommerpause handelt, leitet die jüngst zur »Polit-Moderatorin des Jahres« gekürte Hochfaringer das Gespräch nach der Begrüßung mit der Bemerkung ein:

»Sie haben sich nach vielen Wochen, in denen es sehr still um Sie war, wieder in die Politik zurückgemeldet.«

Darauf erwidert die Abgeordnete:

»Ich hatte mich nie abgemeldet. Es gab nur Lebensumstände, die es notwendig gemacht haben, öffentlich etwas leiser zu treten.«

Hochfaringer: »Darauf kommen wir später noch zu sprechen.«

Strobl-Marinek: »Muss nicht sein, das ist wirklich sehr privat und sitzt tief.«

Es folgt der sachliche und fachspezifische Teil von »Exklusiv und intensiv«. Umweltthemen nehmen gut die Hälfte der gesamten Sendezeit in Anspruch. Strobl-Marinek äußert sich zu den Entwürfen für die Novellierung der ökosozialen Steuerreform, stellt eine neue Studie über die Auswirkungen der globalen Erwärmung in Mittelgebirgslagen vor, verteidigt das umstrittene Klimaschutzprogramm der Grünen und übt scharfe Kritik an geplanten Bauprojekten des Regierungspartners.

Im zweiten Teil der Sendung steht Elisa Strobl-Marinek als Person im Fokus der Befragung.

Hiervon einige Auszüge mit Kommentaren aus dem Live-Ticker.

Zur Persönlichkeit

Frau Doktor Strobl-Marinek, Sie sind, wie wir auch hier wieder erleben können, ein waschechter Geradeheraus-Mensch, wohl eher eine aussterbende Spezies in der Politik. Sie leisten sich zum Beispiel – korrigieren Sie mich bitte, wenn da was falsch ist –, Sie leisten sich den außergewöhnlichen Luxus, keine Spindoktoren, Berater, Rhetoriktrainer oder sonstigen Einflüsterer an sich heranzulassen.

Stimmt.

Ihre Wortmeldungen sind spontan, Ihre Reden wirken nicht vorbereitet, Sie lesen nie etwas von einem Blatt Papier ab und nehmen lieber in Kauf, dass Sie sich manchmal, wie man so schön sagt, verzetteln. Das kommt gut an, die Leute mögen das. Selbst Ihre Kritiker und Kritikerinnen zollen Ihnen dafür Respekt. Aber wie lange wollen und können Sie das noch durchhalten?

Ah, das halte ich ewig durch! Auf meinen Bauch ist Verlass, der sagt mir immer, was ich wann und wie rauslassen muss und was ich besser für mich behalte. Ich selbst ertrage es nicht, wenn Menschen schablonenhaft reden und nur Vorgefertigtes von sich geben. Wie sollte ich mich dann selbst dabei ertragen?

Es mag zwar recht erfrischend sein, Ihnen zuzuhören. Aber Sie machen sich dadurch natürlich extrem angreifbar und verletzlich, Tugenden, die man in der Politik tunlichst vermeiden sollte.

Warum soll man das vermeiden? Menschen sind angreifbar und verletzlich. Dürfen Politiker keine Menschen sein? Sollen sie durch Werbepartei-Roboter ersetzt werden? Ich *will* angegriffen werden, dann spüre ich mich, und dann spüre ich auch diejenigen, die mich angreifen, dann kann ich sie vielleicht sogar besser verstehen. Und ja, ich *bin* verletzlich, ich bin sogar sehr verletzlich. Ich wollte immer die Starke sein, schon als Kind, in meinen rebellischen Phasen, bei den Demos, an der Uni, bei meinen Freundinnen, im Ministerium, in meiner Familie, überall. Immer die Tapfere, immer die Starke! Ich sage Ihnen, ich will nicht mehr, ich kann nicht mehr, ich bin es leid. Ich bin verletzlich. Ich bin es privat, und ich will es auch als Politikerin sein dürfen.

P1: Wow, ganz schön mutig.
   A1: Mutig, nicht die Tapfere sein zu wollen?

P2: Die traut sich was.

P13: Strobl-Marinek for President!

P31: Sorry, ich finde sie peinlich.

P45: Nein danke! Wehleidige, selbstmitleidige Bauchmenschen haben in der Politik nichts zu suchen.

P51: Ich mag ihre entwaffnende Offenheit. Endlich eine, die sich traut, ihre Schwächen einzugestehen.
   A1: Von Männern wäre so etwas nie zu hören.
   A1a: Männer haben ja auch keine Schwächen. (Smiley.)

P63: Die schaut ziemlich fertig aus.
   A1: Hat ja auch was Arges erlebt.
   A1a: Was hat sie erlebt?
   A1: Ihre Tochter ist ertrunken.
   A1b: Nicht ihre Tochter! Eine Schulfreundin der Tochter.
   A1: Wurscht. Trotzdem arg.

Zur Motivation

*Es laufen die Budgetverhandlungen, es steht bald wieder ein
Wahlkampf an, Sie sind dabei ein Zugpferd Ihrer Partei …*
Danke für das »Zugpferd«, fehlt nur noch »stutenbissig«,
dann haben wir ein schönes abgerundetes Bild von mir!
(Gelächter.)

*Verzeihen Sie, also satteln wir von »Zugpferd« auf »Führungs-
persönlichkeit« um. Das sind Sie ja zweifellos für die Grünen.
Es kommen jedenfalls arbeitsintensive Wochen und Monate auf
Sie zu. Daneben haben Sie Familie mit zwei schulpflichtigen
Kindern …*
Die habe ich nicht nur daneben, die habe ich sogar
davor – oder obendrauf, wie Sie wollen.

*Also alles in allem ein Monsterprogramm. Wie motivieren Sie
sich, was gibt Ihnen Kraft, was ist Ihr Antrieb? Warum tun Sie sich
das harte politische Geschäft überhaupt an?*
Oh, da würden mir jetzt ein paar wunderschöne Stehsätze
einfallen. Zum Beispiel: Ich will für die Menschen da sein.
Ich fühle mich berufen. Ich will etwas bewegen. Ich will
Verantwortung übernehmen. Ich will meinen Beitrag
leisten, dass die Umwelt für unsere Nachkommen lebenswert bleibt, lebenswert und hoffentlich überhaupt noch
überlebensfähig. Ich will, dass die Welt ein Stück besser
wird, und beginne damit in Österreich. Und so weiter und
so fort.

Wollen Sie denn das alles nicht?
Natürlich will ich das! Wir alle wollen das, alle Politiker
wollen die Welt retten, zumindest an ihrem ersten Arbeits-
tag. Aber dazu brauche ich keine Floskeln. Die ideellen

Werte und Ziele sind sattsam bekannt und hundertmal wiedergekäut, nicht nur von Zugpferden. Das muss man alles nicht mehr sagen.

Was muss man dann sagen?
Sie haben mich gefragt, was mein Antrieb ist. Und darauf antworte ich Ihnen jetzt ganz ehrlich: Ich will bemerkt werden, ich will gemocht werden, ich will geschätzt werden, ich will geliebt werden. Das ist mein Antrieb. Ich hab in meiner Kindheit zu wenig davon bekommen, zumindest war es mir nicht genug. Ja, ich will geliebt werden, und zwar von möglichst vielen Menschen, und von einigen wenigen natürlich ganz besonders. Daran arbeite ich, dafür arbeite ich, dafür haue ich mich ins Zeug, deshalb tue ich mir das an.

Und da haben Sie sich ausgerechnet die Politik ausgesucht? – Einen Hort der Missgunst, der Querelen, der Anfeindungen, Querschüsse und Machtkämpfe, auch innerparteilich. Ein Wählerpublikum, das Sie heute auf ein Podest hebt, um Sie morgen mit Schimpf und Schande herunterzujagen. Sind das die Menschen, von denen Sie geliebt werden wollen? Kann man als Politikerin überhaupt geliebt werden?
Hoffentlich. Ich kann es mir jedenfalls leider nicht mehr aussuchen. Ich muss tun, was ich gelernt habe. Natürlich wäre ich lieber eine … eine … eine Elīna Garanča, der alle Herzen zufliegen, ich bin aber leider unmusikalisch. Oder Meryl Streep, wäre auch nicht schlecht, aber ich kann nur mich selbst spielen, und das ist oft nicht gerade eine Glanzrolle. Oder wenigstens eine dieser … dieser … von mir aus Kate Moss, na ja, jetzt eigentlich auch nicht mehr. Wer fällt mir sonst noch ein? Egal, ich habe erstens Ökologie studiert, und zwar mit Feuereifer, und ich

brenne noch immer dafür, das ist mein Metier, da kenne ich mich wirklich aus, da habe ich was zu sagen.

Und zweitens?
Wie bitte?

Sie sagten, erstens haben Sie Ökologie studiert. Und zweitens?
Ah ja. Und zweitens schaffe ich es nicht, mich in einem Büro zu verstecken oder in einem Labor, und mich hinter Bildschirmen oder Mikroskopen zu verkriechen. Ich habe Kenntnisse, Botschaften und Argumente, ich muss hinaus zu den Menschen, hinaus auf die Straße, also hinein in die Politik. Ich hatte keine andere Wahl. Dort gebe ich mein Bestes, versuche die Abneigung, die mir manchmal entgegenströmt, abprallen zu lassen, was mir natürlich nicht gelingt. Aber der Zuspruch macht das wieder wett. Ich suche ihn, ich sauge ihn auf. Ich kämpfe um Zuneigung, für die Partei und für mich.

P1: Schöne Wahlrede in eigener Sache!

P2: Rhetorisch brillant, aber für meinen Geschmack zu viel Pathos.

P3: Narzissmus hoch drei!

P5: »Ich kann nur mich selbst spielen, und das ist oft nicht gerade eine Glanzrolle.« Made my day!

P7: Pferde sind keine Wiederkäuer, Frau Super-Ökologin!

P13: Kann sie auch selber lieben, oder will sie nur geliebt werden?

P34: So, mir reicht's, ich steige aus, Ende der Therapiestunde.

P35: Eine Frau mit Verstand und Gefühlen. Chapeau!
A1: Oder Shampoo, wie Doktor Arnautovic zu sagen pflegt.

P41: Sie sollte lieber bei den Sachthemen bleiben, da ist sie zwar kein stutenbissiges, wiederkäuendes Zugpferd, aber wenigstens sattelfest.

Zur Migration

Auffallend ist, dass Sie sich zu Migrationsthemen – Zuwanderung, Aufnahme von Flüchtlingen, Asylfragen, also eigentlich Kernthemen der Grünen – noch kaum je zu Wort gemeldet haben.
Das überlasse ich lieber meinen darauf spezialisierten Parteifreundinnen und -freunden, die sind da wesentlich kompetenter und haben die entsprechenden Entwicklungen und Zahlen und Fakten viel besser im Kopf.

Das klingt für eine Frau Strobl-Marinek ungewöhnlich zurückhaltend, um nicht zu sagen, verzeihen Sie, feige. Als wollten Sie die heiße Kartoffel Migration nicht angreifen. Sind Sie hier nicht auf Parteilinie?
Für Mitmenschlichkeit und Menschenrechte gibt es keine Parteilinien. Auch nicht für den Schutz von Kriegsflüchtlingen. Auch nicht für die tatkräftige Unterstützung bei der Integration von Asylberechtigten. Das ist eine gesellschaftliche Verpflichtung, das braucht man nicht dauernd zum Thema zu machen, das sollte eigentlich selbstverständlich sein.

Ist es aber nicht. Denn mehr als die Hälfte der Menschen hier im Lande, von denen Sie, Frau Strobl-Marinek, geliebt werden wollen, sind für einen rigiden und kompromisslosen Stopp bei der Aufnahme von Flüchtlingen oder wählen zumindest die Parteien, die ihnen das in Aussicht stellen. Was sagen Sie denen?

Das wird Sie jetzt vielleicht wundern, aber ich kann diese Menschen verstehen. Und ich möchte das jetzt ausdrücklich aus der Perspektive einer emanzipierten Frau sagen: Die unzähligen alleinstehenden jungen Männer, die durch das unsägliche globale Ungleichgewicht mit völlig falschen Vorstellungen von einem Leben in westlicher Freiheit bei uns gelandet sind, stellen unser System vor beinahe unlösbare Aufgaben. Vom demokratischen Chaos, das sie damit verursachen, leben Rechtsparteien und ihre Populisten, und sie leben gut davon, weil sie natürlich bei jeder Gelegenheit Öl ins Feuer gießen.

Was genau meinen Sie mit demokratischem Chaos?

Damit meine ich das demokratiefeindliche, fundamentalistisch geprägte Frauenbild, das die männlichen Zuwanderer mitbringen. Frauen wie ich kämpfen seit Jahrzehnten für eine Gleichstellung der Geschlechter, für Gleichberechtigung, was Ausbildung, Aufstiegschancen, Entlohnung et cetera betrifft. Und dann müssen wir mitansehen, wie hier bei uns Parallelwelten entstehen und sich ausbreiten, in denen Frauen eingehüllt, versteckt und als Unmündige behandelt werden, deren einzige Rolle es ist, Kinder zu kriegen und die Familie zu versorgen. Von Zwangsheirat und Ehrenmord will ich lieber gar nicht sprechen. Das ist fortschreitende Steinzeit mitten in Europa, und das tut mir in meiner Frauenseele weh.

Aber warum müssen Sie das mitansehen? Eine Frau Strobl-
Marinek, die einen Missstand »mitansehen« muss? Das passt gar
nicht zu Ihnen. Sie können doch was dagegen tun. Anstöße geben,
Aufklärungsarbeit verrichten, Programme erarbeiten. Gerade Sie!
Wer, wenn nicht kämpferische Frauen wie Sie. Im Übrigen tun Sie
es im Privaten ja ohnehin. Sie zeigen doch den Weg vor, Sie
kümmern sich doch um Flüchtlingskinder.

    Nein, das … ist nicht richtig, da haben Sie falsche Infor-
mationen.

Also, verzeihen Sie, ich bin davon ausgegangen, da Sie ja auf Ihrer
Urlaubsreise im Sommer …

    Nein, ich … ich kümmere mich nicht um Flüchtlingskin-
der. Ich … könnte es tun, sollte es tun, wir alle sollten es
tun, ja, da haben Sie recht. Aber, das muss ich gestehen, da
fehlt mir einfach … die Zeit dazu. Und so geht es vielen, es
geht praktisch allen so, die ich kenne, und die ähnlich
ticken wie ich. Es fehlt uns die Zeit.

P1: Ui, jetzt ist unsere Umwelt-Emanze aber ganz schön in die
Enge getrieben worden.

    A1: Oder vielmehr ins rechte Eck, aus dem sie nicht mehr
rauskommt. Oh Schande, das muss einer Paradelinken
auch erst einmal gelingen.

    A2: Was soll an der Stobl-Marinek links sein außer ihre
linke kleine Zehe?

P17: Ich als eine der wenigen Frauen hier im Forum kann
mich ihren Worten voll und ganz anschließen. Wir haben
Ewigkeiten gebraucht, um unsere eigenen Machos halbwegs
in die Schranken zu weisen. Jetzt strömen sie unkontrolliert
aus Afrika und Asien ein.

P22: Eine Grüne fordert Zuwandererstopp – dass ich das noch erleben darf!

AI: Gefordert hat sie es nicht, sie versteht es nur, und das wiederum verstehe ich.

P34: Sie ist ja doch ein normaler Mensch. Sie will nicht von allen geliebt werden. Von männlichen Migranten jedenfalls nicht.

AI: Aber von rechten Wählern, und die sind gegenüber Migranten deutlich in der Überzahl.

Zum Unglück

Frau Doktor Strobl-Marinek, jetzt sind wir also doch noch bei diesem sehr, sehr heiklen und traurigen privaten Thema angelangt, bei dem Schicksalsschlag, den Sie und Ihre Familie im Frühsommer erlitten haben. Ich bemühe mich, hier besonders behutsam zu sein, aber ich wäre eine schlechte Journalistin, wenn ich das nicht zumindest ansprechen würde. Deshalb frage ich Sie zunächst einmal …

Nein, bitte fragen Sie mich nicht.

Also Sie wollen sich dazu, aus nachvollziehbaren Gründen, Sie wollen sich dazu hier nicht äußern …

Meine Familie ist gerade durch die Hölle gegangen, das können Sie mir glauben. Wir haben eine Schulfreundin unserer großen Tochter mit in den Urlaub in Italien genommen … Das sind ja keine kleinen Kinder mehr, das sind Teenager, die sind fast fünfzehn, die haben ihr eigenes Leben, verstehen Sie mich? Es war später Abend. Wir dachten, das Mädchen ist in ihrem Zimmer. Aber sie muss … heimlich … sie muss … ganz still und heimlich …

Zum Swimmingpool gegangen sein?
Nein, tut mir leid, es geht nicht, ich kann nicht darüber reden. Ich kann nicht daran denken und mir dabei auch noch … zuhören, das schaffe ich nicht.

Das ist natürlich nur allzu verständlich, Frau Doktor Strobl-Marinek, dann werde ich jetzt auch nicht weiterbohren. Nur zur Vollständigkeit – das Kind, ein somalisches Mädchen mit Asylstatus in Österreich, ist im Schwimmbecken tödlich …
Warum sagen Sie das immer dazu? Warum muss ich das dauernd irgendwo hören und lesen? Warum verfolgt mich das? Ein »Flüchtlingskind aus Somalia«. Ist das so wichtig? Es ist doch verdammt nochmal egal, woher das Mädchen kommt. Wieso werde ich dafür gebrandmarkt? Ist das die Pikanterie an der Geschichte? Ist das der mediale Leckerbissen? Grüne Abgeordnete und ertrunkenes Flüchtlingskind, ist das so eine super Story? Das begreife ich nicht, Sie sind doch eine seriöse Journalistin …

Liebe Frau Doktor …
Lassen Sie den Doktor, der ist völlig unerheblich.

Frau Strobl-Marinek, bitte beruhigen Sie sich. Wir haben volles Verständnis für Ihre Situation, ich werde hier nicht weiter in Ihren Wunden rühren. So viel sei unseren Zuhörerinnen und Zuhörern jedenfalls verraten, und das möchte ich an dieser Stelle ausdrücklich betonen: An dem schrecklichen Unglück trifft keinen der Beteiligten Schuld. Denn das Routineverfahren wegen Verdachts auf Fahrlässigkeiten oder Versäumnisse irgendwelcher Art, das es in solchen Fällen immer gibt, dieses Verfahren wurde vor wenigen Tagen eingestellt. Das heißt: Der Fall ist erledigt, die Akten sind geschlossen. Und das ist für Sie, liebe Frau …
Strobl-Marinek, die Sie einiges durchmachen mussten in den

vergangenen Wochen, das ist für Sie bestimmt eine befreiende
Nachricht …

Ja, das ist eine befreiende Nachricht, das ist eine Befreiung.
Und ich bitte Sie, ich bitte Sie und Ihre Journalisten-Kolle-
ginnen und -Kollegen eindringlich: Befreien auch Sie
mich jetzt von dieser Angelegenheit! Sie ist privat. Sie ist
sehr privat. Und privat wird sie mich auch noch länger
beschäftigen. Wahrscheinlich mein Leben lang.

P1: Die ist ja stehend k. o. Mir tut sie leid, muss furchtbar sein.
Mit ihr als Umweltministerin wird's wohl nichts mehr.
Schade drum.

A1: Jetzt versteht man auch, warum sie von allen geliebt
werden will.

A2: Aber geh, die wird das schon durchtauchen. In zwei
Monaten ist das alles vergessen. War ja nicht ihr eigenes
Kind.

P13: Ich finde, sie hat es der präpotenten und maßlos über-
schätzten Nina Hochfaringer ohnehin ordentlich reingesagt.
Das ist doch billigster Boulevard. Was hat das Unglück mit
Politik und Umwelt zu tun?

A1: Na ja, ein Mensch weniger belastet die Umwelt.

A1a: Trottel!

A1b: Arschloch!

A1c: Wieso werden meine Postings regelmäßig zensuriert,
und so etwas darf erscheinen?

A1d: Weil die Redaktion mit dem Löschen nicht nach-
kommt, bei dem Schrott, der da reinkommt.

P35: Ich kann Strobl-Marineks Wut nachvollziehen. Warum
muss dauernd erwähnt werden, dass das Todesopfer ein
afrikanisches Flüchtlingskind war?

AI: Weil es sonst nicht ertrunken wäre.

AIa: Sie meinen, weil afrikanische Frauen und Kinder nicht schwimmen können?

AIb: Weil man ein schwarzes Flüchtlingskind im Finsteren nicht sieht.

AIc: Hihi.

AI: Nein, ich meine, weil man auf Flüchtlingskinder automatisch weniger schaut als auf die eigenen Kinder.

AIb: Was ist denn das für ein Nonsens?

AIc: Sie können ja alle frei herumlaufenden Flüchtlingskinder dieser Welt adoptieren und auf sie schauen, wenn es Ihnen Spaß macht.

P77: Ich bin wieder einmal bestürzt über das Niveau und die Pietätlosigkeit vieler Beiträge in diesem Forum.

AI: Und ich esse jetzt Saftgulasch mit Petersilkartoffeln und gönne mir ein Bier dazu, wenn Sie es wissen wollen, Sie Moralapostel. Und wenn Sie es nicht wissen wollen, dann lesen Sie die Kirchenzeitung. Oder den Koran!

AIa: Prost, Mahlzeit!

AI: Danke, danke.

AIb: Bei uns gibt's Lammbraten.

Oskar kocht Curry

Elisa dreht noch ein paar Runden in der Gartensiedlung, um den Kopf ausrauchen und die Chance leben zu lassen, dass Oskar in der Zwischenzeit das Haus verlässt, sofern er nicht ohnehin schon weg ist. Meistens sucht er abends, wenn die Kinder versorgt sind, noch eines seiner Stammlokale für ewige Studenten in der Umgebung auf, isst eine Kleinigkeit und trifft dort Freunde oder besser gesagt Bekannte, oft auch Unbekannte, die er dann in Diskussionen verstrickt, aus denen sie gemeinhin nicht so schnell wieder herausfinden. Das heißt, es kann spät werden, und genau auf einen dieser Abende hofft Elisa.

Aber als sie heimkommt, brennt Licht, die Küche verbreitet indische Gerüche, der Tisch im Wohnzimmer ist schön für zwei Personen gedeckt, und aus den Boxen tönt Jazz von Joe Zawinul – wie damals, nur ohne Kerzen, die sind mit dem Auftauchen der Kinder für immer verschwunden. Oskar hat sich sein festlich-heimeliges beiges Sakko umgeworfen, in dem er wie ein biegbarer Kleiderständer aussieht, und streckt ihr eines von zwei Gläsern Grapefruit-Gin mit Verjus entgegen, eine der zärtlichsten Gesten, zu denen er fähig ist.

»Was feiern wir?«, fragt sie.

»Nichts«, erwidert er, »ich dachte nur, wir machen uns ein paar gemütliche Stunden. Es gibt Curry spezial.« – Er meint Curry mit Masala und Kokosmilch und einigen Kräutern, die nur Oskar und der Himalaya kennen. Vor zehn Jahren wäre sie ihm dafür um den Hals gefallen und hätte so schnell nicht mehr losgelassen. Oder vor fünfzehn Jahren.

Dank Gin und anschließendem Rotwein verläuft das Essen aufgelockert harmonisch, es gelingen kleine Scherze, und man tauscht sogar ein paar Nettigkeiten aus. Oskar zeigt sich angenehm ungesprächig und setzt diesen spitzbübisch forschenden Blick auf, den Elisa früher einmal als Zeichen einfühlsamer Zuwendung missinterpretiert hat.

Heute weiß sie es leider besser: Er wartet nur darauf, dass sie ihn endlich fragt, ob er ihr Interview gehört oder gelesen hat. »Selbstverständlich«, würde er antworten. Sie würde weiterfragen: »Und wie fandest du es?« Er würde sich zurücklehnen und seine beliebte Gegenfrage stellen: »Willst du es wirklich wissen?« Dann säße sie in der Falle, denn egal ob Ja oder (wie zuletzt immer öfter) Nein, er würde das Interview vor ihr ausbreiten und in seine Einzelteile zerlegen, bis nichts mehr davon übrig bleibt. – Diese Freude macht sie ihm dies-mal nicht.

»Ich habe übrigens dein Interview gehört«, sagt er knapp vor der Auflösung jeglichen Gesprächsstoffs, als sich Elisa bereits anschickt, die Teller zusammenzustellen und das Retro-Rendezvous für beendet zu erklären.

»Schön, freut mich«, erwidert sie.

»Willst du wissen, wie ich es fand?«

»Musst du es mir unbedingt verraten?«

»Ich fand es gut.«

»Danke.« Sie lässt das Besteck, das sie auf den obersten Teller geschlichtet hat, ordentlich klirren und schiebt mit den Kniekehlen den Stuhl zurück.

»Vor allem den sachlichen Teil, du bist eine hervorragende Umweltexpertin, eine, die das Land braucht, du redest nicht herum, du sagst klipp und klar, was Sache ist.«

»Danke.« Sie sieht ihm tief und möglichst stechenden Blickes in die Augen und hofft, dass er das als dringliche Warnung versteht. Tut er nicht.

»Einzig …« Seine Stirn legt sich in Falten.

»Halt, sprich nicht weiter«, sagt sie.

»Okay, Elisa, ich habe eine Frage an dich.«

»Willst du sie dir nicht bis morgen aufheben? Wir hatten einen wirklich netten Abend, du hast das alles sehr fein arrangiert, du hast wunderbar gekocht.«

»Nur eine einzige Frage.«

»Also eine Frage. Eine!«

»Wieso sagst du so etwas?«

»Was?«

»Du weißt, was ich meine.«

»Ich weiß nicht, was du meinst. Ich will nicht wissen, was du meinst. Und ich will auch nicht raten, was du meinst.«

»Das mit dem Geliebt-Werden.« – Wie er das Wort »geliebt«

schon ausspricht. Mit langgezogenem, langatmigem, unendlich gelangweiltem »iii«.

»War das wirklich notwendig? Geht das auch nur irgendwen irgendwas an, von wem du wie, wo, warum und wofür auch immer geliebt wirst oder geliebt werden willst oder zu wenig geliebt worden bist?«

»So, mein Lieber, das war schon deutlich mehr als eine Frage.« Elisa will nach dem Stoß Teller greifen, aber Oskar ist schneller und zieht das Geschirr zu sich.

»Warum tust du das? Warum hängst du dir coram publico ein Riesenschild mit der Botschaft ›Leute, liebt mich!‹ um den Hals? Musst du dich derart in die Auslage stellen? Was wirft das für ein Licht auf dich, auf uns, auf unsere Familie? Genügt dir unsere Liebe nicht? Sind wir dir nicht mehr genug?«

»Versteck dich nicht hinter dem Plural, Oskar, lass die Kinder da draußen«, erwidert Elisa. »Deine abschließende Frage sollte heißen: Genügt dir *meine* Liebe nicht? Und meine abschließende Antwort darauf lautet: Welche Liebe?«

Oskar lächelt und klatscht leicht mit den Fingern auf den Tisch. Er besitzt die Fähigkeit, Unangenehmes über einer gewissen Schmerzgrenze nicht mehr wahr und schon gar nicht persönlich zu nehmen.

»Du bist also auf der Suche nach einer neuen Liebe«, resümiert er süffisant.

»War das dein Schlusswort?«

»Nach einem Geliebten.«

»Wow, du Meister der Präzision«, erwidert sie.

»Da kann ich nur sagen, viel Glück.« Er schiebt Elisa den Stoß Teller entgegen. Sie greift dankbar zu.

KAPITEL SECHS

Mörderin

Im Herbst beginnt die Schule, aber nicht für Lotte. Dem Antrag der Strobl-Marineks auf Homeschooling bis Weihnach-
ten wurde stattgegeben, Lotte darf bei Oma und Opa im Burgenland bleiben, die auch den Heimunterricht organisieren.
Elisa will wenigstens die Wochenenden mit ihr verbringen.
Und Oskar hat angekündigt, im Haus der Schwiegereltern alle
paar Tage Lottes Gastprofessor zu sein.

Um Sophie Luise glaubt man, sich keine allzu großen Sorgen mehr machen zu müssen. Da erkennt und vermeldet die
Psychotherapeutin »erfreuliche Fortschritte«, die Vierzehnjährige habe wieder Halt gefunden. Ein Schulbesuch sei »zur
weiteren Aufarbeitung der Geschehnisse und zur Pflege der
wichtigen sozialen Kontakte empfehlenswert«.

Die Hoffnung, dass bald wieder alles normal sein könnte,
verlässt Sophie Luise allerdings schon am ersten Schultag beim
Betreten der Klasse. Außer den paar notgeilen Buben, die ihr
zwar nicht in die Augen schauen können, aber dafür auf den
Busen starren und dabei blöd grinsen, außer denen grüßt sie
niemand, alle schauen weg und behandeln sie wie eine Aussätzige. Der Platz neben ihr bleibt leer.

Frau Professor Herbrecht, ihr Klassenvorstand, erscheint
schwarz gekleidet und hat einen Seelsorger von der Diako-
nie an ihrer Seite, einen mit dicken Brillengläsern und feuchten Augen, die aber wahrscheinlich von einer Kurzsichtigkeit
oder Bindehautentzündung oder Allergie oder was auch immer herrühren – ein Seelsorger kann ja nicht ununterbrochen
weinen.

Es soll über den Verlust einer Mitschülerin, nämlich Aayana, gesprochen werden. Der Mann mit den feuchten Augen will für alle in der Klasse ein offenes Ohr haben, aber was nützt ein offenes Ohr, wenn keiner den Mund aufmacht. Über Aayana gibt es sowieso nichts zu sagen, es weiß ja niemand etwas über sie. So spricht der Seelsorger einfach über den Tod als solchen, den man sich nicht so furchtbar und endgültig und sinnlos vorstellen soll, also das übliche Kirchengerede. Hinter ihrem Rücken spürt Sophie Luise die auf sie gerichteten Blicke so scharf und stechend, dass sie richtig wehtun. Sogar die Herbrecht schielt immer wieder komisch zu ihr hinüber, enttäuscht von ihr oder mitleidig, wer kann das schon sagen.

»Was ist mit Aayana eigentlich genau passiert?«, fragt schließlich ausgerechnet Carola, die Megatussi, die sich immer einen feuchten Dreck um Aayana geschert hat.

Die Herbrecht und der Mann mit der Bindehautentzündung stottern abwechselnd herum und faseln etwas von »hat Wasser in die Lunge bekommen«, »das geht so schnell«, »aber völlig schmerzlos«, »ganz ohne Leiden«, »wie wenn man schläft« – es kommt schon fast einer Heiligsprechung des Ertrinkungstodes gleich.

Irgendwann reicht es Sophie Luise, sie steht auf und sagt: »Ihr braucht gar nicht so zu tun, ihr wisst es doch eh alle. Aayana war mit uns im Urlaub, sie ist im Schwimmbecken ertrunken, keiner kann was dafür.«

»Wolltest du ihr nicht das Schwimmen beibringen?«, ätzt Carola.

»Dazu ist es leider nicht mehr gekommen, sie ist schon vorher ins Wasser gegangen, keiner hat es bemerkt. Wir haben sie dann alle noch zu retten versucht, mit Mund-zu-Mund-Beatmung und allem, was man machen kann, aber sie war schon tot. So, und jetzt lasst mich damit bitte in Ruhe.«

Den Gefallen zu weinen tut ihnen Sophie Luise jedenfalls sicherlich nicht. Sie nimmt schnell ihren Rucksack und eilt bei der Tür hinaus. Der Mann mit den feuchten Augen ruft ihr noch etwas nach, aber das hört sie gar nicht mehr.

Daheim erzählt sie ihrer Mama, dass in der Schule alles in bester Ordnung sei. Es hat ja keinen Sinn, wenn die sich auch noch kränkt, sie ist ohnehin schon angezählt, wie man so sagt.

Als Mutprobe, um es allen zu zeigen, vor allem der mega-betussten Carola, erscheint Sophie Luise auch am nächsten Tag pünktlich um acht in der Schule. Wenn keiner mehr mit ihr redet – auch egal, dann nimmt sie halt ihr Handy und surft im Internet. Sie ist hier in der Klasse auf niemanden angewiesen, die Buben sind ihr ohnedies zu kindisch, und die Mädchen sind im Grunde alle nur eifersüchtig auf sie, weil sie ihnen in beinahe jeder Hinsicht um Längen voraus ist, körperlich und vor allem geistig.

Dass sich die Situation noch zuspitzen könnte, damit hat Sophie Luise freilich nicht gerechnet. Als sie nach der großen Pause um zehn Uhr wieder in die Klasse kommt, stehen alle wie die Ölgötzen da, glotzen sie an, schauen dann kurz zu Carola, die ihnen so eine Art Startzeichen gibt. Und auf einmal beginnen sie im Chor zu schreien: »Mörderin. Mörderin. Mörderin.« Die Schreie werden immer lauter. Sie stampfen mit den Füßen und klatschen in die Hände, es macht ihnen richtig Spaß. »Mörderin. Mörderin. Mörderin.«

Aber wenn irgendjemand glaubt, dass Sophie Luise vor diesem Haufen von Idioten, den die grindige Carola gegen sie aufgehetzt hat, in die Knie gehen würde, hat er sich getäuscht. Innerlich zittert und bebt sie zwar, aber nach außen hin bleibt sie cool, packt ganz langsam ihre Sachen zusammen, holt noch den Apfel aus ihrer Jausenbox und beißt scheinbar genüsslich hinein, bewegt sich im Schleichtempo zum Ausgang,

hebt, ohne sich umzudrehen, die Hand und fährt den Mittelfinger aus. Die Schreie der Mitschülerinnen werden leiser und
verstummen langsam. Das hätte ihr keiner zugetraut. Und im
Grunde hat Carola die Schlacht gegen sie verloren.

Erst unten beim Schultor bricht alles aus ihr heraus, auf
dem Gehsteig muss sie sich übergeben. Sie schleppt sich zu einer Parkbank, bleibt dort lange sitzen, hält ihr Gesicht in die
Sonne, schließt die Augen und klammert sich an den einen
und einzigen hoffnungsvollen und heilsamen Gedanken, der
sie diesen ganzen Wahnsinn momentan ertragen lässt – den
Gedanken an Pierre.

Unsichtbar

Als hätte Pierre gespürt, wie sehr sie ihn gerade braucht, wartet
daheim in ihrer digitalen Ersatzwelt ein neues Video-Männ-
chen auf sie. Und wieder trifft er genau ihre Stimmungslage:
Der traurige Comic-Held »PPV« schüttelt sich und wirbelt einen Strom von Tränen in die Luft, die er in einem Kübel auf-
fängt, danach in eine Gießkanne leert und mit dieser in der
Hand in den Bildvordergrund springt. Nun begießt er quasi
die Innenseite des Monitors. Aus den Tränen sprießen kleine
rote Herzen und vier Buchstaben – S, O, L und U. Eines der
Herzen wird immer größer und breitet sich über den gesamten Bildschirm aus, wo es sich verflüssigt und wieder zu Tränen zerfällt.

Sophie Luise schreibt ihm sofort zurück, bedankt sich tausendmal für sein Video und dafür, dass es ihn gibt, und erklärt
dann: *Pierre, du bist meine Rettung!! Ohne dich würde ich das alles nicht durchstehen. Du kannst dir nicht vorstellen, was in der
Schule los ist. Alle sind gegen mich. Sie hassen mich, dabei hab ich
ihnen überhaupt nichts getan. Sie schimpfen mich sogar Mörderin.*

Pierre erwidert: *Arme So-Lu! Mörderin, warum sie sagen das?*
Hast du gemacht böse Sache?

Sophie Luise: *Nein, Pierre, ich bin absolut unschuldig. Ich will*
dir die Geschichte sowieso schon die ganze Zeit erzählen, aber
jetzt kann ich nicht, das macht mich zu sehr fertig.

Pierre: *Ist nur Geschichte? Ist Märchen? Ist nicht wahr? Du*
kannst mir erzählen.

Sophie Luise: *Nein, Pierre, du hast mich falsch verstanden. Es ist*
eine wahre Geschichte, es ist wirklich passiert. Also okay: Es
war ein Unfall. Es ist wer gestorben. Ein Mädchen. Das war im
Sommer. Aber für mich ist es jeden Tag wieder. Jeden Tag stirbt
sie. Und ich muss ihr dabei zusehen.

Pierre: *Oh, das ist nicht gut. Ich kenne, wenn jeden Tag liebe*
Mensch stirbt. Du kannst mir erzählen. Wer war Mädchen?
Warum tot?

Sophie Luise: *Okay, auch schon egal, ich sag es dir. Eine aus*
meiner Klasse war mit uns in Italien. Und sie ist im Schwimm-
becken ertrunken. Übelst krass, oder? Verstehst du jetzt, warum
ich so fertig bin?

Pierre: *Jetzt ich muss schlucken. Mon dieu! Wie kann ertrinken?*

Sophie Luise: *Es ist einfach passiert. Sie war so still, keiner hat*
sie bemerkt. Wir alle haben sie übersehen. Sie war nämlich
fast unsichtbar. Plötzlich war sie allein im Schwimmbecken
und ist ins Tiefe geschwommen, obwohl sie gar nicht schwim-
men hat können. Da ist sie natürlich untergegangen. Und
dann ist sie ertrunken, und wir haben das alle nicht gecheckt,
verstehst du?

Pierre: *Wer war Mädchen? Wie heißt?*

Sophie Luise: *Aayana. Ihr Name war Aayana.*

Pierre: *Sehr schöne Name! Ich kenne, in Frankreich gibt auch.*
Aber wer ist Aayana? Beste Freundin? Du hast geliebt?

Sophie Luise: *Soll ich ehrlich sein? Sie war nicht meine Freundin.*
Ich hab sie eigentlich gar nicht wirklich gekannt. Ich weiß

praktisch überhaupt nichts über sie. Sie hat ja kaum Deutsch
gesprochen. Sie stammt nämlich aus Somalia, das liegt in
Afrika. Ich weiß eigentlich auch überhaupt nicht, warum ich
sie in den Urlaub mitgenommen habe. Irgendwie hab ich sie
nur übertrieben nice gefunden, so vom Aussehen her, mit der
schwarzen Hautfarbe und mit dem Kopftuch. Aber sie ist mir
immer fremd gewesen, wie sie noch gelebt hat. Und jetzt ist sie
tot, und plötzlich hänge ich an ihr dran, und sie zieht mich
runter. So, als wäre sie noch immer in dem Pool und will, dass
ich mit ihr untergehe. Weißt du, was ich meine?

Sophie Luise kauert gebannt vor ihrem Bildschirm und wartet
auf eine Reaktion, aber Pierre meldet sich plötzlich nicht
mehr, schon seit Stunden nicht, es ist bereits später Abend.
Mehrmals fordert sie ihn auf, endlich zu antworten.
Sophie Luise: *Hallo Pierre, was ist mir dir? Wo bist du?*
Dann: *Wenn du gerade nicht schreiben kannst, sag es mir bitte,*
   nur ein Wort, damit ich weiß, dass du da bist. Du kannst mich
   jetzt nicht alleinlassen, das halte ich nervlich nicht durch.
Dann: *Hab ich was Falsches gesagt? Ist es, weil ich gesagt habe,*
   dass sie mir fremd war. Und du denkst dir, du bist ja auch ein
   Fremder aus einem anderen Land? Aber das ist etwas ganz
   anderes. Bei uns beiden gibt es eine krass enge Verbindung
   zwischen unseren Herzen, Pierre. Du bist mir so wichtig!!! Ich
   bin jetzt voll zerstört. Also melde dich bitte, bitte, bitte!
Und dann noch einmal, knapp vor Mitternacht: *Ich muss*
   gleich meiner Mama sagen, dass sie den Notarzt ruft und mich
   ins Spital bringt. Mir ist so schlecht, ich kann gar nicht atmen,
   ich glaub, ich brech jetzt endgültig zusammen. Bitte hilf mir,
   rette mich, melde dich!!
Und endlich erhält sie die ersehnte Antwort von Pierre:
   Ich bin gekommen jetzt erst! Ich habe Sorge um dich. Nicht gut,
   du sagst Mama! Besser du sagst mir. Ich kann helfen! Ich kann

retten! Ich kann mit dir bleiben. Ich kann von Herzen zu
Herzen mit dir, ich kann machen. Du musst mich vertrauen!
Sophie Luise: *Pierre!!! Gott sei Dank bist du wieder da! Ich
dachte, du magst mich nicht mehr und lässt mich im Stich.
Bitte mach das nie wieder! Sag mir einfach, dass du unterwegs
bist und mir nicht schreiben kannst, dann mach ich mir nicht
solche Sorgen. Du weißt gar nicht, was du mir bedeutest. Ohne
dich halte ich das Leben gar nicht mehr aus. Bleib bei mir!*
Pierre: *Ich hänge zusammen mit dir, ich spüre. Morgen ich zeige,
ich kann helfen. Ich weiß! Jetzt am besten schlafe. Ich gebe
Küsschen.*

Steinlose Herzen

In der Früh fühlt sich Sophie Luise dank Pierre plötzlich so
stark, dass sie richtig Lust hat, den Kampf mit Carola wiederaufzunehmen. Ein paar übertrieben geile Auftritte würden genügen, und sie hätte den Großteil der Klasse wieder hinter sich,
so schnell ginge das. Die Masse ist ja im Grunde ein willenloser
Haufen, der aus Bequemlichkeit und um sich das Selberden-
ken zu ersparen immer gern nach der Pfeife von einem Anfüh-
rer oder einer Anführerin tanzt, das fängt schon in der Schule
an und zieht sich dann durchs ganze Leben. Da kommen dann
vorübergehend auch solche Gesinnungsschweine wie Carola
an die Macht, die der Masse das Blaue vom Himmel versprechen, aber in Wirklichkeit nur an sich denken und über Lei-
chen gehen, um ihre Rivalinnen unschädlich zu machen.

Als Sophie Luise schon von weitem sieht, wie Carola wild
herumschleimt und herumsüßelt und den anderen gerade
wieder etwas vermutlich Niederträchtiges einflüstert, verlangsamt sich automatisch ihr Schritt. Und sie fragt sich, warum
sie sich das eigentlich antun soll. Je länger sie hinsieht, desto

mehr graut ihr vor dem Gedanken, ihre ganze Energie zu vergeuden, nur um wieder die Klassenchefin zu sein. Aber was gibt es gegen Leute wie Carola eigentlich zu gewinnen außer die Macht über die Meute? – Nichts.

Schließlich macht sie einen großen Bogen um das Schulgebäude und geht wieder heim. Sie überzeugt sich, dass ihre Eltern die Wohnung bereits verlassen haben, und schleicht sich dann in ihr Zimmer. Als sie den Computer hochfährt, beginnt ihr Herz heftig zu klopfen. Ein neuer PPV ist eingelangt.

Und dieser Videoclip beschäftigt sie sehr lange. Das schwarze weinende Männchen ist nämlich nicht allein, es hält ein weißes, ebenfalls tieftrauriges Mädchen an der Hand, und da besteht kein Zweifel – damit kann nur sie, Sophie Luise, gemeint sein.

Aber jetzt wird es erst so richtig crazy: Das Pärchen steuert nämlich auf einen goldgelb gezeichneten Sand-Hügel zu, in dem ein großer goldener Löffel steckt. PPV greift nach ihm, häuft ihn mit dem glitzernden Sand an und schaufelt das Zeug dann abwechselnd dem Mädchen und sich selbst in den jeweils weit aufgerissenen Mund.

Das Pärchen ist daraufhin wie verwandelt, strahlt vor Glück, wird paradiesisch von kleinen Sonnen, Herzen und Schmetterlingen umschwirrt, rückt immer enger zusammen und füllt bald den gesamten Bildschirm aus, den es im Buchstaben-Regen des Wortes »Küsschen« schließlich scheinbar zum Platzen bringt.

Sophie Luise hat einen üblen Verdacht, was Pierre ihr damit sagen beziehungsweise anbieten will, aber das passt so überhaupt nicht in ihr Bild von ihm, und es wäre eine bittere Enttäuschung, die sie sich in ihrem Zustand momentan eigentlich gar nicht leisten kann.

Also tastet sie sich vorsichtig heran und schreibt: *Hallo, mein lieber Pierre, deine neue Zeichnung ist süß, aber ich weiß nicht: Willst du mir damit etwas Bestimmtes sagen? Was soll der Berg bedeuten, von dem die beiden essen?*

Wenig später erwidert er: *Liebe So-Lu, ich sage gestern, ich kann helfen, wenn traurig. Und jetzt ich zeige, wie ich kann helfen. Du musst mich vertrauen. Dann alles gut.*

Sophie Luise: *Natürlich vertrau ich dir, du bist der einzige Mensch, dem ich vertraue. Aber ich frage mich: Was machen die beiden? Nehmen die etwas ein? Schlucken die etwas? Soll das Kokain oder sowas sein? Bitte nicht! Da sag ich dir nämlich gleich ganz klar: Ich nehme hundertprozentig sicher nie, nie, nie in meinem Leben Drogen, das habe ich mir geschworen und meinen Eltern auch. Ich hoffe so sehr, du meinst das nicht. Und ich hoffe so sehr, du nimmst sowas nicht!! Das würde ich nicht ertragen.*

Darauf Pierre: *Jetzt, wenn du kannst sehen, du kannst mich sehen lachen. So viel lachen! Ich niemals Drogen! Niemals! Darf nicht. Macht krank. Alkohol krank. Zigarette – nicht ganz krank, aber krank ein bisschen. Ich kenne! Ich komme Paris, ich müsse kennen. Du kannst mich vertrauen.*

Sophie Luise: *Pierre, danke! Jetzt fällt mir ein riesengroßer Stein vom Herzen.*

Pierre: *Du hast Stein im Herzen?*

Sophie Luise: *Nein. Das sagt man bei uns nur so: Mir fällt ein Stein vom Herzen. Das bedeutet, dass das Herz vorher ganz, ganz schwer war, weil man sich Sorgen gemacht hat. Und plötzlich ist es ganz leicht, weil die Sorgen weg sind, als ob ein Stein aus dem Herzen herausgefallen wäre. Aber was meinst du dann damit? Was ist dieses glitzernde Pulver, das PPV sich und dem Mädchen gibt und das sie so glücklich macht?*

Pierre: *Es ist, wie sagen Deutsch? Medizin. Ist kleines Knopf. Oder ist kleines vieles Staub. Es ist voll Natürlichkeit. Kommt von grüne Bäume in Frankreich. Arzt hat mir gegeben, damit macht keine Tränen mehr immer, nur glücklich sein noch. Ich liebe! Ganze scheiße Welt geht verloren. Plötzlich schöne Welt! Ich brauche zum Leben. Und du brauchst auch zum Leben, ich kenne! Und wir zwei noch viel mehr Liebe. Verstehst du?*

Sophie Luise: *Darf ich übersetzen? Du nimmst also Tabletten oder auch Pulver, und das hat dir ein Arzt in Frankreich verschrieben, wahrscheinlich weil du Depressionen hast, und das macht dich dann vorübergehend glücklich. Das finde ich super. Aber sei jetzt bitte nicht sauer auf mich, Pierre, ich möchte das eigentlich nicht nehmen. Für meine Liebe zu dir brauche ich es nicht. Ich hab dich auch so sehr, sehr lieb! Mir genügt es, wenn du mir schreibst. Das macht mich glücklich genug, dann überstehe ich alles andere.*

Pierre, nach längerer Pause: *So-Lu, ich verstehe. Ich mache so glücklich, ich weiß. Du machst anderes glücklich, so wie du denkst. Ich wünsche schönen Tages noch. Wenn du spürst Stein im Herz, du kennst. Du kannst kommen immer zu mir. Ich habe Mittel zum Glück. Du kannst mich vertrauen.*

Sophie Luise: *MIR vertrauen. Es heißt: MIR vertrauen, mein Lieber. Küsschen.*

KAPITEL SIEBEN

Stefan verbirgt sein Glück

Im Stadt-Café Kaiserin Sissi ist man entweder asiatischer Tourist oder tschechisches Personal, oder man musste dringend auf die Toilette. Oder man möchte von niemandem, der einen kennen könnte, gesehen werden.

Stefan Schmidinger sitzt schon dort und wiegt, um einer in den Rahmen passenden Beschäftigungslosigkeit nachzugehen, sein Handy in der Hand. Er hat ein paar Kilo abgenommen, freiwillig, das erkennt Elisa schon von weitem nicht nur am blass gewordenen Getränk, wahrscheinlich Soda-Zitron, sondern auch an seinem zur Fitness wild entschlossenen Blick. In einer neuen Liebesbeziehung will man sich anfangs eben so gut verkaufen, wie es der Körper nur irgendwie zulässt.

Manche Männer entdecken da auf einem ihrer späten Bildungswege sogar noch den Unterschied zwischen Textil und Mode. So eine lässige grüne Jacke hat Elisa beispielsweise noch nie an ihm gesehen. Und garantiert hat er sich auch ein neues Set Unterhosen mit wagemutigem Schnitt im Schritt zugelegt, sie wird es vermutlich nie erfahren.

Elisa hat sich zwar fest vorgenommen, all diese Dinge nicht persönlich zu nehmen, aber zum Unpersönlichen fehlt ihr leider das Geschick. Seine angedeuteten Küsse auf ihre beiden Wangen empfindet sie als tiefe Demütigung. »Schön, dich zu sehen, Stefan, du siehst blendend aus«, hält sie wacker dagegen.

Besser wird es, als sie ihn nötigt, »darüber« zu reden, und ihn dabei beobachtet, wie er sich abquält, sie nicht zu verletzen und sein Glück zu verbergen, weil es nicht mehr ihr gemeinsames Glück ist. Nur ein durch und durch herzensguter und liebevoller Mensch ist dazu imstande, und dieses Liebevolle gilt ja gewissermaßen eigentlich auch noch ihr. An den drastisch gesunkenen Prozentsatz an Liebe muss sie sich freilich erst gewöhnen. Und Liebe mit einer anderen zu teilen ist generell nie ihre Stärke gewesen.

Seine Neue heißt Franziska, ist Ende dreißig, sagt er, also ist sie wahrscheinlich dreiunddreißig. Nein, sie ist ledig. Ja, sie sehen sich oft. Nein, noch nicht konkret, aber prinzipiell ja, sie kann sich »Kinder vorstellen« – also gleich mehrere. Er ahnt nicht, wie wenig Zeit ihm mit ihr noch bleibt, und da hat er nichts Besseres zu tun, als sich mit seiner Ex während einer ihrer größten Lebenskrisen in einem Touri-Café zu verstecken. Es hilft nichts, er ist einfach ein guter Kerl. Sein hehrer Begriff von Treue kann selbst durch eine Trennung nicht erschüttert werden.

Wo waren wir? Ach ja, bei Franziska. Sie ist klein, blond, schlank und sportlich, aha. Sie arbeitet als Lehrerin (aber eben nicht mehr lange, nur bis zur ersten Babykarenz). Sie ist Grün-Wählerin, bravo. Sozial engagiert, das hört man immer gerne. Sie macht zum Beispiel ehrenamtliche Malkurse für Jugendliche aus abgründigen Verhältnissen. Elisa nickt begeistert und klopft mit den Fingerknöcheln auf den Tisch. Sie versucht wirklich mit allen Mitteln, sie zu mögen, ganz ehrlich. Und Stefan weiß das auch zu schätzen und berührt sogar einmal ihre Hand, ein magischer Moment. Wieso weiß man erst, wie sehr man jemanden liebt, wenn man ihn verloren hat?

Einmal noch umkreisen sie das Thema Badeunglück. Stefan hat ihr Skystar-Interview nachgelesen und fand es »bewundernswert«, ein Wort, in das sich neben Respekt auch eine ordentliche Portion Mitleid verpacken lässt. – »Großartig« wäre ihr lieber gewesen, oder wenigstens »gut«.

Elisa erzählt Beschönigendes von daheim. Mit Oskar hat sie sich »zusammengerauft«, lügt sie. Den Kindern geht es deutlich besser, seit das Verfahren eingestellt ist und der Alltag das Trauma in den Hintergrund gedrängt hat. Tja, und sie selbst hetzt von einer Sitzung zur nächsten und hat ihren Kopf voll parlamentarischer Anfragen, wie in den famosen alten Zeiten vor dem Sommer, die sie damals für höchstens mittelprächtig gehalten hat.

Elisa weiß genau, was Stefan jetzt denkt, während sich seine Gesichtsmuskeln anspannen. Aber sie hätte ihm nicht zugetraut, dass er es tatsächlich noch einmal direkt an- beziehungsweise sogar ausspricht.

»Warst du schon bei der Flüchtlingsfamilie?« Sie kommt in ihrer Verlegenheit gar nicht dazu, nach Worten zu ringen, da setzt er schon nach.

»Ich will dir nur sagen, mein Angebot steht natürlich.«

»Was, du würdest …?« Sie kann nicht anders, als nach seiner Hand zu greifen.

»Ja, ich gehe mit dir dorthin, ich hab's dir versprochen.« Er lehnt sich zurück, vielleicht fürchtet er, dass sie ihn auch noch küssen könnte.

»Warum machst du das?«, fragt sie. Wenn sie sich seine Antwort aussuchen könnte, würde sie »Aus Liebe zu dir« wählen. Aber das ist ihm zu ichbezogen. Er sagt lieber: »Das sollte man tun. Das gehört sich. Das gehört erledigt.«

Ja, die kleine, blonde, schlanke Franziska hat einen echten Volltreffer gelandet, denkt Elisa. Gratulation.

Am Mittwochnachmittag der darauffolgenden Woche treffen sie sich, wie vereinbart, bei der U-Bahn-Station Kornfeldsiedlung-Nord, also in aller Öffentlichkeit, und es gibt so gar keinen Grund mehr, etwas zwischen ihnen geheim zu halten. Schade.

»Danach wird es dir besser gehen«, verspricht ihr Stefan gleich bei der Begrüßung. Oskar hätte in diesem Fall »Schlecht siehst du aus« gesagt, wenn er es überhaupt bemerkt hätte, das ist der Unterschied. Elisas vergangene Nacht ist schlaflos verlaufen, und die Beruhigungstablette auf nüchternen Magen nach dem Parteiausschuss trägt auch nicht gerade zu ihrem Wohlbefinden bei.

Sie wollte eine kleine Rede vorbereiten oder sich wenigstens ein paar Sätze zurechtlegen, die man auch verstehen und annehmen kann, wenn man kein Deutsch spricht. Aber mehr als vier Wörter sind es nicht geworden: »Es tut mir leid.« Was sollte sie sonst noch sagen? Dort beginnt die Botschaft zur Tragödie, und dort endet sie. Es tut ihr leid, aufrichtig leid, entsetzlich leid, ewig leid. Leid für sich selbst und leid für alle, die ebenfalls darunter leiden. Geteiltes Leid, halbes Leid? Unsinn! Daran glaubt sie nicht. Leid wird nicht weniger, wenn man es aufzuteilen versucht, im Gegenteil, man steckt sich gegenseitig an, und es vermehrt sich. Kein Wunder, dass Monate vergehen mussten, ehe sie gewagt hat, hierherzukommen, um die Sache, die längst »erledigt« gehört hätte, endlich zu »erledigen«, und das auch nur dank Stefan.

Ihr kurzer Schweige-Anmarsch, der ihr wie eine Ewigkeit vorkommt und gut zum Finale ihrer Affäre passt, endet in der Kopetzkygasse. Das Haustor 17 lässt sich widerstandslos öffnen, das desolate Torschloss hängt aus dem morschen Holz heraus. Im Stiegenhaus mieft es nach abgestandenem Altweibersommer, und ein Hauch von Erinnerung an eine seltsame Begegnung in einer sorgenfreien Zeit wird in ihr wach.

Natürlich ist Elisa zigmal alle möglichen Szenarien durchgegangen, die ihr Erscheinen an der Tür der Hussien Ahmeds (sofern das ihr korrekter Familienname ist) heraufbeschwören könnte. Am liebsten wäre ihr, es würde ihr eine kräftige Brise Feindseligkeit, Wut und Aggression entgegenwehen. Aayanas Vater darf toben, ihr Bruder fluchen. Und ihre verschleierte Mutter soll ihr durch den Augenschlitz ruhig ein paar verächtliche, hasserfüllte Blicke zuwerfen. Stefan wüsste schon, wie man damit umgeht. Und ihr selbst würden die Worte etwas leichter über die Lippen gehen: »Ich bin nur gekommen, um Ihnen mitzuteilen, dass mir furchtbar leidtut, was passiert ist.« Dann dürfen sie gern die Tür vor ihnen zuknallen.

Es kann aber auch sein, dass die Hussien Ahmeds gar nicht recht wissen, wie sie auf Elisas Besuch reagieren sollten. Sie würden einfach nur dastehen und warten, was geschieht. Elisa würde sich abmühen, ihren »Es-tut-mir-leid-Satz« herauszubringen. Vielleicht würde man sie und Stefan daraufhin sogar hereinbitten, ihnen gar einen Tee servieren, und nun wäre Elisa echt gefordert. Sie könnte gar nicht anders, als ihnen ihre Hand entgegenzustrecken. »Kann ich irgendetwas für Sie tun?«, würde sie wohl fragen. Aber es käme nichts Substanzielles zurück, nur traurige Blicke, fatalistische Gesten und ein paar lakonische Wortfetzen, für die es nicht einmal einer Übersetzung bedürfte.

Befreiend wäre es, würden sie sie um eine kleine finanzielle Unterstützung bitten, wegen der überfälligen Begräbniskosten, sonstigen Zahlungen, Trauerfeierlichkeiten in der Familie und dergleichen. Das wäre überhaupt kein Problem, Elisa hat vorsorglich ein Kuvert mit zwölf Hundert-Euro-Scheinen in ihre Handtasche gesteckt, je nach Bedarf und Dringlichkeit.

Aber wahrscheinlich sind sie zu stolz, um derlei Hilfe einzufordern. Und von sich aus könnte Elisa ihnen unmöglich Geld anbieten. Wie sollte sie so ein Offert begründen? – »Tut mir leid wegen Ihrer Tochter, hier ein kleiner Trost, machen Sie sich ein paar angenehme Tage«? Das wäre blanker Zynismus.

Es kommt ganz anders. Die Tür geht auf, und eine Kaugummi kauende junge Frau mit dunklen Augen, schulterlangem Haar, verrutschter Bluse und kurzem, verknautschtem Rock steht vor ihnen, gelangweilt, von Trauer keine Spur, und fragt:

»Wer sind Sie?«

Gegenfrage:

»Sind wir hier richtig bei Familie Hussien Ahmed?«

Gegenfrage:

»Die Afrikaner?«

»Ja.«

»Die wohnen nicht mehr hier.«

»Nein?«

»Nein.«

»Wer ist das?«, ruft eine männliche Stimme wie Phönix aus dem Zigarettendunst im Hinterzimmer.

»Weiß ich nicht«, erwidert die junge Frau genervt.

»Ist die Familie umgezogen?«, fragt Stefan.

»Ja.«

»Wann?«

»Weiß ich nicht, vor ein paar Wochen.«

»Wohin?«

»Keine Ahnung.«

»Mit wem sprichst du?«, ruft der Mann.

»Da fragt wer …« Sie bricht den Satz ab, es ist ihr zu mühsam, ihm das zu erklären. Elisa will gehen. In Stefan erwacht der Polizist:

»Sind Sie hier gemeldet?«

»Was wollen die?« Nun steht der Mann neben ihr, Vollbart,

hellgraue Jogginghose, ehemals weißes T-Shirt mit flatternden Ärmeln.

»Er fragt, ob wir hier gemeldet sind«, sagt die junge Frau und macht ein ekelerregtes Gesicht. Elisa meldet sich zurück:

»Wir suchen die Familie, die vorher hier gewohnt hat.«

»Die Neger?«, fragt der Mann.

»Nein. Die Afrikaner«, erwidert Elisa giftig.

»Die sind weggezogen.«

»Hab ich ihnen eh schon gesagt«, faucht die junge Frau.

»Haben Sie sie gekannt?«, fragt Stefan.

»Nein, wieso?«, fragt der Bärtige.

»Warum sind sie weggezogen?«

»Wer? Die Schwarzen? Keine Ahnung«, sagt die junge Frau.

»Der Mann war krank«, ergänzt der Bärtige.

»Krank? Was hat er gehabt?«

»Keine Ahnung.«

»Wieso wissen Sie, dass er krank war?«

»Das hat es geheißen.«

»Wie, das hat es geheißen?«

»Das hat wer erzählt.«

»Wer?«

»Irgendwer im Haus.«

»Wer im Haus?«

»Ein Nachbar.«

»Welcher Nachbar?«

»Keine Ahnung. Sind Sie von der Polizei?«

»Nein. Und wo sie hingezogen sind, wissen Sie nicht?«

»Nein, wieso?« Jetzt lacht der Bärtige. »Haben die … Afrikaner was ausgefressen?«

Elisa hat ihre Pflicht und Schuldigkeit in der Kopetzkygasse getan und hätte die Suche nach Aayanas Eltern gerne abgebrochen. Doch Stefan erweist sich als beharrlich, setzt die Milieustudie fort und schleppt Elisa von Tür zu Tür. – Er hat wohl zu lange nicht im Außendienst gearbeitet.

Von den Hausinsassen, die ihnen öffnen und wenigstens ein paar Brocken Deutsch oder Englisch sprechen, sickern folgende Informationen durch.

Die schwarze Familie? Die war unauffällig.

Die hat man selten zu Gesicht bekommen.

Wegen Lärm- oder Geruchsbelästigung hat es eigentlich nie ein Problem gegeben.

Die Frau hat eine Zeit lang das Stiegenhaus geputzt, natürlich gegen Bezahlung. Keine Ahnung, wer das bezahlt hat.

Die Frau war immer schwarz angezogen.

Die Frau hat immer ein schwarzes Kopftuch getragen.

Der Mann hat das Haus nie verlassen.

Der Mann war krank, an der Lunge.

Der Mann war körperbehindert.

Der Mann war herzkrank.

Der Sohn war groß und schlank.

Der Sohn hat immer freundlich gelächelt.

Der Sohn war hilfsbereit, er hat der alten Nemec immer die Einkaufstasche bis zur Tür getragen. Die alte Nemec ist leider kürzlich an Krebs verstorben.

Der Sohn hat einem Betrunkenen vom Nachbarhaus einmal das Leben gerettet, aber Genaueres weiß man nicht.

Der Sohn hat angeblich mit Drogen gedealt, aber der Mann, der das behauptet, ist selbst ein Junkie.

Die Polizei war nie da.

Einmal war die Polizei da, wegen der Wohnung darüber.

Einmal war die Rettung da, erst vor ein paar Wochen.

Das Mädchen ist zur Schule gegangen.

Das Mädchen ist jeden Tag kurz nach sieben Uhr aus dem Haus gegangen.

Das Mädchen war sehr zart.

Das Mädchen hat immer ein Kopftuch getragen.

Das Mädchen war schüchtern.

Die haben eine Tochter gehabt?

Angeblich ist das Mädchen verunglückt, aber Genaueres weiß man nicht.

Die sind weggezogen.

Die sind weggezogen?

Über die Afrikaner kann man eigentlich nichts Negatives sagen.

Keine Ahnung, wo die hin sind.

Die haben hier keine Freunde gehabt, aber auch keine Feinde.

Es soll was passiert sein, in der Zeitung ist was gestanden.

Bei denen war es nie laut, obwohl Neger an sich laut sind.

Die hat man gar nicht gespürt.

Noch ein letzter Kaffee

Stefan ist zwar nicht mehr Elisas Geliebter, aber er bleibt ihr Gewissen. Und es gibt immerhin noch eine allerletzte offene Frage, in der er sich ihr offenbar verbunden fühlt. – Wo sind Aayanas Angehörige?

Stefan hat im Büro recherchiert. Aus dem Zentralen Melderegister geht hervor, dass Vater, Mutter und Bruder erst kürzlich an der alten Wohnadresse in der Kopetzkygasse abgemeldet wurden. Neuanmeldung ist noch keine eingelangt. Auch die Strafregister-Auskunft ist übrigens leer.

In den Flüchtlingseinrichtungen sieht man sich außer Stande, alle zugewanderten Ahmeds der letzten Jahre auseinanderzuhalten und von den Mohammeds zu unterscheiden, besagte Personen sind niemandem konkret in Erinnerung geblieben. In den sozialen Medien ist die Familie sowieso unbekannt. Es liegt kein amtliches Ansuchen um Unterstützung vor, die Hussien Ahmeds scheinen in keinen Förderungsprogrammen auf. Offenbar beziehen sie keine staatlichen Zuwendungen, nicht einmal die Mindestsicherung dürfte beantragt worden sein. Die Frage ist also nicht nur, wo die Familie lebt, die Frage ist auch, wovon.

Auch Elisa hat nachgeforscht. Warsame, jener somalischstämmige Koch, der die Familie gut kannte und mitgeholfen hatte, den Urlaub für Aayana einzufädeln, hat Österreich inzwischen verlassen und lebt jetzt in Addis Abeba, erfährt sie.

Dafür erreicht sie Renate Siegl am Telefon. Das ist jene psychosoziale Beraterin, die Aayana und ihre Mutter wegen ihrer Flucht-Traumata betreut hatte.

»Furchtbar! Mein herzliches Beileid«, beginnt sie.

»Nein, nein, ich habe keinen Kontakt mehr zur Familie.«

»Aayana war ja damals nur zwei-, dreimal bei uns«, erinnert sie sich. »Wir hatten gerade erst langsam ein Vertrauensverhältnis aufgebaut.«

Und dann?

»Dann ist sie nicht mehr gekommen, leider Gottes.«

Und ihre Mutter?

»Die ist überhaupt nur einmal gekommen.«

Wieso?

»Da war das Problem, dass sie kein Wort Deutsch konnte.«

Und eine Dolmetscherin?

»Wir haben das damals angefordert, aber Sie wissen ja …«

»Ja, ich weiß, vielen Dank«, sagt Elisa.

Natürlich müsste man das alles nicht unbedingt auch noch bei je einem kleinen Espresso in einem finsteren Eck im »Segafredo« nachbesprechen, aber Elisa spürt, dass es der letzte Kaffee mit Stefan sein könnte, den will sie nicht versäumt haben. Und sie ist dankbar, dass ein völlig anderes Thema dafür herhalten muss, dass sie nun loswerden kann, was ihr schon seit Tagen auf der Zunge liegt.

»Weißt du was, Stefan«, sagt sie, »hören wir auf. Beenden wir es. Wir haben es versucht. Wir haben uns wirklich bemüht. Ich danke dir. Aber es sollte einfach nicht sein. Und jetzt will ich nicht mehr. Ich möchte das endgültig abschließen.«

»Du willst aufgeben?«, fragt er.

»Ja, ich will die Sache beenden. Ich will nicht mehr daran denken müssen. Ich will es vergessen können, verstehst du?«

»Schade, ich glaube, es wäre wichtig gewesen, auch für dich«, erwidert er.

»Was?«

»Dass du ihnen einmal gegenüberstehst.« – Ja, klar, Aayanas Eltern.

»Dass du ihnen in die Augen schauen kannst und dich entschuldigen kannst.«

»Entschuldigen? Entschuldigen wofür? Entschuldigen für welche Schuld?«, fragt sie in brüskem Ton. Er bemerkt sofort, was das Wort noch immer anrichtet, und versucht, den Schaden sofort zu beheben.

»Ich meine, dass du ihnen sagen kannst, wie leid es dir tut, in dem Sinne, dass …«

»Stefan, lassen wir es. Bitte!« Sie versucht zu lächeln.

»Okay, lassen wir es, wie du glaubst.« Er wirkt niedergeschlagen.

»Tja.« Sie klatscht mit den Händen auf den Tisch.

»Und jetzt werde ich wohl gehen.« Er hat auch keine bessere Idee und nickt.

»Schön war es mit dir, es war eine wunderbare Zeit, ich bereue keinen Tag.« Das muss er sich schon noch anhören.

»Und keine Nacht«, flüstert sie ihm ergänzend zu. In einem Hollywoodfilm hätten sie sich vielleicht sogar noch einmal geküsst.

»Eli, ich … ich melde mich«, verspricht er. »Sowie ich etwas Neues erfahre, melde ich mich.«

»Oder gern auch, wenn Franziska mit dir Schluss gemacht hat«, sagt sie.

Er schaut sie entsetzt an.

»Stefan, das war ein Scherz!«

Darüber kann er nicht lachen. Er liebt sie offenbar wirklich.

Private Erledigungen

Weil Elisa gerade so fleißig beim Aufräumen war – da wäre dann noch die E-Mail von Melanie von vergangener Woche, die sie in ihr Postfach »Erledigungen privat« geschoben hatte.

Jetzt öffnet sie den digitalen Brief und liest noch einmal:

Liebe Elisa, seit Tagen will ich dir schreiben, nun tue ich es endlich. Ich habe dein Interview im Radio gehört, und da ist mir dann so richtig bewusst geworden: Wir müssen endlich miteinander reden. Und zwar tatsächlich reden, ganz offen! So wie wir es früher immer getan haben.

Ich möchte mich vorweg dafür entschuldigen, dass ich dich bei unserer letzten Begegnung so heftig attackiert habe. Ich bin momentan mit den Nerven ziemlich am Ende, und dieser impertinente Rechtsanwalt hat mir den Rest gegeben. Ich hab mich daran erinnert, wie du früher mit solchen großspurigen selbstherrlichen Typen umgegangen bist, da warst du mir immer ein Vorbild. Durch dich habe ich eigentlich erst gelernt,

den Mund aufzumachen und die Wahrheit herauszulassen,
auch wenn sie noch so unangenehm war.
Und ausgerechnet du warst bei dem Anwaltstermin plötzlich so
still und hast so getan, als würde dich die ganze Sache nichts
angehen. Das hat mich schockiert, Elisa. Deshalb bin ich so
unflätig geworden, verzeih mir.
Mich belastet das Unglück noch immer irrsinnig, auch wenn
jetzt Gott sei Dank alles vorbei und hoffentlich endgültig
abgeschlossen ist. Ich will nur noch einmal mit dir darüber
reden, wir haben ja gewisse Dinge niemals ausgesprochen, wie
es zu dem Unfall kommen konnte, was wir verabsäumt haben,
du weißt schon, was ich meine. Das sollten wir dringend
aufarbeiten, finde ich, schon wegen unserer Freundschaft, die
ich noch immer hochhalte.
Auch sonst gibt es einiges zu berichten. Ich bin durch die
Weinlese und das viele Drumherum natürlich sehr abgelenkt
und komme gar nicht recht zum Durchatmen, aber ich sage dir
jetzt etwas ganz im Vertrauen (bitte behalte es wirklich für
dich!): Meine Ehe ist an einem Punkt angelangt, wo ich nicht
mehr weiß, wie es weitergehen soll. Da würde ich mir auch gern
deine Meinung dazu anhören. Engelbert ist ein unverbesserli-
cher Zweckoptimist und Oberverdränger, er negiert jedes
Problem, er spielt immer über alles drüber, lebt in seiner
eigenen heilen Welt und lässt überhaupt keinen kritischen
Gedanken zu. Er hat zum Beispiel KEIN WORT JEMALS zu
dem Badeunfall gesagt, so als wäre er gar nicht geschehen.
Kannst du dir das vorstellen? Das macht mich wahnsinnig, das
ist unerträglich. Ich kann nicht mit einem Menschen zusam-
men sein, der nur die sonnigen Abschnitte der Wirklichkeit
verträgt und keine Schattenseiten des Lebens zulässt. Weißt du,
was ich meine?
Ja, und du und Oskar??? – Das beschäftigt mich auch schon seit
längerem. Ich will mich schriftlich dazu besser gar nicht

äußern, damit du ja kein Wort falsch verstehst. Aber meinst du
nicht, dass wir diese Dinge einmal auf den Tisch legen sollten?
Vielleicht geht es uns in mancherlei Hinsicht ähnlich, und wir
stehen gerade beide an einem Wendepunkt in unserem Leben.
Wir haben schon so viele schwierige Situationen gemeinsam
gemeistert, Schulter an Schulter. Ich bin überzeugt, dass wir uns
auch jetzt gegenseitig stützen und weiterbringen können.
Also, ich würde mir wirklich sehr, sehr wünschen, dass wir zwei
uns bald einmal treffen. Bei mir ginge es immer am Mittwoch
und Freitag gut, da mache ich meine PR-Reisen und lande
meistens in Wien. Sag, wann es für dich günstig ist. Herzens-
grüße, deine Meli.

Das passende Begleitgetränk ist noch nicht erfunden, um
Briefe voll von Passagen, die in der Magengegend herumdrü-
cken, zu beantworten. Elisa probiert es mit Wodka-Soda-
Mango-Limettensaft, wobei die ziemlich leere Wodkaflasche
die Schwachstelle sein könnte. Aber für den Einstieg reicht es
einmal:

Liebe Meli, ich danke dir für deine Mail, und ich freue mich
sehr, dass du diesen Riesenschritt auf mich zugehst, obwohl ich
es eigentlich sein hätte sollen, die dir entgegenkommt. Ich war
ja auch diejenige von uns beiden, die sich zurückgezogen hat.
Und weißt du, warum?

An dieser Stelle entsteht eine längere Schreibpause. Elisa weiß
es nämlich selbst nicht. Nicht genau. Sie ahnt es nur. Doch, sie
weiß es. Klar weiß sie es. Wegen Stefan. Sie wollte Melanie
nichts davon erzählen, zwei Jahre lang. Einschließlich heute.
Also muss sie »*Und weißt du, warum?*« wieder löschen. Damit
hängt »*Ich war ja auch diejenige von uns beiden, die sich zurückgezogen hat*« in der Luft und wird ebenfalls gestrichen, was zur
Folge hat, dass die Behauptung »*obwohl ich es eigentlich sein
hätte sollen, die dir entgegenkommt*« unbegründet bliebe, und

somit erst recht gelöscht werden muss. Und der Wodka ist auch schon leergetrunken. Hier das Resultat:

Liebe Meli, ich danke dir für deine Mail, und ich freue mich sehr, dass du diesen Riesenschritt auf mich zugehst!

Du hast recht, wir sollten bald die Zeit finden, wo wir uns einmal so richtig gründlich unsere Angelegenheiten von der Seele reden können. Ich werde mich demnächst mit Terminvorschlägen bei dir melden.

Es tut mir leid, dass es zwischen dir und Engelbert momentan nicht so gut läuft, und ich kann nachvollziehen, dass dich seine Schönfärbereien manchmal zur Weißglut bringen. Aber reicht das schon aus, um alles hinzuwerfen? Darüber können wir dann gerne ins Detail gehen.

Was mich und Oskar betrifft, muss die Optik tatsächlich verheerend sein, aber auf eine vielleicht ein bisschen perverse Art brauche ich diesen Mann in meinem Leben, zur Stärkung des Immunsystems, für den Aufbau der Abwehrkräfte, zur Hebung des Blutdrucks … (Smiley.) Er braucht mich offenbar auch. Und die Kinder machen aus uns eine (noch immer halbwegs intakte) Familie, die auch in schwierigen Zeiten an einem Strang zieht.

Bezüglich des Unglücks in Italien bitte ich dich jetzt schon um Nachsicht: Ich habe enorme Probleme, darüber zu reden, das zeigt sich auch in meinen Therapiestunden. Ich will mich bestimmt nicht davor drücken, diesen Horrorfilm mit dir noch einmal abrennen zu lassen, aber ich glaube, ich bin noch nicht so weit. Die Arbeit macht mir derart großen Druck, dass ich mit dem Reflektieren der Geschehnisse im Sommer noch nicht weitergekommen bin. (Diesen Satz löscht Elisa wieder. Melanie könnte sich in ihrem jüngst geäußerten Verdacht bestätigt fühlen, dass ihr, Elisa, die Karriere über alles Persönliche geht.)

Das erklärt auch mein Verhalten beim Rechtsanwalt.

Ich war wie paralysiert, konnte kein Wort herausbringen, habe nur auf das Ende der Sitzung gewartet. Ich hoffe, du kannst es mir nachsehen. Ich habe inzwischen übrigens mehrmals (»mehrmals« wird gleich wieder gelöscht, es gibt keinen Grund, hier etwas edler darstellen zu wollen, als es ist). *Ich habe inzwischen übrigens Aayanas Eltern aufgesucht, um mich ihren Emotionen zu stellen, aber die Familie wohnt nicht mehr an derselben Adresse und hat Österreich vielleicht schon verlassen. Das wollte ich noch erledigen.* (Dieser kurze Satz kommt weg, es waren Stefans Worte, nicht ihre.) *Ich denke, wir können nun alle einen Schlussstrich unter dieses tragische Ereignis ziehen.*

Jedenfalls freu ich mich schon auf ein ausführliches persönliches Gespräch mit dir. Wie gesagt, ich schicke dir demnächst Terminvorschläge. Mach's gut bis dahin, und nochmals ein großes Dankeschön, dass du dich gemeldet hast. Mir ist unsere Freundschaft genauso wichtig wie dir. (Der letzte Satz wird gestrichen, es geht ja hier nicht um ein Kräftemessen.) *Alles, alles Liebe, deine Elisa.*

PS: Vielleicht hast du recht, und wir beide sind wirklich an einem Wendepunkt im Leben angekommen.

Beim nochmaligen Durchlesen löscht Elisa den PS-Satz. Sie wollte ihr Schreiben an Melanie solidarisch enden lassen. Aber es stimmt einfach nicht. Elisa ist an keinem Wendepunkt im Leben angekommen. Nur an einem Tiefpunkt. Das Beruhigende daran: Beim Wendepunkt kann es danach in alle Richtungen weitergehen. Beim Tiefpunkt nur nach oben. Es sei denn, der wahre Tiefpunkt ist noch gar nicht erreicht.

KAPITEL ACHT

Schwerer Schockschaden

Pressetext: Aktuelles/Chronik/Politik
Knalleffekt in der Causa um einen tödlichen Badeunfall in Italien im familiären Umfeld der Grün-Abgeordneten Elisa Strobl-Marinek (39). Die Hinterbliebenen des Anfang Juni in einem Swimmingpool ertrunkenen Mädchens klagen Strobl-Marinek und ihren Ehemann auf Schadenersatz in der Höhe von 200.000 Euro. Das hat Rechtsanwalt Johann Wilenitsch, der die Kläger vertritt, Dienstagvormittag in einer Nachricht via Twitter öffentlich bekannt gegeben. Auf Rückfrage der Redaktion bestätigte er die Identität und den Wahrheitsgehalt seiner Mitteilung.

Die Brisanz hinter der Tragödie: Bei dem vierzehnjährigen Opfer Aayana Hussien Ahmed handelt es sich um die Tochter einer somalischen Flüchtlingsfamilie, die seit zwei Jahren in Österreich lebt und bereits Asylstatus hat. Aayana war als Schulfreundin der gleichaltrigen Tochter der Grün-Politikerin in den Urlaub in einer Ferien-Villa in der Toskana mitgenommen worden. Auch ein bekannter niederösterreichischer Winzer und seine Familie waren anwesend.

Das Unglück ereignete sich in den Abendstunden des ersten Urlaubstages, als das Mädchen abseits der Gruppe offenbar unbemerkt in das Schwimmbecken gestiegen und dort untergegangen sein dürfte. Obwohl gleich danach von den Anwesenden lebensrettende Maßnahmen gesetzt worden waren, verstarb das Kind drei Tage später im Spital in Cecina.

Erst vor wenigen Wochen wurden die strafgerichtlichen Routine-Voruntersuchungen der italienischen Behörden wegen des Verdachts der »fahrlässigen Tötung« gegen alle am Unglück beteiligten Personen eingestellt. Es konnte also kein Fehlverhalten oder Versäumnis eines der Anwesenden nachgewiesen werden.

Umso überraschender kommt jetzt die Zivilklage mit einer in Juristenkreisen überdies als »utopisch« bezeichneten Schadenersatzforderung. In seiner knappen Twitter-Aussendung begründet Rechtsanwalt Wilenitsch diese mit dem Anspruch auf »Trauerschmerzensgeld« und dem sogenannten »Schockschaden«, den die Angehörigen durch den Tod des Kindes erlitten hätten. Näher wollte sich Wilenitsch auf Anfrage dazu nicht äußern.

Oliver Steinpichler, der renommierte Anwalt der Familie Strobl-Marinek, war vorerst zu keiner inhaltlichen Stellungnahme bereit. »Ich muss mich erst von meinem Lachkrampf erholen«, stellte der Staranwalt lapidar fest. Er sehe der »wahnwitzigen Klage« jedenfalls mit »Gelassenheit hoch drei« entgegen.

Dazu 856 Postings, hier einige davon, mit Antworten:
P3: Flüchtlinge klagen Gutmenschen. – Die Welt steht nicht mehr lang.

    A1: Ein Wunder, dass die Welt überhaupt noch steht, bei Zwergen-Gehirnen wie Ihrem!

P15: Teurer Urlaub!

    A1: Stimmt. Ist schon die Toskana sauteuer, dazu eine Luxusvilla und dann noch 200.000 zum Drüberstreuen. Na ja, die Schickimickis können sich das schon leisten.
    A1a: Und das Ganze für nur einen einzigen Urlaubstag.
    A1b: Als Dienstreise wird es die Frau Umweltexpertin leider auch nicht absetzen können. Schwerer (Schock-) Schaden!
    A1c: Bravo! Da hat die langzeitarbeitslose Neidgenossenschaft heute wieder Kirtag.

p34: Es ist ein Kind ertrunken, und der Anwalt kriegt einen Lachkrampf?! Weit sind wir gekommen.

A1: Zusammenhängend lesen lernt man in der Volksschule. Der Anwalt kriegt den Lachkrampf wegen der völlig illusorischen Schadenersatzforderung. Völlig zu Recht übrigens.

p53: Appell an alle Flüchtlinge, die es zu uns geschafft haben: Beißt nicht in die Hand, die euch füttert!!

A1: Iiiih, was sind denn Sie für einer?

p146: Schlechter Artikel. Es wird mit zweierlei Maß gemessen. Der eine Anwalt ist ein »Rechtsanwalt«. Der andere Anwalt ist ein »renommierter Staranwalt«. Was soll diese Schleichwerbung?

A1: Die Medien setzen immer auf Winner-Typen.

A2: Der Steinpichler ist halt ein Liebling der Journalisten. Versorgt sie mit Infos und G'schichteln, hat immer einen Schmäh auf den Lippen und ist sich für keinen Lachkrampf zu schade. Einen Herrn Wilenitsch dagegen kennt keiner.

A2a: Den kennt echt kein Schwein. Der muss der Redaktion sogar seine Identität und den »Wahrheitsgehalt seiner Mitteilung« bestätigen.

p213: Ich bin kein Jurist, aber wenn das Verfahren eingestellt wurde, wieso soll es dann Schadenersatz geben? Kann ja offenbar keiner was dafür.

A1: Die probieren es halt und wollen ein bisserl ein Geld rausschinden. Nur auf Kosten unserer Steuergelder zu leben, wird auf Dauer auch langweilig.

A2: Wer sagt, dass keiner was dafür kann? Wenn man den Fall nachliest, erfährt man, dass die anwesenden Personen nicht einmal einvernommen worden sind. Man weiß also überhaupt nicht, was dort wirklich passiert ist.

A2a: Mir kommt die Sache auch seltsam vor. Eine Vierzehnjährige steigt allein in ein Schwimmbecken, geht unter und ertrinkt? Das kann ich mir nicht vorstellen. Das Mädchen muss ein anderes Problem gehabt haben.

A2b: Absichtlich wird sie es ja wohl nicht getan haben, um die reichen Bobos zu ärgern, oder?

A2c: Na was wird dort passiert sein? Ein Unglück halt, wie es tausendmal vorkommt. Natürlich trauert man um ein totes Kind. Aber wenn das Schule macht, dass man dafür wen anderen zur Kassa bittet, dann aber hallo! Und da hab ich noch kein Wort darüber verloren, WER da WEN zur Kassa bittet!

P311: Unsere blauäugigen und grün-herzigen Weltverbesserer werden sich beim nächsten Mal auch überlegen, ob sie ein Flüchtlingskind mit in den Urlaub nehmen. Nichts als Scherereien.

A1: Zyniker!

A2: Aber er hat recht.

P387: Kann man keinen Bericht mehr lesen, der keinen Migrationshintergrund hat?

A1: Wir befleißigen uns eben seit 2015 einer blühenden Willkommenskultur.

A2: Der Migrationshintergrund ist in den Migrationsvordergrund getreten. Und der Österreich-Vordergrund wird sukzessive in den Österreich-Hintergrund gedrängt.

A2a: Bevor er in den Österreich-Abgrund stürzt.

A2b: Heute strotzen die heimattreuen Poeten wieder vor Virtuosität.

A3: Schön, dass es hier im Forum noch so viele echte

Österreicher gibt. Die gehen mir sonst nur im Urlaub im Ausland am Oasch.

A3a: Sie können ja auswandern!

A3b: Ab nach Somalia!

P456: Ich finde die Klage mies! Da will jemand der Frau Strobl-Marinek ans Bein pinkeln beziehungsweise ihre Popularität ausnützen, um ans große Geld zu kommen. Politisch ist das für sie eine Katastrophe, denn irgendwas bleibt immer hängen, auch wenn es zu keinem Prozess kommt. Als wäre sie mit dem Unfall nicht ohnehin schon gestraft genug.

A1: Glauben Sie im Ernst, dass Flüchtlinge innenpolitisch denken?

A1a: Nein, aber Anwälte. Dieser Herr Wilenitsch hat das Ganze sicher eingefädelt, um Strobl-Marinek öffentlich an den Pranger zu stellen. Und wer weiß, welche Parteien mit welchen Summen da dahinterstecken.

A1b: Ja genau. Und der KGB, die CIA, die Mafia, der IS sowieso. Und vermutlich auch die Zeugen Jehovas und die Familie XXX-Lutz.

A1c: Vom Badeunglück zum Polit-Thriller! Leute, euch muss schon manchmal entsetzlich langweilig sein in euren stumpfen Gehirnen.

P566: Auch wenn es in so einem Forum wahrscheinlich von den meisten belächelt wird: Ich möchte hier mein tiefes persönliches Mitgefühl für die Familie Strobl-Marinek und die zweite Familie ausdrücken. Ja und ganz besonders für die Angehörigen der verstorbenen Aayana. Ich hoffe, dass sie sich außergerichtlich einigen. Denn so ein Unglück sollte Menschen verbinden, egal ob Inländer oder Ausländer, ob hier Geborene oder Zugewanderte. Es sollte uns näher zusammenbringen, nicht noch weiter voneinander trennen. Mir und meiner Frau tut in der Seele weh, was wir hier mitunter an Kommentaren lesen müssen. Unser Kind ist vor wenigen Wochen im Alter von sechzehn Jahren gestorben.

A1: Danke für Ihre Worte. Ich wünsche Ihnen alles Gute und viel Kraft!

A2: Ihnen mein aufrichtiges Beileid.

A3: Danke!! Ihre Worte geben mir Hoffnung.

A4: Unsere Familie schließt sich Ihren mitfühlenden Worten an. Schön, dass es Menschen wie Sie gibt, die auch an andere denken, obwohl sie selbst einen schweren Schicksalsschlag hinnehmen mussten.

A5: Ich wünsche Ihnen ebenso mein herzliches Beileid. Hochachtung vor Ihrer einfühlsamen Botschaft.

A6: Danke für Ihren Beitrag gegen die Verrohung.

A7: Danke auch von mir. Und ich beobachte ein Phänomen: Bei diesem Post verstummen alle Zyniker, und man liest plötzlich kein böses Wort mehr. Warum bloß?

A7a: Warum bloß? Da hätte ich schon eine Erklärung: Das im Artikel beschriebene Unglück berührt uns nicht, es ist zu weit weg von uns. Es ist nur eine pikante Story, in der es um Geld, Recht, Macht, Schuld, Prominenz, Zuwanderung und Politik geht. Wenn aber hier in der Poster-Community ein Vater zu uns spricht und uns anvertraut, dass sein Kind erst vor kurzem im Alter von sechzehn Jahren gestorben ist, dann macht es einen Stich, dann spüren wir selbst den Schmerz und fühlen mit. Plötzlich hat nämlich »einer aus unserer Mitte« ein Kind verloren. Einer von uns, jeder von uns! Und das erst entlockt uns unser persönliches Mitgefühl und Beileid.

»Ich glaube, Sie benötigen dringend gute Nachrichten«, sagt Oliver Steinpichler zu Elisa, die wirklich erbärmlich aussieht. Selbst Oskar ist ein gewisses Bemühen nicht abzusprechen, seine Frau etwas zarter als üblich anzufassen. Zu dritt sondieren sie in Steinpichlers Büro die Lage.

»Diese Klageschrift ist ein juristisches Meisterwerk an Dilettantismus gepaart mit einem gehörigen Maß an Unverschämtheit«, urteilt der Anwalt gleich vorweg.

»Das sehe ich auch so«, bestätigt Oskar.

»Ich schwöre Ihnen, ich habe noch nie ein derart lachhaftes Papier in Händen gehalten.« Steinpichler hält es hoch und watscht es mit den Fingerspitzen ab.

»Aber was heißt das jetzt für uns?«, fragt Elisa.

»Oh Verzeihung, Sie warten natürlich auf die gute Nachricht. Hier ist sie, in aller Kürze: Wir haben nichts zu befürchten.«

»Was ich dir von Anfang an gesagt habe, Elisa«, meint Oskar.

»Aber verstehen wir uns bitte nicht falsch. Aufpassen müssen wir trotzdem«, mahnt Steinpichler.

»Und was passiert jetzt?«, fragt Elisa.

Das kann der Anwalt gleich einmal grob umreißen.

Punkt eins, zur Vorgangsweise: »Ich werde dem Kollegen die Klage so lange um die Ohren hauen, bis diese zu glühen beginnen und er sie schnell wieder zurückzieht – nicht nur die Ohren, auch die Klage.«

Punkt zwei, zur Eventualität: Sollte das nicht der Fall sein, dann werde es möglicherweise eine Tagsatzung im Gericht geben, das sei aber etwas völlig Harmloses, mehr so wie ein »Meet and Greet« zwischen Richter und Anwälten, ehe man eine Lösung findet und die Sache ruhen lässt.

Punkt drei, zur Perspektive: Sollte es wider jede Logik zu einem Prozess kommen, »können wir ihn praktisch nicht verlieren, das ist denkunmöglich«.

Punkt vier, zur Entlastung: Nach »menschlichem und juristischem Ermessen« werde ein persönliches Erscheinen der Strobl-Marineks vor Gericht nicht notwendig sein.

Punkt fünf, zur Entspannung: Mit »an Sicherheit grenzender juristischer Wahrscheinlichkeit« werde es zu keiner Einvernahme der Strobl-Marineks kommen.

Punkt sechs, Resümee: »Für uns werden entweder keine Kosten und geringe Mühe oder geringe Kosten und keine Mühe entstehen, wie wir wollen«, sagt Steinpichler.

»Das verstehe ich nicht«, erwidert Elisa.

»Ich werde es Ihnen sofort im Detail erklären«, verspricht der Anwalt. »Soll ich Ihnen einen kurzen Vortrag halten oder machen wir es mit Frage und Antwort?«

»Frage, Antwort!«

»Frage und Antwort!« – Einmal sind sich die Strobl-Marineks einig.

Warum haben die geklagt? Was wollen sie?
  Geld.

Wieso? Mit welchem Recht?
  Mit keinem Recht. An dem Unglück trägt nachweislich
  keiner der Beklagten ein Verschulden. Es fehlt also jede Basis
  für Schadenersatz.

Warum klagen sie trotzdem?
  Weil sie auf einen Vergleich hoffen. Sie rechnen damit, dass
  uns die Sache so unangenehm ist, dass wir sie mit einer
  hübschen Geldsumme aus der Welt schaffen wollen, um uns
  einen Prozess zu ersparen.

Wie hübsch müsste die Summe ein, damit sie sich zufriedengeben?
Schwer zu sagen. Vielleicht 10.000 Euro, vielleicht genügen schon 3000 oder 2000.

Warum sollten wir das bezahlen?
Damit wir unsere Ruhe haben und die Klage zurückgezogen wird.

Sollen wir uns erpressen lassen?
Wie wir wollen.

Was meinen Sie?
Ich würde es nicht tun, aber ich bin nur der Anwalt.

Was meint Oskar?
»Kommt überhaupt nicht in Frage.«

Was meint Elisa?
»Ich will meine Ruhe haben, Geld ist mir nicht so wichtig.«

Was hätte das für eine Optik, wenn wir bezahlen?
Keine Gute. Die Medien könnten es als verkapptes Schuldeingeständnis betrachten.

Und wenn wir es von den Medien fernhalten?
Das wäre eine Möglichkeit. Das müssten wir allerdings mit der klagenden Partei ausverhandeln.

Und wenn wir nicht bezahlen?
Dann werden sie die Klage vermutlich ohnehin zurückziehen, wegen kostspieliger Aussichtslosigkeit.

Und wenn nicht?
Dann wird die Klage wahrscheinlich vom zuständigen Richter abgewiesen.

Wieso?
Weil sie rechtlich nicht begründet werden kann.

Wenn der Richter sie aber nicht abweist?
Dann kommt es zum Prozess.

Und was geschieht da?
Da versucht der Kläger, Geld rauszuholen, was ihm nicht gelingen wird.

Warum nicht?
Wie gesagt, ohne Verschulden an einem Unglück gibt es keinen Schadenersatz. Der Anspruch auf Trauerschmerzensgeld setzt grobe Fahrlässigkeit voraus. Bei einem Schockschaden muss zumindest leichte Fahrlässigkeit nachgewiesen werden.

Was ist ein Schockschaden?
Der liegt dann vor, wenn ein Unfalltod eine Erkrankung eines Hinterbliebenen zur Folge hat, zum Beispiel eine psychische Störung oder einen Schlaganfall. Das Schmerzensgeld soll dann die Kosten der Behandlung zumindest symbolisch abdecken.

Und dafür kann man 200.000 Euro verlangen?
Nein. Das ist eine absolut absurde Summe, ungefähr zehnfach übers Ziel geschossen.

Aber wie kommen die dann darauf?

Reine Taktik, wie bei den Lohnverhandlungen der Metaller oder beim Teppichhändler in Marrakesch. Sie hoffen, wie gesagt, auf ein Vergleichsangebot von uns mit einer hübschen Summe.

Und was ist, wenn sie uns Fahrlässigkeit nachweisen wollen?

Wie sollen sie das machen?

Keine Ahnung. Aber sie könnten uns mit Einvernahmen quälen.

Das wird der Richter kaum zulassen. Dank unserem Freund Giuseppe, dem Degenfechter, sind die Untersuchungen abgeschlossen.

Und wenn sie trotzdem auf unseren Einvernahmen bestehen und der Richter es zulässt?

Dann haben wir erst recht nichts zu befürchten. Es gibt keine anderen Zeugen des Unglücks als uns selbst. Wir haben die Wahrheit also sozusagen auf unserer Seite. Ich darf das so offen sagen, Ihre Freundin, die verehrte Frau Binder, ist ja nicht anwesend. (Steinpichler schmunzelt und zwirbelt an seinen hochgezogenen Bartspitzen.)

Apropos: Was spielt die Familie Binder für eine Rolle?

Keine. Nur, im soeben konstruierten Fall der Befragung zum Unglückshergang würden die beiden wohl als Zeugen geladen werden.

Als Zeugen wären sie zur Wahrheit verpflichtet. Nicht wahr?

Ja. Schon. Wo ist das Problem? Die Wahrheit ist ein Pfau, sie hat ein facettenreich buntes Gefieder. Wir werden uns schon die passenden Federn herauspicken, verlassen Sie sich auf mich.

Wer zahlt am Ende die Prozesskosten?
Der Verlierer. Also nicht wir. Schon deshalb werden die
Mohameds, nein, die Ahmeds einen Prozess tunlichst
vermeiden.

Wer ist eigentlich dieser Rechtsanwalt?
Eine sehr interessante Frage!

Wer ist Johann Wilenitsch?

Natürlich hat sich Oliver Steinpichler über seinen Widersa-
cher schon aus reiner Neugier längst kundig gemacht, hat in
der Kollegenschaft recherchiert, im Internet geforscht, die Ar-
chive durchstöbert – mit bescheidenem Erfolg.

Johann Wilenitsch ist gebürtiger Kärntner, siebenundsechzig Jahre alt, geschieden und kinderlos.

Als Jurist hat er nicht gerade eine Traumkarriere hinge-
legt. Nach der Anwaltsprüfung, die er erst im dritten Anlauf
gemeistert hatte, hat er einige Jahre als Konzipient in einer
Klagenfurter Anwaltskanzlei gearbeitet. Seine Fachgebiete
waren Jagd- und Fischereirecht. Da hat er sich hauptsächlich
mit Pachtverträgen, Abschussgenehmigungen und Gewässer-
scheinen herumgeschlagen und sich nebenher mit der artge-
rechten Haltung und Pflege von Wildtieren beschäftigt. Danach ist er als Rechtsanwalt von der Bildfläche verschwunden,
hat eine kleine, recht bald defizitäre Fischereizucht an der
kärntnerisch-slowenischen Grenzregion betrieben und ist nur
noch in seiner Tätigkeit bei diversen Jagdvereinen namentlich
erwähnt worden.

Erst vor wenigen Jahren dürfte er, als seine Ehe geschieden
worden war, von Kärnten nach Wien gezogen sein. Ab diesem
Zeitpunkt ist nichts mehr über ihn dokumentiert.

Die wenigen und durchwegs älteren Fotos im Internet zeigen eine »in Jägermontur gepackte Zeus-ähnliche voluminöse Gestalt« mit rundem Gesicht, zauseligem Haupthaar, wucherndem Bart, geröteten Wangen und strengem, argwöhnischem Blick. »Ein Typ zwischen Alpenkönig und Menschenfeind«, urteilt Steinpichler.

In den sozialen Netzwerken verfügt Wilenitsch über einen Twitter-Account, den er hauptsächlich für jagddienliche Hinweise und auf die Fischerei bezogene Links verwendet hat. Ein paar Mal hat er auch knappe Kommentare zu gesellschaftspolitischen Themen abgegeben. Zur Sterbehilfe nimmt er eine liberale Haltung ein, auf die gleichgeschlechtliche Ehe könnte er hingegen verzichten, und – jetzt wird es interessant – er spricht sich mehrmals für eine restriktive Migrationspolitik in Europa aus. Er verwendet dabei die üblichen Argumente: Angst vor islamistischem Terror, unkontrollierbarer Zustrom, Bildungsdesaster in den Schulen, Krieg der Religionen, ein langsames Aussterben der deutschen Sprache und Ähnliches. Sein letzter Eintrag liegt allerdings schon mehr als drei Jahre zurück. Seit damals ist es komplett still um ihn.

Steinpichlers Fazit: »Wilenitsch ist alles andere als ein Gegner zum Fürchten. Was einem misslingen kann, dürfte ihm misslungen sein. Ich habe einen misanthropischen Einzelgänger vor mir, der ein paar armselige Wildtrophäen gesammelt, den Fischen beim Flüstern gelauscht und dann der Welt den Rücken zugekehrt hat. Welcher Teufel so jemanden reitet, eine Familie Ahmed in ein aussichtsloses Rennen um Schadenersatz zu schicken, erschließt sich mir nicht«, gesteht Steinpichler. »Da dürfen wir neugierig sein.«

KAPITEL NEUN

Mauern aus Glas

Sophie Luise nimmt die Dinge außerhalb kaum noch wahr. Es ist, als hätten sich rund um sie gläserne Wände gebildet, die von Tag zu Tag dicker und robuster werden. Sie kann zwar durchschauen, und da sieht sie beispielsweise ihre Eltern, aber sie dringt nicht mehr zu ihnen vor. Sie kann ihnen wohl zuhören, sie kann zu ihnen sprechen, sie kann am Küchentisch sitzen und mit ihnen essen, oder zumindest so tun als ob, sie selbst braucht nämlich kein Essen mehr wie früher, keines, das schmeckt, nur ein bisschen Nahrung zum Weiterleben. Sie kann sogar von der Schule erzählen, da erzählt sie irgendwelche random Fantasiegeschichten, die ihr gerade in den Sinn gekommen sind. Es ist ja auch völlig egal, was sie sagt, es bleibt ohnehin alles in den Wänden hängen. Nichts verlässt sie, nichts kommt herein. Innerhalb ihrer Mauern aus Glas ist nur Platz für zwei, für sie selbst und für Pierre.

Es kann sein, dass sie sich in ihn verliebt hat, vielleicht sogar »unsterblich«, wie es in solchen Fällen so schön heißt. Sollte ihr das tatsächlich passiert sein – übrigens zum ersten Mal –, dann erlebt sie gerade eine herbe Enttäuschung. Sie hatte sich das ganz anders vorgestellt, sie dachte, verliebt zu sein, bedeutete, glücklich vereint zu sein. Sie aber hat das Glück mit ihm nur ständig vor Augen, es schwirrt herum in ihrem Glaspavillon, doch kaum greift sie danach, entschlüpft es ihr. Normalerweise würde sie sagen, na gut, dann eben nicht, dann suche ich eben woanders danach. Aber das gelingt ihr nicht mehr, in ihrem Kopf dreht sich alles um Pierre, sie kann nicht mehr anders, sie muss an ihm festhalten. Das

Perverse: Sie muss an jemandem festhalten, der sich nicht festhalten lässt.

Das war jetzt eher abstrakt formuliert, sie kann es aber auch konkret sagen: Pierre ist zwar scheinbar immer für sie da, er überhäuft sie mit Komplimenten und Liebeserklärungen, er tut so, als gäbe es nichts Wichtigeres auf der Welt für ihn als sie. Er ist also in gewisser Weise ganz nah an ihr dran, aber sie kriegt ihn einfach nicht zu fassen, sie kriegt ihn nicht einmal zu Gesicht.

Und er hat sich auch ziemlich verändert, er kommt ihr manchmal richtig seltsam vor. Vielleicht ist nur sein schlechtes Deutsch daran schuld, aber oft schreibt er auch krass wirres und übersinnliches Zeug, zum Beispiel von einer traumhaft schönen Insel in einem anderen Leben, ja in einer anderen Welt, die nur für sie zwei bestimmt ist und die nur durch ein unsichtbares versperrtes Tor betreten werden kann. Er allein weiß, wo dieses Tor ist, und er hat den einzigen Schlüssel dafür, und solche Dinge.

Auf so eine doofe Hirngespinst-Insel will er also unbedingt mit ihr, doch ein echtes Treffen zögert er hinaus. Er erzählt ihr nichts von sich daheim oder von der Kunsthochschule, umgeht sämtliche Fragen nach seiner Person, schickt ihr wohl tausend Küsse, aber keine Fotos von sich. Er will weder telefonieren noch skypen, noch facetimen.

Bist du so hässlich, dass du dich mir nicht zeigen willst?, schrieb sie ihm einmal, da war sie schon ein bisschen wütend auf ihn.

Er erwiderte: *So-Lu, Liebes, du machst Spaß! Ich bin hübsches, großes, schlankes Junge. So wie du wünscht am schönsten, ich bin.*

Sie: *Ich will aber langsam, dass du nicht nur mein Wunsch bist, sondern dass du echt bist. Vorgestellt hab ich mir dich schon oft und lange genug. Jetzt will ich dich sehen!!*

Er: *Du darfst nicht so sein so ungedüldig zu mir. Es muss sein magisches Moment. Nur du und ich. Und dann großes Fühlen. Ich kann machen!*

Sie: *Wann?*

Er: *Du kommst Wohnung bei mir, ich kann machen!*

Sie: *Ich gehe aber nicht zu jemandem in die Wohnung, den ich vorher noch nie gesehen habe. Auch wenn es der wichtigste Mensch auf Erden ist. Treffen wir uns irgendwo in der Stadt, am Schwedenplatz oder beim Riesenrad von mir aus. Ganz egal, wo.*

Er: *Gut, So-Lu, ich sage dir. Dann ich kann machen.*

Sie: *Dann sag endlich. Sag!!*

Ein Schultag zu viel

In der Früh spielt Sophie Luise die brave Schülerin. Sie muss nicht geweckt werden, weil sie meistens ohnehin bereits seit Stunden wach ist. Sie setzt sich zum Frühstückstee in die Küche, lässt sich von der Mama, wenn sie noch da ist, oft sogar ein Jausenbrot richten (das sie später den Vögeln im Park verfüttern wird, den Vögeln oder den Ratten, wer schneller ist). Zum Glück muss sie daheim nicht auch noch Konversation betreiben. Seit Lotte bei der Oma wohnt, spricht vor acht Uhr morgens kein normaler Mensch mehr ein Wort, außer Papa natürlich, der gern ungefragt aus der Zeitung vorliest.

Sophie Luise verlässt das Haus immer rechtzeitig und bestreitet ihren Schulweg ganz normal bis zur Kreuzung, hinter der das Schulgebäude auftaucht. Dort erst entscheidet sie, ob sie sich tatsächlich in die Höhle des Löwen begeben soll oder doch lieber wieder abbiegt, ein paar Runden dreht, auf einer Parkbank sitzt, im Internet surft und dann bei passender Gelegenheit den Nachhauseweg antritt.

Am Donnerstag vor den Herbstferien entscheidet sie sich fatalerweise für die Schule. Sie braucht dringend Ablenkung. Papa hat getobt, Mama hat geweint. Die Eltern von Aayana fordern plötzlich eine riesige Geldsumme von ihnen. Die Internet-Foren sind voll damit. Sogar in den Radio-Nachrichten haben sie es gebracht. Alle reden schon wieder über dieses Scheiß-Unglück und tun so, als wäre ihre Familie daran schuld.

Das spielt sich zwar alles irgendwo außerhalb von Sophie Luises Gedankenwelt ab, aber diesmal drückt es so sehr gegen ihre schützenden Glaswände, dass diese erste Sprünge abbekommen haben dürften. Kurzum: Es geht ihr wirklich nicht gut, und Pierre hat ihr natürlich noch immer kein konkretes Treffen vorgeschlagen.

In der Klasse wird sie wieder einmal von allen besonders blöd angeglotzt und angequatscht. »Wo warst du die letzten Tage?« »Welche Krankheit war es diesmal?« »Schreibst du dir die Entschuldigungen für die versäumten Stunden eigentlich selber?«

»Wisst ihr, was ihr mich könnt?«, erwidert sie. Sie wissen es schon seit Wochen, aber das hindert sie nicht daran, ihr weiter übelst auf den Sack zu gehen.

In der dritten Stunde haben sie Ethik und Religion bei der Pospischil, die zwar herzensgut, aber leider ziemlich unterbelichtet ist und sich mit ihrer naiven Art der Gemeinheiten der Schülerinnen überhaupt nicht erwehren kann.

Sophie Luise erkennt an der aufgekratzten Stimmung und am Gemurmel, dass etwas Unangenehmes auf sie zukommen könnte. Und dann hört sie auch schon die krächzende Stimme der grindigen Carola, die eine richtige Bestie geworden ist.

»Frau Professor, darf ich was sagen? Man soll doch immer helfen, wenn wer in Not ist, haben Sie uns beigebracht, nicht wahr? In unserer Klasse sitzt nämlich eine, die ein großes Problem hat, und da wollen wir helfen«, schleimt die hinterhältige Carola. Sophie Luise spürt, wie ihre Wangen heiß werden und die Schläfen zu hämmern und zu brennen beginnen.

»Das ist schön von euch«, erwidert die Pospischil. Das Gelächter rundum irritiert sie anscheinend überhaupt nicht.

»Ihre Eltern müssen viel Geld bezahlen, und wahrscheinlich wird sie sich bald kein neues T-Shirt mehr leisten können«, setzt Carola hämisch grinsend fort.

»Da haben wir in der Klasse ein bisschen zusammengelegt und wollen ihr jetzt eine kleine Spende überreichen.« Sophie Luise möchte davonlaufen, aber ihre Beine zittern, und es gelingt ihr nicht, sich auch nur einen Millimeter von der Stelle zu rühren.

»Das ist aber lieb von euch. Um wen geht es denn?«, fragt die naive Pospischil.

»Es geht um unsere von uns allen hochgeschätzte Mitschülerin Sophie Luise.« Die Pospischil schaut verdutzt drein. Die Klasse bebt vor Gelächter. Die Bestie bewegt sich jetzt direkt auf sie zu und will ihr eine mit bronzenen Cent-Münzen gefüllte Kaffeetasse überreichen. Sophie Luise springt auf und schleudert ihr mit voller Wucht die Tasse aus der Hand, sodass das Porzellan zerschellt und die Münzen klirrend über Tische und Bänke rollen.

»Aber Sophie Luise!«, hört sie die Pospischil, die überhaupt nichts geschnallt hat, noch aufschreien. Dann endlich gelingt ihr die Flucht aus diesem elendigen Klassenraum, den sie nie wieder betreten wird, das schwört sie sich noch in derselben Sekunde. Und Carola wünscht sie den Tod. Warum ist nicht sie im Schwimmbecken ertrunken? Warum musste es Aayana erwischen, die keiner Fliege was zuleide getan hat?

Pierre versteckt sich

In den folgenden Stunden läuft sie orientierungslos im Park herum, versucht wenigstens wieder regelmäßig ein- und auszuatmen, ergeht sich zwischendurch in Anfällen von Übelkeit, windet sich in Weinkrämpfen und ist nur zu einem einzigen halbwegs klaren Gedanken fähig: Pierre!

Als sie sich ein bisschen beruhigt hat, wählt sie seine Nummer – und landet natürlich, wie immer, in seiner Mobilbox:

Pierre! Melde dich! Es geht mir beschissener als je zuvor. Ich brauche dich! Ganz, ganz dringend. Ich muss dich treffen! Und zwar so schnell wie möglich, in den nächsten Stunden, sonst ist es zu spät. Wenn du jetzt nicht für mich da bist, dann kannst du mich vergessen, das meine ich bitter ernst. Dann kann ich für nichts mehr garantieren, was mich betrifft.

Danach ist ihr etwas leichter, obwohl sie sich keinen Illusionen hingibt, dass Pierre auf ihren Alarmruf schnell reagieren würde, das hat er bisher noch nie getan. Doch überraschenderweise schreibt er ihr diesmal sofort:

So-Lu, du rufst, ich komme helfe! Ich kann machen. Donaukanal, du kennst? Wir können treffen!
Sie: *Danke!!! Du bist ein Engel! Wann kannst du dort sein?*
Er: *Stünde.*
Sie: *Du meinst, in einer Stunde. Okay, super! Und wo am Donaukanal?*
Er: *Ja, Donaukanal. Ist gut!*
Sie: *Wo am Donaukanal? Der Donaukanal ist lang. WO GENAU?*
Er: *Da ist Brücke. Brücke schaust du hoch, so ist Brücke Dach.*
Sie: *Du meinst unter der Brücke. Aber es gibt viele Brücken. Du meinst wahrscheinlich die Salztorbrücke. Salztorbrücke! Wenn*

du sie nicht findest, frag danach. Okay? Also in einer Stunde
unter der Salztorbrücke am Donaukanal! DANKE!!
Er: *Salzbrücke, du sagst, so ich finde. So-Lu ich rette!!*

Eine Stunde ist bereits vergangen, wahrscheinlich sucht er noch immer nach der richtigen Brücke. Sophie Luise hat etwas getan, das sonst überhaupt nicht ihre Art ist. Sie hat, um ihre Aufgeregtheit zu bekämpfen, beim Würstelstand eine Dose Bier gekauft und sie in wenigen Zügen ausgetrunken – erstens wegen der schnelleren Wirkung und zweitens, damit er sie nicht dabei erwischt, er hält ja Alkohol für eine Droge.

In ihrem Kopf kehrt nun endlich Ruhe ein, und sie merkt, wie die Passanten langsam ihre scharfen Konturen verlieren, wie ihre vorher so hastigen Bewegungen runder und fließender werden und wie sie immer schwindelerregendere Kreise um sie ziehen.

Plötzlich schert einer aus dem Menschenstrom aus und steuert geradewegs auf sie zu.

»Hallo, bist du So-Lu?«, hört sie ihn fragen. Der Junge ist deutlich größer als sie und schaut wie so ein Dutzend-Rapper auf YouTube aus. Er hat ein dunkelhäutiges Gesicht, trägt gelbe Turnschuhe und eine rote Baseballkappe und wippt mit seinem schlaksigen Oberkörper sichtlich nervös vor und zurück.

»Und du bist Pierre?« Nein, noch bevor sie über alle Maßen enttäuscht sein kann, hält sie es für ausgeschlossen. Nicht, weil er ein Schwarzer war, der auf supercool macht, sondern schon allein aufgrund seines schrägen Blickes aus halb zugekniffenen Augen, der ihr weder vertraut noch vertraulich, noch vertrauenserweckend erscheint. Dass kann nicht der Mann aus Paris sein, der ihr die innigsten und liebevollsten Botschaften schreibt und mit ihr auf seinen Fantasie-Inseln für immer verbunden sein will.

»Ich bin Sammy, aber ich komme von Pierre«, klärt er sie mit heiserer Stimme, aber in relativ gut gesprochenem Deutsch auf.

»Wo ist Pierre?«, fragt sie, ehe er weiterreden kann. Alles andere interessiert sie nicht.

»Pierre ist im Krankenhaus, er musste zu seiner Mutter, sie ist sehr krank. Er schickt mich, dir das zu sagen.«

»Aber wieso?«, protestiert Sophie Luise. »Wieso schickt er da jemanden? Wieso sagt er es mir nicht selber? Er hat mir noch nie von seiner kranken Mutter erzählt.«

»Ja, sie ist sehr krank. Ich glaube, er schämt sich dafür«, erwidert Sammy. Er wirkt gehemmt, es gelingt ihm kaum, ihr in die Augen zu schauen.

»Und wer bist du?«, fragt sie.

»Ich bin ein guter Freund. Wir beide gehen in die gleiche Schule.« Kaum entsteht eine kurze Sprechpause, fängt er wieder nervös zu wippen an.

»Pierre sagt, es tut ihm sehr, sehr leid, dass er nicht kommen kann. Er will dir gerne helfen und dich beschützen.«

»Er braucht mich nicht zu beschützen, er braucht nur da zu sein, wenn ich in einer Notlage bin, das kannst du ihm gerne ausrichten«, beschwert sich Sophie Luise.

»Ich soll dir etwas von ihm geben, ich habe es mitgebracht«, sagt Sammy. Er holt aus einem Jutesack ein in Geschenkpapier gehülltes Päckchen heraus, etwa so groß wie ein Bilderbuch, und drückt es ihr in die Hand.

»Das ist von Pierre für dich.« Irgendwie wirkt er froh, es losgeworden zu sein. Und Sophie Luise weiß noch nicht recht, ob sie sich darüber freuen soll. Der zappelige Sammy bereitet seinen Abgang vor, indem er einen Schritt zurückweicht und den Arm zum Gruß hebt.

»Dann mach's gut, tschüss«, sagt er. Nein, sympathisch ist er ihr nicht. Und Pierre übt sich wieder einmal in seiner Lieblingsbeschäftigung. Er tut so, als wäre er für sie da, dabei versteckt er sich hinter sich selbst.

Liebe macht gute Sache

Zu Hause in ihrem Zimmer, wo die Glaswände am dichtesten sind, sodass sie nicht einmal die Streitereien ihrer Eltern wahrnimmt, betrachtet Sophie Luise das Päckchen von allen Seiten. Sie will ein Gefühl für den Inhalt bekommen und sich gedanklich schon auf die nächste Enttäuschung vorbereiten. Schließlich überwindet sie sich, reißt es auf, entnimmt ihm zwei kleine Schachteln und hält zwei Flügelmappen in der Hand.

In der einen befindet sich ein Stoß loser Blätter. Es sind Zeichnungen und Bleistift-Skizzen, die allesamt das gleiche Motiv darstellen: Sophie Luise. Sie spürt, wie sie errötet und gleichzeitig innerlich zu lachen beginnt. Er hat tatsächlich *ihr Gesicht* auserwählt, um es aus verschiedenen Perspektiven auf Papier zu bringen, teils nur andeutungsweise, teils fein säuberlich ausgearbeitet. Hell und düster, aufgeheitert und niedergeschlagen, selbstbewusst und schutzsuchend – sie erkennt sich in den unterschiedlichsten Stimmungslagen wieder.

Man muss nicht viel von Kunst verstehen, um zu erahnen, dass da ein großes Talent oder vielleicht sogar ein kleines Genie dahintersteckt. Allein schon, wie es ihm gelingt, ihren Blicken mit ein paar Strichen Leben einzuhauchen. Und Lippen und Nase muss man auch erst einmal so hinbekommen, dass es klar ist, dass es sich dabei nur um eine einzige Person handeln kann, um eine von acht Milliarden ErdenbürgerInnen, um Sophie Luise Strobl-Marinek, knapp fünfzehn, aus Wien. Da muss er ja stundenlang Selfies von ihr im Internet studiert haben. Wie hat er die bloß gefunden, ohne die entsprechenden Seiten zu kennen?

Am liebsten würde sie ihm sofort mitteilen, wie sehr sie sich geehrt und geschmeichelt fühlt, dass das für sie ein echter Liebesbeweis ist, und dass sie mit Sicherheit noch nie so ein wertvolles persönliches Geschenk bekommen hat.

Aber erst einmal muss sie die restlichen Dinge auspacken, die Bescherung ist ja noch gar nicht zu Ende.

Mit dem Inhalt der zweiten Mappe rückt Pierre noch ein Stück näher an sie heran. Er hat ihr endlich Fotos von sich geschickt, die sie nun lange auf sich einwirken lässt, um festzustellen: Also hässlich ist er zum Glück nicht, eher das Gegenteil davon. Er ist groß und schlank und hat ein schmales ovales Gesicht. Dass er eine dunkle Hautfarbe und dichte, gekräuselte Haare haben könnte, damit hat sie fast schon gerechnet, nicht erst seit sie seinen Freund Sammy gesehen hat. Wenn man aus Paris kommt, ist die Chance eben groß, dass man ein Schwarzer ist, weil man wahrscheinlich afrikanische Wurzeln von irgendwelchen Urgroßeltern hat.

Auch die abstehenden Ohren stören sie nicht, wer mag schon vollkommene Jungs, die dann meistens glauben, dass sie unwiderstehlich sind. Wichtig ist ihr, dass er nichts Hartes oder gar Brutales an sich hat, sondern melancholisch, zart und verletzlich wirkt, wie einer, dem schon viel Beschissenes widerfahren ist, genau wie ihr.

Am besten gefällt ihr das einzige Foto, auf dem er lächelt. Da sieht man seine krass weißen Zähne, und die Augen haben so einen gewissen Glanz oder Schleier, als würde er gerade von etwas Schönem träumen. Vielleicht ja sogar von ihr. Dieses Bild wird sie sich über ihr Bett hängen, so viel steht jedenfalls bereits fest.

Und dann wären da noch die beiden kleinen weißen Schachteln. Aus der einen zieht sie eine silberne Halskette heraus, an der ein süßer Anhänger mit zwei ineinander verschmolzenen

Herzen baumelt – vermutlich kein echter, teurer Schmuck, aber darauf legt sie ohnehin keinen Wert. Hauptsache, sie kann Pierre von nun an sozusagen immer »am Hals« haben, wenn sie will. Schon der Gedanke fühlt sich gut an, und so hängt sie sich die Kette auch gleich um. Dabei spürt sie ein wohliges Kribbeln am ganzen Körper, als hätte Pierre selbst gerade ihre Haut berührt.

Mit Vorfreude öffnet sie nun auch das letzte Päckchen, entnimmt ihm ein goldfarbenes eiförmiges Etui, klappt es auf – und glaubt im ersten Moment, einen Haufen hellblauer Kiesel- oder Kandiszucker-Steinchen vor sich zu haben. Erst langsam erkennt sie, dass es sich dabei um würfelförmige Tabletten handelt, deren Anblick ihr einen Schlag in den Magen versetzt. Hastig nimmt sie den beigelegten Zettel heraus, auf dem handgeschrieben zu lesen steht: *Das ist Schlüssel für Tür in schöne Welt, ich kann machen, du kennst. Liebe und Glück, verbunden wir zwei immer und immer. Dein Pierre.*

Sophie Luise setzt sich sofort an ihren Computer und schreibt:

Hallo Pierre, was richtest du mit mir an??! Du holst mich aus der tiefsten Schlucht, hebst mich in den Himmel und stürzt mich gleich darauf in den nächstbesten Abgrund, um mir dann wieder ein Rettungsseil zuzuwerfen. Weißt du, was ich meine? Zuerst wollte ich dir schon schreiben, wie glücklich du mich gemacht hast mit deinen tollen Zeichnungen. Da hatte ich schon fast vergessen, dass du mich ganz mies versetzt hast. Stattdessen schickst du mir so einen weirden Typen – na gut, vielleicht ist er eh nett, aber er kommt mir ehrlich gesagt nicht ganz geheuer vor. (Wenn du ein Wort nicht verstehst, schau bitte nach, ich kann dir das jetzt nicht alles erklären, ich bin zu aufgeregt.) Wieso sagst du mir nicht, dass deine Mutter krank ist?? Ich bin doch deine Freundin! Ja, und dann deine Geschenke: Die sind echt ein Wahnsinn, ich hab mich sooooooooo gefreut!! Noch nie hat mich wer gezeichnet, und du hast mich ja noch gar nicht in echt gesehen. Ich bin echt beeindruckt. So schaue ich nämlich wirklich aus, und genau so fühle ich mich auch, wie du mich malst. Du kennst mich wahrscheinlich besser als meine eigenen Eltern, dafür allein liebe ich dich. Und deine ultranice Kette hängt auch schon an meinem Hals, und sie berührt mich, als wenn du mich küssen würdest, da krieg ich gleich alle Zustände. Übrigens mag ich, wie du aussiehst! Du bist nicht so ein Macho-Typ. Wir passen schon gut zusammen, finde ich. Und dass wir nicht die gleiche Hautfarbe haben, ist mir völlig egal, das will ich dir auch gleich sagen, nicht, dass du dir darüber irgendwelche unnötigen Gedanken machst.

Aber das letzte »Geschenk«, das hat mich schon wieder ordentlich aus der Bahn geworfen. Was schickst du mir da? Ist das dein »Wundermittel«, von dem du dauernd redest? Bist du süchtig danach? Lass mich da bitte aus dem Spiel! Ich nehme keine Medikamente, die mir meine Ärztin nicht verschrieben hat, das ist zu gefährlich.

Jetzt, wo ich weiß, wie du aussiehst, weiß ich auch, dass ich dir vertrauen kann. Aber dazu muss ich keine Tabletten nehmen, die ich nicht kenne. Ich will dich einfach endlich auch in natura sehen, möglichst bald!! Ich würde vielleicht sogar zu dir in die Wohnung kommen, wenn du mich nicht auf offener Straße treffen willst. Du siehst, ich bin zu fast allem bereit. Das wollte ich dir unbedingt gleich sagen, mein Liebster! Melde dich bitte, sobald du kannst. Es ist momentan sehr schwer für mich, allein zu sein. Deine So-Lu.

Einige Stunden quälender Ungewissheit vergehen, ehe ihr Pierre endlich zurückschreibt:

Liebe So-Lu, du musst wissen, ich will nur, was macht Glückliches in dir. Und ich kenne! Wenn dein Kopf traurig ist,

nimmst du. Wenn du schlechtes Fühlen hast, nimmst du. Wenn
du mich vertraust, nimmst du. Wenn du mich liebst, nimmst
du. Liebe macht immer gute Sache! Immer!
Ich wollte nicht sagen lange Zeit, weil Trauriges: Mein Mama
wird nicht viel leben noch. Nur kurze Tage noch. Du bist
einziges Mensch ich habe, So-Lu! Viele große Küsschen, ich
schicke. Dein Pierre.

Ehe Sophie Luise antworten kann, langt noch eine zweite
kurze Nachricht von Pierre ein:
Ich muss Mama Spital, ich kann nicht lesen und schreiben.
Erst morgen oder nach morgen ich kann. Schlafe gutes,
glückliches Nacht! Schönste Traum, ich wünsche. Pierre.

Scheiß auf die Vernunft

Glückliche Nacht, schöner Traum? Nein, es kündigt sich eine
Horrornacht an, und sie beginnt mit einem Albtraum, den Sophie Luise schon viele Male durchlebt hat: Aayana schwimmt
neben ihr im Swimmingpool, da ist noch alles friedlich und
harmonisch. Auf einmal beginnt Aayana zu strampeln und
um Hilfe zu schreien und verschwindet plötzlich von der
Oberfläche. Unter Wasser klammert sie sich an Sophie Luises
Bein und zieht sie mit übernatürlichen Kräften zu sich in die
Tiefe.

Sophie Luise wacht schweißgebadet auf und schnappt nach
Luft, bis sie begreift, dass sie Gott sei Dank daheim in ihrem
Bett liegt. Jetzt ist es natürlich vorbei mit dem Schlaf.

Sie dreht das Licht auf, blättert Pierres Zeichnungen durch,
sieht sich seine Fotos an, fährt mit den Fingern über sein Gesicht und streichelt es, legt sich dann wieder nieder, aber die
erhoffte aufbauende Wirkung stellt sich nicht ein. Sie muss an

seine Mutter denken, die bald sterben wird. Sie stellt sich vor, wie er neben ihr am Spitalsbett sitzt und ihre Hand hält. Er schaut dabei so traurig drein wie auf den meisten Fotos, da kommen ihr gleich selbst die Tränen. Und sie? Sie klebt hier fest, isoliert wie in einer Gefängniszelle, so weit von ihm entfernt, und kann gar nichts für ihn tun.

Wie hat ihr Vater bei jeder sich bietenden Gelegenheit so schön gesagt? – »Um unsere Sophie muss man sich keine Sorgen machen.« Bravo, Papa! Dein größtes Kompliment ever, danke! Aber leider hast du dabei nur an dich gedacht. Um Sophie hast du dir nämlich keine Sorgen machen *wollen*, so sieht es aus. Und Sophie hat brav mitgespielt. Sie hat dir alle Sorgen erspart, sie hat dir die gesamte Beschäftigung mit ihr erspart. Dafür hast du sie geliebt oder wenigstens gemocht oder zumindest regelmäßig gelobt, das war der Deal.

Lotte war da gewiefter. Sie hat von Geburt an geschrien und getobt. Hier bin ich, hat sie euch zugerufen, eure Tochter, ihr habt mich in diese Welt gesetzt, jetzt kümmert euch gefälligst um mich! Um Lotte habt ihr euch kümmern müssen. Ja, um Lotte habt ihr euch echte Sorgen machen müssen, sogar du, Papa. So ein Pech.

Und du, Mama, was hast du so gerne lauthals verkündet? Jeder, der es hören wollte oder schon nicht mehr hören konnte, durfte es erfahren: »Unsere Sophie Luise ist so ein kluges Kind. Sie ist viel weiter als die anderen. Sie ist schon so reif und vernünftig. Wir können stolz auf sie sein.« Bravo, Mama! Es war schön, dich so stolz zu sehen. Aber leider hast du dabei nicht von Sophie Luise gesprochen. Nein, du hast dich selbst damit gemeint. *Du* wolltest immer klüger, reifer und weiter als die anderen sein. Sophie Luise war nur dein Abziehbild, sie hat das für dich übernommen, damit du dich besser dabei beobachten kannst. Dafür hast du sie geliebt, das war der Deal.

Lotte hat es leichter gehabt, denn sie war »schwierig«. Sie musste den anderen nicht voraus sein, sie durfte auf gleicher Höhe mit ihnen sein. Dafür hat sie jetzt viele Freunde, sie ist beliebt, alle mögen sie, den Schreihals, sie ist eine von ihnen.

Und Sophie Luise? Sie ist verdammt dazu, klüger und reifer als die anderen zu sein – und alle hassen sie dafür. Sie erfüllt noch immer die in sie gesetzten Erwartungen, tut noch immer so, als wäre sie ihnen allen zehn Schritte voraus. Doch zehn Schritte weiter vorne – dort ist niemand, nur sie allein, Sophie Luise. Mutterseelenallein.

Sie hält es im Bett nicht mehr aus. Sie setzt sich vor ihren Computer und versucht sich an Pierre festzuhalten. Sie lässt seine Worte noch einmal auf sich wirken. Dabei verschwimmt ihr die Sicht. Kaum wischt sie Tränen weg, drängen schon die nächsten nach.

Liebe So-Lu, du musst wissen, ich will nur, was macht Glückliches in dir, schreibt er. So ein schöner Satz, so frei von Egoismus. Er ist der Einzige, der es ernst mit ihr meint, der tatsächlich *ihr* Glück im Sinn hat. Er weiß, wie sie ihr Glück findet, er wiederholt es immer wieder. Warum vertraut sie ihm nicht? Warum wehrt sie sich dagegen? Warum bloß? Nur weil es ihr die Vernunft sagt?

Verdammte Vernunft. Sie hasst ihre Vernunft. Immer musste sie vernünftig sein. Was hat ihr die Vernunft gebracht, wohin hat sie sie geführt? – Tief und immer tiefer in den Sumpf. Sie muss sich endlich befreien, sie muss wieder hinaufkommen, sie muss Aayana abschütteln, sie braucht Oberwasser, da hilft keine Vernunft. Scheiß auf die Vernunft.

Sie steht auf, holt das goldene Etui aus der Lade, legt es auf den Tisch neben den Bildschirm, öffnet es, greift hinein, lässt die kühlen blauen Tabletten durch ihre Finger gleiten. *Wenn dein Kopf traurig ist, nimmst du.* Ihr Kopf ist traurig. *Wenn du schlechtes Fühlen hast, nimmst du.* Schlechteres Fühlen ist kaum vorstellbar. *Wenn du mich vertraust, nimmst du.* Doch, sie vertraut ihm, sie muss ihm vertrauen, sie hat gar keine andere Wahl. *Wenn du mich liebst, nimmst du.* Ja, sie liebt ihn. Wenn ihr hier auf der Welt noch irgendjemand irgendetwas bedeutet, dann ist es Pierre.

Sie legt sich einen kleinen hellblauen Würfel auf ihre Zunge. Was soll schon passieren? Was kann überhaupt noch passieren? Was hat sie zu verlieren?

KAPITEL ZEHN

Es bleibt beim Versuch

Oliver Steinpichler hat dem Herrn Jägermeister, wie er Johann Wilenitsch inoffiziell gerne nennt, »mit vorzüglicher kollegialer Hochachtung« eine sechzehn Seiten lange Klagebeantwortung um die Ohren gepfeffert und dabei – so schwer es ihm fiel – auf jede Brise Ironie verzichtet, um den guten Mann nicht über alle Maßen zu blamieren. Die Wirkung war beeindruckend: Wilenitsch bedankte sich per »Handy-Memo« – eine von Steinpichler bereits für ausgestorben gehaltene Form der Nachrichtenübermittlung aus der vorkolonialen Gründerzeit – und wählte dazu folgende Worte:

Habe Ihr Schreiben bekommen. Danke für Ihre Mühe, hat sicher viel Zeit und Geld gekostet. Ich will Ihnen keine weiteren Umstände machen. Am besten, wir besprechen das alles vor Gericht. Mit freundlichen Grüßen, Johann Wilenitsch.

Daraufhin hat sich Steinpichler von seinem Büro telefonisch zum »Kollegen« durchstellen lassen. Nein, eben nicht, es ist beim mehrmaligen Versuch geblieben, denn »unser Freund der Fische« (wie er ihn ebenfalls gerne nennt) geht einfach nicht an sein Telefon. Vielleicht hört er wenigstens die Mobilbox ab. Dann erfährt er:

Hier spricht Oliver Steinpichler. Geschätzter Kollege, ich will Sie nur darauf aufmerksam machen, dass Sie beziehungsweise Ihre Mandanten ein Gerichtstermin um einiges teurer kommen wird, als wenn wir uns bemühen, die Sache im Vorfeld zu klären, will heißen, dass Sie die Klage zurückziehen. Ich habe Ihnen 2000 Euro in Aussicht gestellt, das ist ein mehr als faires Angebot. Da werden Ihre Unkosten gedeckt, und der Familie

bleibt noch ein bissl was im Geldbörsel – wenn Sie es ihr nicht
abknöpfen – Scherz! Also 2000 Euro. Ich meine, es wäre die
einfachste Form, die leidige Sache aus der Welt zu schaffen. Es
wäre zuvorkommend von Ihnen, wenn Sie mich zurückrufen
oder mir wenigstes so eine ... so eine ... kurze Nachricht
schicken.

Wilenitsch schickt Steinpichler einige Stunden später so eine
kurze Nachricht:

Danke fürs Angebot und Ihre Absicht, mir entgegenzukommen.
Leider kann ich nicht darauf eingehen. J.W.

Steinpichler, per Mobilbox:

Hier Steinpichler. Verehrter Kollege, machen wir es andersrum.
An welche Summe hätten Sie denn gedacht?

Wilenitsch, per Memo:

Ich habe an gar keine Summe gedacht. Die Summe, um die es
geht, steht in meiner Klageschrift. 200.000 Euro.

Steinpichler, per Mobilbox:

Verzeihen Sie, dass ich noch einmal nachfrage: Meinen Sie das
wirklich ernst? Wollen Sie Ihre Mandanten da in was hinein-
reiten? Wir beide kennen die Sachlage. Ich halte das aus der
Sicht eines Juristen für äußerst bedenklich, für geradezu
fahrlässig, um beim Thema zu bleiben. Sie wissen, dass es hier
nichts zu gewinnen gibt.

Wilenitsch, per Memo:

Die Sicht eines Juristen reicht nicht immer aus, um zu beurtei-
len, ob es etwas zu gewinnen gibt oder nicht. Wir sehen uns vor
Gericht. Freundliche Grüße, J.W.

Alles ist Rechtsanwalt Oliver Steinpichler in seiner berufli-
chen Praxis bereits untergekommen. Wirklich alles. – Aber so
etwas noch nicht.

Melanie und die Moral

Unter den zahlreichen Beileidsbekundungen zur Schadenersatzklage, die in Elisas Postfach eingegangen sind, findet sich auch eine Mail von Melanie. Sie schrieb gleich am Tag nach der Hiobsbotschaft:

Liebe Elisa, um Himmels willen! Das ist ja furchtbar! Ich will nicht drängen, aber bitte lass uns darüber reden. Wir müssen rasch etwas unternehmen. Ich habe keine Ahnung, ob es gerecht ist, dass diese Familie auf einmal so viel Geld verlangt. Aber ich finde, wir sollten ihr auf halbem Weg entgegengehen, einfach auch wegen unserem Gewissen. Ich glaube, dann ist uns allen leichter. Auf jeden Fall will ich dir sagen, dass ich dich da sicher nicht im Stich lassen werde. Ich hoffe, es kommt zu keinem Prozess, das würde ich momentan nicht aushalten. Und du wahrscheinlich erst recht nicht. Tun wir uns zusammen, gemeinsam sind wir stärker, zumindest wir zwei. In inniger Freundschaft, deine Meli.

Elisa antwortete ihr umgehend:

Liebe Meli, ja, das ist eine Katastrophe, die ich noch gar nicht einordnen kann. Das Schlimmste für mich ist, dass ich damit in der Öffentlichkeit stehe. Und dort bin ich ganz alleine auf mich gestellt, da kann mir keiner helfen, leider auch du nicht. Glaub mir, ich will dich wirklich bald treffen, aber es geht momentan einfach nicht. Ich wüsste gar nicht, was ich dir sagen sollte. Ich bin unfähig, in der Sache Entscheidungen zu treffen. Dafür gibt es Rechtsanwälte, die das gelernt haben. Der Steinpichler ist persönlich zwar auch nicht mein Fall, aber ich vertraue seinen Fähigkeiten. Der wird uns aus dem Sumpf ziehen, da bin ich mir sicher. Alles Liebe und Gute, deine Elisa.

Darauf meldete sich Melanie ein letztes Mal:

Liebe Elisa, ich verstehe, dass du in einer anderen Situation
bist als ich. Sie haben ja dich geklagt, nicht mich. Und die
Medien haben es natürlich auch alle auf dich abgesehen. Aber
das Unglück verbindet uns trotzdem. Und mein Gefühl sagt
mir, dass wir mit diesem Rechtsanwalt den falschen Weg
beschreiten. Längst schon will ich mit dir über den Unfall
reden. Du weichst dem aus, ich nehme das zur Kenntnis. Für
mich gibt es aber auch so etwas wie eine moralische Verpflich-
tung dem Mädchen beziehungsweise ihrer Familie gegenüber.
Deshalb wiederhole ich es noch einmal: Ich finde, wir sollten
freiwillig etwas zahlen, ganz unabhängig von der Klage! Lass
dir die ganze Sache bitte noch einmal durch den Kopf gehen.
Deine Meli.

»Die ganze Sache« geht Elisa seit Wochen und Monaten tage-
und nächtelang durch den Kopf und dreht dort ihre abertausend sinnlosen Runden. »Die ganze Sache« schafft es einfach
nicht, ihren Kopf zu verlassen. »Die ganze Sache« findet den
Ausgang nicht.

Scheingeschäft mit Edelmut

Engelbert Binder und Oskar Strobl-Marinek treffen einander
ein paar Tage später zu einem vertraulichen Gespräch und
Frankfurter Würsteln im Café Museum.

Im Gegensatz zu einem »persönlichen Gespräch« geht es in
einem »vertraulichen Gespräch« nicht um Befindlichkeiten
anwesender Personen, sondern, wenn überhaupt um Befindlichkeiten, dann stets um jene abwesender Personen, die nicht
wissen sollen, dass man über ihre Befindlichkeiten redet, deshalb »vertraulich«. Es geht also bestimmt nicht um die Befind-

lichkeiten Engelberts und Oskars, sonst hätten sich die zwei Männer nie getroffen.

Beide sind aber nicht nur glühende Verfechter der befindlichkeitsfernen Unverbindlichkeit, sondern auch begnadete Verweigerer der persönlichen Verstrickung in unangenehme bis prekäre Lebenslagen. Das erklärt, warum lieber über Engelberts medaillengesegneten Auftritt bei der Vinistra, der internationalen Weinausstellung in Poreč, und über ein noch nie dagewesenes und nun von Oskar spektakulär initiiertes Forschungsprojekt mit dem Arbeitstitel »Alltagsweltbild und naiver Realismus« gesprochen, ja phasenweise sogar hitzig diskutiert wird, zumindest wenn Oskar am Wort ist.

Das eigentliche Thema der vertraulichen Zusammenkunft wird erst gegen Ende des Treffens eher beiläufig angeschnitten.

»Jetzt aber noch ein Wort zu dieser, du weißt schon, zu dieser leidigen Schadenersatz-Angelegenheit«, sagt Engelbert.

»Ach ja, diese Sache«, scheint sich Oskar gerade zu erinnern.

»Habt ihr schon, ich meine, werdet ihr … also wie ist da euer Plan?«

»Plan? Dazu brauchen wir keinen Plan. Wir haben nichts zu befürchten. Ich verlasse mich da ganz auf meinen Freund Oli, der wird das Kind schon schaukeln«, erwidert Oskar.

»Weil wir nämlich, also Melanie und ich, weil es uns schon wichtig wäre, verstehst du, dass wir, also vom Medialen, dass das Ganze keine Wellen mehr schlägt, dass wir das vorher, also am besten gleich, dass wir das möglichst schnell komplett abdrehen …«

»Wie meinst du abdrehen?«

»Ich verrate dir was.« – Jetzt wird das Gespräch tatsächlich noch vertraulich, und da hört man erst, wie filigran Engelberts Stimmbänder sind, wenn er gezwungen ist, weichere Töne anzuschlagen.

»Melanie kann nicht mehr. Es geht ihr überhaupt nicht gut. Sie ist am Ende. Oskar, du kannst dir nicht vorstellen …«

»Doch, ich kann es mir vorstellen. Es ist bei Elisa nicht anders. Ihre Welt steht Kopf. Sie ist nicht wiederzuerkennen. Sie macht sich selbst fertig.«

»Dann solltest du einmal Melanie sehen, sie steht knapp vor dem Kollaps. Ich weiß schon nicht mehr, wie ich, was ich …«

»Natürlich, es geht mir genauso, das ist eine enorme Belastung für …«

»Ja, für die ganze Familie, für die Kinder, für die Beziehung, für … ja auch für mich«, sagt Engelbert. Wegen der trockenen Luft im Kaffeehaus muss er sich die Augen reiben.

»Ja, du hast recht. Es ist faktisch unmöglich, sich dem zu entziehen«, gesteht Oskar. Und jetzt macht er etwas Unerwartetes. Er legt seine Hand auf Engelberts Schulter, ganz kurz nur, aber es reicht aus, um bei Engelbert einen Hustenreiz oder so etwas Ähnliches auszulösen. Er muss sich kurz auf die Toilette entschuldigen.

»Und deshalb sollten wir diese Angelegenheit am besten sofort regeln«, sagt Engelbert, als er zurückkehrt, mit gefestigter Stimme. In ihm hochgekommene Sentimentalitäten dürften per Klo-Spülung beseitigt worden sein.

»Ich meine finanziell.« Engelbert beugt sich über den Tisch und übt sich im Ton geschäftlicher Geheimhaltung.

»Ich kann dir, also ich kann euch, also Melanie und ich, wir haben uns dahingehend … wir würden euch … wir würden euch 50.000 zuschießen.«

»50.000? Zuschießen? Wofür?« Oskar führt beide Hände zum Kopf und massiert seine Stirnfalten.

»Ja, das wäre kein Problem, das wäre unser Beitrag, obwohl wir ja selbst, du weißt, wir sind ja von der Klage gar nicht direkt betroffen, aber das wäre so etwa, weil wir ja doch dabei waren, das würden wir …« Oskars hochgezogene Augenbrauen und die leicht zuckenden Lippen machen es Engelbert nicht gerade leicht, seine Gedankengänge etwas präziser in Worte zu gießen.

»Es geht mir hier vor allem um Melanie, da wäre es mir ein dringliches Anliegen, und es würde auch ihr Gewissen unheimlich beruhigen, sie hätte einfach ein besseres Gefühl … wenn wir da solidarisch … wie gesagt 50.000. Das wäre unser Vorschlag, also unser Beitrag. Wir 50.000. Ihr 50.000. Das wären dann 100.000. Das nehmen die mit Handkuss. Keiner erfährt davon. Nichts steht in der Zeitung. Die Sache wäre aus der Welt. Damit können wir alle leben. Aus. Schluss. Ende. Was meinst du?«

Oskar lehnt sich zurück und mimt den bis an den Rand der Empörung Erstaunten, der vor lauter Schlucken nicht weiß, wie er sich Luft machen soll.

»Lieber Freund, ich glaube, ich muss hier ein generelles Missverständnis aufklären. Ich habe nicht die Absicht, mich von einem dahergelaufenen Winkeladvokaten erpressen zu lassen. Und ich denke nicht im Traum daran, mir von einer Migrantenfamilie – oder auch von irgendeiner Familie, es geht hier gar nicht so sehr darum, woher sie kommt, sondern darum, was sie im Schilde führt, sie will uns Geld aus der Tasche ziehen, und dafür habe ich absolut kein Verständnis. Ich denke also nicht im Traum daran …«

»Oskar, das verstehe ich schon, da rennst du bei mir im Prinzip offene Türen ein, aber ich muss hier auch an Melanie denken, und Melanie meint, du kennst Melanie …«

»Lass mich den Satz zu Ende führen. Ich denke nicht im Traum daran, hier auch nur einen einzigen Euro zu bezahlen!« Es entsteht eine kurze Schweigepause, die Herren müssen das Gesagte auch einmal sacken lassen.

»Keinen … Euro?«, fragt Engelbert kleinlaut.

»Nein. Das wäre ein verlogenes Scheingeschäft mit geheucheltem Edelmut. Das käme einer moralischen Bankrotterklärung gleich, und zwar durchaus im Hegel'schen Sinne, wenn er von der intersubjektiven Nachvollziehbarkeit des Moralitätsgefühls spricht. Damit meine ich …«

»Und was sagt Elisa dazu?«, fragt Engelbert.

»Elisa?«

»Findet sie nicht, dass wir der Familie etwas zahlen sollten?«

»Warum soll sie das finden?«

»Ich meine, ein Kind ist gestorben. Wir können zwar nichts dafür, aber …«

»Aber was?«, fragt Oskar.

»Aber wir waren dabei.«

»Ah so? Du warst dabei? Also ich war nicht dabei. Wäre ich dabei gewesen, hätte ich es verhindert. Wäre einer von uns dabei gewesen, hätte er es verhindert. Wir waren nicht dabei. Engelbert, wir waren eben nicht dabei! Das ist der springende Punkt.«

»Erkläre das einmal Melanie«, sagt Engelbert.

»Melanie musst du es schon selber erklären. Ich erkläre es Elisa, jeden Tag.«

Steinpichlers Fehlgriff

Ausgerechnet Conny muss es sein. Dabei wähnte Oliver Steinpichler sie noch mitten in ihrer Babykarenz, aber anscheinend sind schon wieder zwei Jahre ins Land gezogen – ins Land und ins Landesgericht für Zivilrechtssachen. Richterin Cornelia Hoheneder ist also wieder in Amt und Würden. Und, die noch unerfreulichere Nachricht: Die Causa »Ahmed gegen Strobl-Marinek« ist punktgenau auf ihrem Schreibtisch gelandet.

Um den Fall selbst macht sich Steinpichler dabei noch die geringeren Sorgen. Conny Hoheneder ist an sich eine hervorragende Juristin. Sie arbeitet gründlich und gewissenhaft, neigt aber mitunter zu unnötigen Fleißaufgaben und agiert stur und unberechenbar, wenn sie sich einmal in einen Fall verbeißt. Aber diesmal sollte es keine Probleme geben, die Absurdität der Schadenersatzklage wird ja wohl auch für sie mit freiem Auge erkennbar sein.

Eine Begegnung mit ihr hätte sich Steinpichler freilich gerne noch ein paar Jahre erspart. Dann wäre wohl endgültig Gras über die Sache gewachsen.

»Die Sache« war auf gut Wienerisch eine »b'soffene G'schicht« anlässlich einer dieser staubtrocken beginnenden und dionysisch endenden Weihnachtsfeiern, an die sich am nächsten Tag kein Mensch mehr erinnern kann oder will, in Steinpichlers Fall – beides. Jedenfalls hätte er in jener Nacht in all seiner Berauschtheit schwören und mit Gerichtseid untermauern können, dass Conny es genauso wollte wie er, wenn nicht sogar mehr, was auch immer »es« genau war.

Verstehen wir uns nicht falsch. – Steinpichler ist weder ein Verbalerotiker noch einer dieser verklemmten Biedermänner, die nach fünf Gläsern die Kontrolle über ihre mechanischen Abläufe verlieren und in alles hineingrapschen, was ihnen unter die Finger kommt, sofern es einer weiblichen Physis zugehörig betrachtet werden kann.

Aber die von der männlichen Kollegenschaft aus verständlichen Gründen heftig umworbene Jungrichterin Conny Hoheneder, damals noch ledig, also frei im wahrsten Sinne des Wortes, hatte an jenem Abend mehr als eindeutige Signale in seine Richtung gesendet. So etwas spürt ein Mann – nicht immer realitätsnah, aber Steinpichler zeichnet diesbezüglich normalerweise Treffsicherheit aus. Unmittelbar vor dem Ende seiner Wahrnehmungen fanden sie sich zu zweit an der Bar, wofür man den Zufall auch erst einmal verantwortlich machen können muss. Der Rest ist, nein, leider nicht Schweigen, sondern Überlieferung.

Am nächsten Tag drohte sie ihm nämlich, kaum war er aus dem Koma erwacht, rechtliche Schritte an. Es hätte angeblich sogar Zeugen für seine sexuell motivierten und auch durchgeführten Griffe und Übergriffe gegeben. Da Steinpichler nicht wusste, was genau er abstreiten sollte, entschied er sich für die gegenteilige Selbstverteidigungslinie. Er entschuldigte sich – mehrmals, schriftlich, fernmündlich, persönlich, zerknirscht, einsichtig, reumütig.

»Es wird nie wieder vorkommen, Conny, das bin ich meiner Einstellung, meinem Ruf und meinem Gewissen schuldig.« Oder so ähnlich, vielleicht waren auch noch die »Ehre« und der »Berufstand« dabei. Wenn man ein Ziel vor Augen hat, darf einem nichts zu peinlich sein, wusste er schon damals. Da musste man gelegentlich sogar als Staradvokat vor einer jungen Richterin auf den Knien herumrutschen und um Vergebung winseln.

So hat er sein Ziel dann auch erreicht:

»Okay, vergessen wir diesen unsäglichen Abend, ich will gar nicht mehr daran denken müssen«, sagte sie. »Und noch etwas: Schluss jetzt mit ›Conny‹. Im Dienst sind wir per Sie, Herr Doktor Steinpichler. Und künftighin wollen wir es beim rein Dienstlichen belassen. Hab ich mich klar ausgedrückt?« Hat sie.

Na ja, und wenige Wochen später war sie im dritten Monat schwanger.

Tagsatzung mit Hund

Richterin Cornelia Hoheneder-Schöbel – da hängt jetzt auch ihr Mann dran – hat in der Causa »Ahmed gegen Strobl-Marinek« eine »vorbereitende Tagsatzung« ausgeschrieben, ein für dreißig Minuten anberaumtes formelles Gespräch mit beiden Streitparteien. Sie würde sich, wenn gewünscht, auch mit der Anwesenheit der Rechtsvertreter, also der beiden Anwälte begnügen. Ausdrücklich bat sie, »keine Journalisten über den Termin in Kenntnis zu setzen«. Und als Ziel nannte sie, »einen Vergleich zusammenzubringen, der uns allen diesen unnötigen Prozess erspart«.

Als Oliver Steinpichler den kleinen Verhandlungsraum betritt, muss er indigniert feststellen, dass von den Afrikanern jede Spur fehlt und auch der Herr Jägermeister noch gar nicht anwesend ist. Somit ist jene Situation eingetreten, die er unbedingt vermeiden wollte: exklusiver Vieraugenkontakt mit »Frau Rat« Conny Hoheneder.

Es ist müßig, Worte über ihr Äußeres zu verlieren. Ihr entwaffnender, fesselnder und gleichzeitig strafender Blick genügt ihm. Man könnte ihn mit nobler Erhabenheit über ihre eigene Abschätzigkeit seiner Person gegenüber beschreiben.

»Sie waren ja sehr fleißig«, stellt sie süffisant lächelnd fest und blättert seine sechzehnseitige Klagebeantwortung durch. »Sie aber auch, Frau Rat«, fällt ihm zum Glück gerade noch ein. »Ich gratuliere zur Geburt. Darf ich fragen, ist es ein …«

»Mädchen. Antonia.« Knapper geht es nicht mehr. So viel zum Privaten.

Nein, noch nicht ganz. Noch bevor Anwalt Wilenitsch nun endlich abgehetzt den Raum betritt, bellt ein Hund – sein Hund, ein riesiger brauner Kerl mit dunkler Schnauze und glattem Fell und dem Drang, gleich alles im Raum zu beschnüffeln, einschließlich des wohldesignten Schuhwerks der Richterin.

»Rufus, Platz«, schreit der Besitzer fast tonlos heiser. Den fehlenden Großteil seiner Stimmkraft hat er möglicherweise bereits in Rufus investiert.

»Herr Doktor, Sie wissen aber hoffentlich schon, dass es verboten ist, Tiere ins Gerichtsgebäude mitzunehmen«, rügt ihn die Richterin.

»Verzeihung, Frau Rat, ich habe eine Ausnahmegenehmigung.«

»Wo?«

»Beantragt, heute, gerade jetzt, deshalb die kleine Verspätung, Verzeihung. Ich habe sonst niemanden für ihn. Und allein bleibt er mir nicht daheim«, verteidigt er sich.

Conny Hoheneder senkt gütig ihre Augenlider.

»Er muss aber brav sein«, sagt sie.

»Jaja, das ist klar.«

»Welche Rasse?«, fragt Steinpichler. Nicht, dass es ihn interessieren würde, aber er erspart sich damit die Begrüßung.

»Rhodesian Ridgeback«, erwidert Wilenitsch stockend. Er tut sich beim Sprechen schwer, beim Sprechen oder beim Schlucken, oder bei beidem.

Steinpichler kann seine Verwunderung kaum überspielen: Dieser kränklich-gebrechliche alte Mann, der hier eine speckige Raulederjacke zur Schau stellt, die schon von weitem nach Flohmarkt riecht, und der in seine an den Beinen flatternde beige Cordhose vermutlich zweimal hineinpassen würde, ist also tatsächlich erstens ein »Kollege«. Zweitens will er eine wahnwitzige 200.000-Euro-Klage stemmen. Und drittens hat er auch noch Oliver Steinpichler zum Gegner. Wie soll das denn funktionieren? Jetzt tut er ihm fast schon leid. Wenigstens der Hund liegt nun zu seinen Füßen.

»Kommt noch jemand?«, fragt die Richterin.

»Wer?« Wilenitsch ist irritiert.

»Zum Beispiel Ihre Mandanten«, hilft Steinpichler aus.

»Nein, nein, die … die kommen heute nicht.«

»Okay. Gut. Also. Was machen wir, meine Herren?«, fragt Conny Hoheneder, ein wenig ratlos über die Schriftsätze gebeugt. »Können wir uns vielleicht doch auf eine Summe einigen?«

»Ich habe dem, äh … Kollegen bereits 2000 Euro angeboten«, sagt Steinpichler. Wilenitsch lächelt gequält.

»Also gut, also gut, also gut«, verkündet Steinpichler mit erhobenem Kinn und pastoral geschlossenen Augen. So leitet man großherzige Überraschungsangebote ein. »Meine Mandanten sind bereit, den leidtragenden Eltern des tragisch ums Leben gekommenen Kindes einmalig 5000 Euro zu überweisen. Das ist bitte kein Schadenersatz, denn ein solcher steht der Familie Mohammed, nein, falsch, Ahmed, nicht zu. Das ist ein mehr als großzügiges Geschenk. Nennen wir es einen Akt christlicher oder von mir aus muslimischer Nächstenliebe.«

»Ich bin nicht hier, um Geschenke anzunehmen«, erwidert Wilenitsch.

»10.000?«, fragt die Richterin und blickt von Anwalt zu Anwalt.

»Nein.«

»Nein.«

Wilenitsch war schneller.

Oliver Steinpichler kann sich bequem zurücklehnen, er ist jetzt länger nicht am Wort. Conny wendet sich dem Kläger zu und redet auf ihn ein wie auf ein krankes Pferd.

»Herr Doktor Wilenitsch, was wollen Sie eigentlich?«

»Das steht in meiner Klageschrift.«

»200.000 Euro Schadenersatz?« Dazu ein mitleidiger Blick von ihr.

»So ist es.«

»Ich sage Ihnen gleich, daraus kann nichts werden, da muss ich gar keine Details kennen.«

»Aber es wäre gut, wenn Sie die Details kennen.«

»Wozu? Für einen Anspruch auf Schmerzensgeld fehlt die rechtliche Grundlage. Es fehlt die Fahrlässigkeit.«

»Wer sagt das?«, fragt Wilenitsch.

»Das ergibt sich aus dem Akt.«

»Aus dem Akt geht aber nicht hervor, was damals passiert ist.«

»Heißt das, Sie wollen einen Antrag auf Einvernahme der am Unglück beteiligten Personen stellen?«

»Ja, ich denke schon.«

»Was soll das bringen?«

»Klarheit.«

»Ich spreche mich strikt dagegen aus«, unterbricht Steinpichler, der wütend aufgesprungen ist – und Rufus zu lautem Knurren veranlasst hat.

»Es ist absolut fehl am Platz und geradezu unverantwortlich, meine Mandanten damit zu belästigen und in ihren alten, noch gar nicht ausgeheilten Wunden zu rühren. Außerdem würde dies eine völlig unangebrachte mediale Aufmerksamkeit nach sich ziehen und dem Voyeurismus Tür und Tor öffnen. Es könnte ein hässlicher Schauprozess werden. Und dies alles ohne rechtlichen Mehrwert, denn es bedarf keiner hellseherischen Qualitäten, um jetzt schon zu sagen, was bei der Befragung herauskommen wird: nichts Relevantes. Und bestimmt keine Fahrlässigkeit. Das ist uns hier hoffentlich allen klar.« Steinpichler nimmt wieder Platz und lehnt sich zurück.

»Also wollen Sie wirklich bei Ihrem Antrag bleiben?«, fragt die Richterin.

»Ja, ich denke schon«, erwidert Wilenitsch.

»Gut, lassen wir das einmal so stehen. Zweites Thema, der Schockschaden. Wer ist davon betroffen?«, fragt Hoheneder.

»Sie meinen …?«

»Ich meine, ich würde gerne wissen, wer hier einen Schaden davongetragen hat«, erwidert die Richterin.

»Der Vater.«

»Inwiefern?«

»Schlaganfall. Die Nachricht vom Tod der Tochter hat bei ihm einen Schlaganfall zur Folge gehabt.«

»Das können Sie nachweisen?«

»Ja, ich denke schon.« – Wenn er »ich denke schon« sagt, hat man den Eindruck, er beginnt gerade erst, darüber nachzudenken, ob es denkbar ist.

»Und der Schlaganfall muss längerfristig medizinisch behandelt werden?«

»Ja, ich …«

»Wie?«

»Wie? Das kann ich Ihnen nicht beantworten, ich bin kein Arzt.«

»Und daraus erwachsen Kosten in der Höhe von?«

»Das weiß ich nicht, da brauchen wir jemanden, der sich auskennt.«

»Sie meinen einen Sachverständigen. Sie wollen also ein medizinisches Gutachten beantragen?«

»Ja, ich denke schon.«

Steinpichler springt auf. (Rufus knurrt.)

»Antrag inakzeptabel. Enormer Aufwand für heiße Luft«, poltert der Anwalt.

»Sonst noch etwas?«, fragt die Richterin.

»Ja, die Mutter.«

»Was ist mit ihr?«

»Sie leidet, und das macht sie krank.«

»Soll heißen?«

»Dass sie, dass sie, dass sie Anspruch auf dieses …«

»Trauerschmerzensgeld heißt der Terminus«, belehrt ihn die Richterin.

»Genau.«

»Das setzt grobe Fahrlässigkeit voraus, das wissen Sie hoffentlich.«

»Ja, genau.«

»Lachhaft«, meldet sich Steinpichler zu Wort.

»Lachhaft ist hier gar nichts«, rügt ihn Conny.

»Sonst noch etwas?«, fragt sie Wilenitsch.

»Abdulaziz.«

»Wer ist das?«

»Der Sohn der Familie, also der Bruder der Toten.«

»Was ist mit dem?«

»Der fällt auch unter diesen … diesen anderen Begriff …«

»Sie meinen Schockschaden«, hilft der Kollege aus.

»Inwiefern?«, fragt die Richterin.

»Das ist eine … ganz eigene Geschichte«, erwidert Wilenitsch.

»Und zwar?«

»Da möchte ich jetzt nicht vorgreifen.«

»Das heißt, wir sollen uns die ganze Geschichte hier anhören?«

»Ja, ich denke schon.« Steinpichler verdreht die Augen. Würde nicht ausgerechnet Conny hier sitzen, die den juristisch

176

erbärmlichen Herrn Jägermeister mit Glaceehandschuhen an-
fasst, wäre er längst ausgezuckt.

»Haben wir jetzt alles?«, fragt die Richterin.

»Frau Rat, ich müsste kurz …«

»Auf die Toilette?«

»Ja«, sagt Wilenitsch.

»Und der Hund?«

»Kommt mit.« Rufus springt auf und beschnüffelt noch
schnell ihre Schuhe.

»Fünf Minuten Pause«, verkündet die Richterin.

Fremde sind ihm egal

»So, meine Herren«, sagt Conny. Steinpichler bewundert ihre
Geduld. Er versucht ihr immer wieder wertschätzende, auf-
munternde, komplizenhaft solidarische Blicke zuzuwerfen,
die ihr unterschwellig mitteilen sollten: »Wir beide wissen,
wie hirnrissig die Angelegenheit ist und was für ein Dilettant
uns hier unsere kostbare Zeit raubt, während unsere Babys daheim auf uns warten.« – Solche Blicke, aber sie schaut ihn leider nicht an.

»Ich probiere es ein letztes Mal. Vielleicht gelingt uns ja
doch noch ein Vergleich. Herr Doktor Steinpichler, 10.000
Euro?«

»Pffffff«, macht er. Damit will er in Aussicht stellen, dass er
sich von Conny eventuell weichklopfen lassen würde, rein
dienstlich.

»Herr Doktor Wilenitsch?«

»Nein.« Steinpichler schlägt mit der Faust auf sein Pult. Rufus knurrt. Conny wirft ihnen abwechselnd strenge Blicke zu.

»Aber mehr wird für Ihre Mandanten wohl nicht dabei
herausschauen«, warnt sie.

»Das kann man nie wissen«, sagt er.

»Das heißt, Sie wollen Ihre Anträge tatsächlich aufrechterhalten?«

»Ja, ich denke schon.«

»Ist das auch sicher im Sinne Ihrer Mandanten, also der Familie Ahmed?«

»Ja, ganz in ihrem Sinne.«

»Obwohl hohe Pauschalgebühren anfallen und die verlierende Partei bekanntermaßen die Kosten des Verfahrens trägt?«

»Das ist mir bekannt.«

»Und auch die gegnerischen Anwaltskosten«, wirft Steinpichler ein. Wilenitsch würdigt ihn keines Blickes.

»Das ist sehr viel Geld«, sagt sie.

»Ja, ich weiß.«

»Warum?«

»Was meinen Sie, Frau Rat?«

»Warum machen Sie das?«

»Ich verstehe nicht …«

»Worum geht es Ihnen bei der Sache?«

»Um … um die Entschädigung, um das Recht, um Gerechtigkeit, um was sonst?«

»Oder geht es Ihnen vielleicht um die Frau Nationalratsabgeordnete? Geht es Ihnen um Frau Doktor Strobl-Marinek? Wollen Sie sie ins Gericht zerren? Ist das Ihr Beweggrund?«

Er reagiert empört. »Ich kenne diese Frau überhaupt nicht.«

»Sie ist eine uns allen bekannte Politikerin.«

»Ich interessiere mich nicht für Politik.«

»Oder geht es Ihnen um eine andere am Unglück beteiligte Person?«

»Die Personen sind mir allesamt vollkommen egal. Fremde Menschen sind mir im Prinzip egal. Das können Sie mir glauben.«

»Wollen Sie selbst im Mittelpunkt stehen?«, fragt sie.

»Ich?« Er setzt wieder sein gequältes Lächeln auf. »Frau Rat, schauen Sie mich doch an. Ich bin alt. Ich bin müde. Ich bin ein kranker Mann. Was glauben Sie von mir? Was wollen Sie von mir?«

»Ich will von Ihnen wissen, warum. Warum streben Sie diesen Prozess an? Wenn Ihnen die anderen egal sind, wie Sie behaupten, warum tun Sie sich das dann noch an?«

Wilenitsch schüttelt den Kopf und schweigt.

Steinpichler mischt sich ein. »Darf ich, Frau Rat?« Sie nickt, wenig begeistert.

»Herr Kollege, ich möchte Sie etwas fragen, es würde mich brennend interessieren. Ich frage mich das schon die ganze Zeit. Wie sind Sie zu diesem Fall gekommen?«

»Was will der jetzt von mir?«, erwidert Wilenitsch geradezu belustigt.

Steinpichler setzt unbeirrt fort: »Ich meine, Sie sind seit Jahrzehnten nicht mehr als Anwalt in Erscheinung getreten. Wieso gerade jetzt? Was hat es mit dieser Sache auf sich? Wie kommen Sie zu Ihren Mandanten? Oder andersrum, wie kommen Ihre Mandanten ausgerechnet auf Sie?«

»Na da bin ich aber froh«, erwidert Wilenitsch, lacht laut auf und taxiert die Richterin. »Da bin ich ja heilfroh, dass es hier nicht um mich geht. Sonst müsste ich dem hier auch noch Rede und Antwort stehen.« Er zeigt mit dem Finger auf Steinpichler und lacht. »Das ist ein Profi, ein ausgefuchster, das sieht man sofort. Da muss man sich warm anziehen, nicht wahr, Frau Rat?« Jetzt geht sein Lachen in Hustengeräusche über, und er klopft mehrmals mit den Fingern auf sein Pult, als wollte er der Vorstellung hiermit ein Ende bereiten. Rufus hat das Signal sofort verstanden, springt auf, trippelt zum Ausgang und kratzt an der Tür.

»Für heute genug«, erkennt die Richterin und formuliert

ihr Schlusswort: »Meine Herren, ich werde Ihnen meine Entscheidung über die Anträge und über die weitere Vorgangsweise in den nächsten Tagen schriftlich übermitteln.«

Wenigstens ein kurzer Blick von Conny zu Steinpichler? – Kein kurzer Blick von Conny zu Steinpichler. Sie hat ihm also noch immer nicht verziehen.

KAPITEL ELF

Lustvolles Mitleid

Wem Elisa ihre tief hängenden Schultern zu verdanken hat? – Denen, die ihr ununterbrochen aufmunternd darauf klopfen. Man geht plötzlich anders mit ihr um, scheinbar rücksichtsvoll, aber darin liegt die wahre Brutalität. Im Job kriegt sie das am allerdeutlichsten zu spüren. »Kopf hoch.« »Wird schon werden.« »Du wirst sehen, es wird alles wieder gut.« »Du schaffst das.« – Sie kann es schon nicht mehr hören. Die Plumpheit, mit der sie in ihre Gefühlswelt treten und darin herumtrampeln. Die Respektlosigkeit, mit der sie sich bemüßigt fühlen, ihr ständig »aufbauend« zuzuzwinkern und Mut zuzusprechen. Die penetranten Kennerblicke, die verlogene Empathie, die heuchlerische Anteilnahme. Wie viele ihrer ehrenwerten Kolleginnen und Kollegen bedienen sich an ihrem Elend und genießen es, endlich ein paar Stufen darüber zu stehen und wohlig schauernd zu ihr in den Abgrund zu starren. Sie strafen sie mit der abscheulichsten Form der Schadenfreude, mit ihrer inszenierten Betroffenheit.

Die Frau, die von allen Menschen geliebt werden will, wird von ihrer engsten Umgebung lustvoll bemitleidet.

Da kann sie sich beinahe glücklich schätzen, Oskar daheim zu haben. Der behandelt sie wie immer. Den betrifft nichts außerhalb seiner Person. Der verfügt über ein perfekt angepasstes Immunsystem gegen schlechte Nachrichten. Er hat immer alles schon vorher gewusst. Wenn es dennoch anders gekommen ist, weiß er sofort, wieso. Und wie alles kommen wird, weiß er überhaupt am allerbesten.

Wer dagegenhält, muss mit ihm diskutieren. Das bedeutet Streit, und den leistet sich Elisa derzeit nur in Ausnahmesituationen. Sie ist auf den Geschmack gekommen, seiner Meinung zu sein. Das gelingt ihr, indem sie ihn reden lässt und einfach nicht zuhört, aber ab und zu bestätigend nickt, wie es Millionen Hausmütterchen tun, um ihre Männer bei Laune zu halten. Erstaunlicherweise kann sogar ein Alltags-Intellektueller wie Oskar mit so einem Schauspiel gut leben. Mehr noch: Mit ihrem duldsamen Schweigen bereitet sie ihm eine Riesenfreude, zollt ihm die heißersehnte Anerkennung, erhebt ihn offiziell zum Wortführer der Familie.

Sie selbst kommt dabei zwischenzeitlich zur Ruhe. Es ist, als würde sie sich in eine karge, aber windgeschützte Höhle zurückziehen und darauf warten, dass das Unwetter draußen nachlässt. An längere Aufenthalte in der Höhle ist freilich nicht zu denken, denn leider mangelt es dort an Wärme. Es fehlt die Feuerstelle – und derjenige, der das Feuer für sie anfachen könnte. Es fehlt Stefan. Er fehlt ihr so sehr.

Die Hoffnung singt

Elisa beschäftigt aber noch etwas ganz anderes, und zwar von Tag zu Tag mehr – ihre Tochter Sophie Luise. Sie wirkt verändert, sie verhält sich sonderbar, sie reagiert unberechenbar, ihre Stimmungen schlagen von einer Sekunde auf die andere um.

Aufgefallen ist es ihr erstmals, als Sophie Luise am Frühstückstisch unmotiviert zu kichern begann und sich nicht mehr einkriegen konnte.

»Was ist los?«, fragte Elisa.

»Gar nichts.«

»Worüber lachst du?«

»Mir ist etwas eingefallen.«

»Erzähl es mir.«

»Das kann man nicht erzählen, das muss man selber er-leben.«

Sophie Luises Lachanfälle häufen sich, und das in einer Zeit, in der es für die Strobl-Marineks wahrlich nichts zu lachen gibt. Spricht man sie darauf an, reagiert sie entweder genervt, oder sie gibt seltsame Kommentare ab.

Zum Beispiel: »Schau dich einmal an, Mama, was du für ein Gesicht machst, da muss man ja lachen.« Oder: »In eurer Welt ist Lachen verboten, in meiner ist es erlaubt.« Oder: »Wenn ich aufhöre zu lachen, höre ich auf zu leben.«

Auch sonst liefert Sophie Luise merkwürdige Aktionen am laufenden Band. Sogar ihre Sprache hat sich gewandelt, als würde sie sich in esoterisch angehauchten Internet-Foren be-wegen, was sie aber strikt von sich weist.

Manchmal summt sie lautstark schrille, zumeist disharmo-nische Tonfolgen.

»Seit wann singst du?«, hat Oskar einmal nachgefragt. Dar-auf bekam er eine Antwort, die sogar ihn stutzig machte:

»Das bin nicht ich, die da singt.«

»Nein? Wer ist es dann?«

»Das ist die Hoffnung.«

»Hey?«

»Ja, das ist die Hoffnung. Hast du es noch nie gehört, Papa? Die Hoffnung singt. Du musst zuhören, Papa. Du musst in dich hineinhören. Es ist die Hoffnung. Die Hoffnung singt.«

»Das ist gut, das muss ich mir merken, schönes Wortspiel. Bist du unter die Dichterinnen gegangen?«

Darauf Sophie Luise: »Papa, du hast keinen blassen Schim-mer, wo ich hingegangen bin. Dort, wo ich bin, dort kommt einer wie du nie hin.« Dann summte sie weiter.

Einmal drang um fünf Uhr morgens laute Musik aus der Küche. Elisa sah nach und fand ihre Tochter in hektischer Betriebsamkeit vor, die gerade in pure Verzweiflung mündete.

»Ich hab nicht schlafen können, und da dachte ich, ich überrasche euch und mache uns ein übelst geiles Frühstück mit Eiern und allem. Aber ich kann die Pfanne nicht finden. Wo ist die Pfanne?«

Elisa, besorgt: »Liebes Kind, du weißt doch, wo die Pfannen sind.«

Sophie Luise, weinerlich: »Ja, aber ich suche die richtige Pfanne, die gelbe Pfanne, du weißt schon, die schöne gelbe, aber ich kann sie nicht finden.«

»Wir haben keine gelbe Pfanne.«

»Doch. Haben wir. Die gelbe Pfanne, die mit der Sonne. Hast du sie? Wo hast du sie? Hast du sie versteckt?«

»Warum soll ich Pfannen verstecken? Kind, du bist nicht ganz bei dir, du bist verwirrt, du bist ja ganz blass, du bist übernächtig. Weißt du, wie spät es ist? Es ist fünf Uhr früh. Komm, leg dich wieder hin. Willst du zu mir ins Bett kommen?«

»Nein, nicht zu dir«, bat sie flehentlich.

»Liebes, was ist los? Geht es dir nicht gut? Hast du Fieber?« Sie griff ihr auf die Stirn. »Nein, ganz kalt. Aber was hast du?«

»Ich hab gar nichts, ich wollte nur Frühstück machen«, sagte sie trotzig.

»Kind, ich bitte dich, leg dich nieder. Soll ich zu dir ins Bett kommen, soll ich die Nacht bei dir bleiben?«

Darauf reagierte sie schroff abweisend, richtig wütend. »Nein, lass mich, ich will allein sein. Ich wollte euch nur überraschen. Ich hätte noch etwas Zeit gebraucht, aber dann bist du gekommen. Du hast alles zerstört.« Sie brach in Tränen aus.

Elisa ging auf sie zu, um sie zu trösten und zu umarmen, aber sie wehrte sich.

»Hör auf damit, ich bin kein Kind mehr. Lass mich in Ruh.'

Ich brauch deinen Schutz nicht mehr, ich bin groß genug, ich schütze mich selbst.« Daraufhin lief sie weinend in ihr Zimmer. Elisa wachte noch eine gute Stunde vor ihrer Tür, es blieb ruhig, Sophie Luise dürfte eingeschlafen sein.

In der Früh war sie wie verwandelt, vollkommen überdreht. Sie umarmte Mama und Papa, sie lachte und scherzte und tat so, als wäre nichts gewesen. Als Elisa sie auf ihren nächtlichen Irrgang ansprach, reagierte sie überrascht, sie musste länger nachdenken.

»Ach das meinst du. Ja, kann sein, dass ich in der Küche war, ich hatte Hunger, glaube ich. Tut mir echt leid, dass ich dir Stress gemacht hab, Mama. Ich weiß auch nicht mehr genau, was da los war, ich war irgendwie gar nicht bei mir.«

»Wahrscheinlich hat sie schlecht geträumt und hat dann ein paar Schlafwandler-Runden gedreht, ein Klassiker«, meinte Oskar.

»Ja, das wird es gewesen sein. Ja klar, jetzt weiß ich es wieder, es war ein krass schlimmer Traum«, erwiderte Sophie Luise.

»Hauptsache, es geht dir wieder gut, mein Kind«, sagte Elisa.

»Na sicher«, beruhigte Sophie Luise sie.

Da wäre dann aber leider noch die Schule. Die Nachrichten darüber klaffen weit auseinander, je nachdem, ob sie von ihr stammen oder von ihr handeln. Sophie Luise behauptet, sie habe alles im Griff, der Lernstoff sei »babyleicht« und unterfordere sie beziehungsweise beleidige sogar ihre Intelligenz. Sie fühle sich in der Klasse glücklich wie schon lange nicht. Alle seien lieb zu ihr und wegen des »blöden Unfalls« im Sommer ganz besonders verständnisvoll. Die Buben seien durch die Bank in sie verliebt, »aber die sind mir eh viel zu jung«. Und sie hätte plötzlich jede Menge Freundinnen: Nelli, Ute, Vicky, Alina und so weiter. Nur mit der »Megatussi Carola« gebe es ab und zu Streit, alle anderen wären aber sowieso immer auf Sophie Luises Seite.

»Das ist interessant«, meint dazu Frau Professor Herbrecht am Telefon. Sophie Luises Klassenvorstand hat Elisa nämlich um dringenden Rückruf ersucht.

Schon die Einleitung klingt besorgniserregend:

»Entschuldigen Sie die Störung, Frau Doktor. Ich weiß, Sie sind vielbeschäftigt, und Sie haben momentan genügend andere Sorgen, aber ich kann Ihnen das leider nicht ersparen, ich kann da einfach nicht länger zusehen, das wäre unverantwortlich. Es gibt über Sophie eine Menge Unerfreuliches zu berichten.«

Dann zählt sie auf:

Sie erscheint mindestens zweimal in der Woche überhaupt nicht zum Unterricht.

Wenn sie kommt, dann bleibt sie oft nur zwei, drei Stunden.

Ihre Entschuldigungen, meist wegen Unpässlichkeiten vielfältiger Art, sind zwar unterschrieben, aber bedauerlicherweise von ihr selbst.

Wenn sie da ist, wirkt sie entweder apathisch oder komplett aufgekratzt, sie findet ihre Mitte nicht.

Manchmal kichert sie die ganze Zeit komisch vor sich hin.

Sie ist sehr gereizt und neigt zu hysterischen Ausbrüchen, zu richtigen Auszuckern, wie man sie von ihr früher nie gesehen hat. Sie ist ja auch in disziplinärer Hinsicht immer eine Musterschülerin gewesen.

Sie hat sich in den letzten Wochen von einer Klassenführerin zur absoluten Außenseiterin entwickelt, beteiligt sich an keinen gruppendynamischen Prozessen und äußert sich über ihre Mitschülerinnen spöttisch und abweisend.

Besonders auf Carola Dengler, die Klassensprecherin, hat sie es abgesehen. Sie beschimpft sie wüst, bespuckt sie und ist auch schon handgreiflich geworden, sodass sich deren Eltern bereits in der Direktion beschwert haben und auf ein Disziplinarverfahren drängen.

»Da schätze ich mich richtig glücklich, Ihnen auch eine positive Mitteilung machen zu können, wenigstens eine«, merkt Herbrecht dann noch an. »Ihre schulischen Leistungen sind durchaus zufriedenstellend, ihre Noten sind gut, trotz der vielen Fehlstunden. Sie hat offenbar noch immer einen beträchtlichen Lernvorsprung. Bei mir in Mathematik ist sie Klassenbeste. Und Frau Magister Siegel, die Deutschlehrerin, schwärmt regelrecht von ihr. Sophie Luise schreibt wunderschöne, sehr poetische Hausübungen und Schularbeiten. Das nur als kleiner Trost. Aber es besteht trotzdem dringender Handlungsbedarf.«

Normal ist sie anders

Elisa muss ihre windgeschützte Schweige-Höhle verlassen und ein ernstes Vorwort mit ihrem Mann reden, bevor sie darangehen kann, ein mehr als nur ernstes (und mehr als nur *ein* ernstes) Wort mit ihrer Tochter zu reden.

»Lehrer tendieren zur Überdramatisierung«, schmettert Oskar das Bombardement an Beanstandungen gleich einmal ab.

»Aha, dreimal wöchentlich Schule schwänzen ist also kein Drama?«, fragt Elisa.

»Wir haben doch alle geschwänzt. Hauptsache, die Leistungen stimmen.«

»Nein, das glaube ich jetzt nicht«, erwidert Elisa entsetzt.

»Was?«

»Wie leicht du es dir schon wieder machst.«

»Das Leben wird nicht leichter, wenn man jede Gelegenheit nutzt, es sich zusätzlich schwer zu machen. Oscar Wilde hat das einmal so treffend …«

»Nein, nicht Oscar Wilde, sondern Oskar Marinek!«

»Brüll nicht so, ich bin nicht taub.«

»Dann hilf mir bitte.«

»Wobei?«

»Bei unserem Kind. Sophie hat ein Problem, ein Riesenproblem. Checkst du das nicht? Sie geht nicht in die Schule. Und wenn, dann zuckt sie dort aus. Und sie ist … sie ist … du siehst ja, wie sie ist. Das ist nicht sie. Sie ist nicht … normal.«

»Elisa, darf ich dir dazu etwas sagen?«, fragt Oskar in ruhigem sachlichen Ton.

»Ja, gerne, sag was dazu, sag endlich was! Du sagst zu allem was, nur nicht zu unserem Kind. Ich warte schon die ganze Zeit sehnsüchtig darauf.«

»Okay. Punkt eins: Sophie Luise ist mitten in der Pubertät. Punkt zwei: Sophie Luise hat einen schweren Schicksalsschlag zu verkraften.«

»Und? War's das schon wieder?«

»Ja. Das erklärt nämlich alles«, meint Oskar.

»Aha, und da spuckt und schlägt man, Punkt drei, einer Schulfreundin ins Gesicht?«

»Einer Schulfreundin nicht, aber einer Schulfeindin. Die wird sie wohl provoziert haben. Das soll in diesem Alter durchaus üblich sein, da ist man nämlich unbarmherzig. Da gibt es beinharte Positionskämpfe, Stellungskriege, da geht es um Reviere, um Vorherrschaften …«

»Und wie sie sich daheim gebärdet? Wie sie redet? Und ihr komisches Lachen immer? Oskar, du hast es selbst gesehen. Das soll noch normal sein? Nein, das hat nichts mit der Pubertät zu tun. Das kannst du mir nicht einreden.«

»Na ja, vielleicht.« – Jetzt setzt er die Pause selbst.

»Was vielleicht?«, fragt Elisa.

»Vielleicht ist sie verliebt. Auch das soll vorkommen in ihrem Alter.«

»Sophie Luise? Verliebt? Nein, das würde ich merken. Das würde sie mir sagen. Ich kenne mein Kind.«

»Millionen Eltern glauben, ihre Kinder zu kennen, ehe sie feststellen müssen, dass sie nur die Kinder in ihnen gekannt haben, nicht aber, was aus ihnen geworden ist. Erikson: Grundlagen der Entwicklungspsychologie.« Elisa unterdrückt einen Aufschrei.

»Nein. Ich hab einen ganz anderen Verdacht«, sagt sie.

»Und zwar?«

»Ich glaube, sie kifft.«

»Du meinst, sie besorgt sich Joints, sie raucht Cannabis?«

»Ja, genau, ich glaube, sie kifft. Und Oskar, sag jetzt bitte, bitte, bitte nicht – halb so schlimm, wir haben doch alle einmal gekifft.«

Am späten Abend erwischt Elisa ihre Tochter in der Küche, wo sie sich gerade heißhungrig Kekse in den Mund stopft.

»Können wir kurz reden?«

»Muss das sein?«, erwidert Sophie Luise mürrisch.

»Ja, es muss sein.« Elisa wartet nur noch, bis sie hinuntergeschluckt hat, dann spricht sie es direkt an. »Kiffst du?«

»Kiffen?«, fragt Sophie Luise. Sie kichert wie über einen schlüpfrigen Witz. »Kiffen, das ist jetzt … was genau?«

»Kiffen heißt Cannabis rauchen. Haschisch oder Marihuana oder wie immer das Zeug heißt, das einem auf Dauer den Schädel weich macht. Kiffst du?«

»Mama, das ist echt traurig.« Was sie freilich nicht vom Weiterlachen abhält.

»Was ist echt traurig?«

»Wie wenig du mich kennst«, erwidert sie. Sie macht Anstalten, den Raum zu verlassen. Elisa verstellt ihr den Weg.

»Dann erklär mir bitte, was los ist.«

»Was soll los sein?«

»Warum gehst du nicht in die Schule?«

»Hey? Bitte? Ich gehe in die Schule.«

»Aber nur ungefähr jeden dritten Tag.«

»Wer sagt das?«

»Dein Klassenvorstand sagt das. Frau Herbrecht. Sie hat mich angerufen.«

»Die Herbrecht? Mit der sprichst du? Die ist ja nicht ganz dicht.«

»Es war aber sehr dicht, was sie mir erzählt hat. Dass du die Hälfte der Zeit fehlst. Dass du Unterschriften fälschst. Dass du aggressiv bist. Dass du eine Mitschülerin anspuckst ...«

»Und das glaubst du der? Du glaubst ihr also mehr als mir?«

»Ja, in diesem Fall schon.«

»Dann kann ich dir auch nicht helfen.« Sie will wieder gehen, Elisa hält sie zurück.

»Was machst du, wenn du nicht in die Schule gehst? Was machst du den ganzen Tag?«

»Ah, schön, dass du dich einmal dafür interessierst, was ich so mache. Kommt ein bisschen spät. Das war dir ja sonst auch immer egal.«

»Liebes, das stimmt nicht, dass weißt du ganz genau.«

»Und wie das stimmt. Für Lotte habt ihr alle Zeit der Welt gehabt. Aber Sophie, die Große? Nicht so wichtig, um die muss man sich keine Sorgen machen, um die muss man sich nicht kümmern, die ist ein Selbstläufer, die macht das schon, die ist ja schon soooo vernünftig.«

»Kind, das ist furchtbar, was du sagst. Wir haben euch beide gleich lieb, und wir haben uns immer bemüht, euch beide gleich ...«

»Aber zu deiner Beruhigung – ich habe alles unter Kontrolle, wie immer. Ich weiß, was ich tue. Und ich weiß, was ich nicht tue. Ich kiffe nicht. Ich rauche nicht. Ich trinke auch keinen Alkohol. Bist du jetzt zufrieden? Und wenn ich einmal nicht in die Schule gehe, dann werde ich schon meine Gründe dafür haben. Ich bin alt genug. Ich weiß, wie ich lebe. Ich weiß, was mir wichtig ist.«

»Engelchen, versteh mich doch bitte, ich will ja nur, dass es dir gut geht«, beschwört sie Elisa. Vergeblich, Sophie Luise ist in ihrer Wut nicht zu bremsen.

»Danke, es geht mir gut, es geht mir sogar verdammt gut, meistens. Und wenn es mir schlecht geht, weiß ich schon selbst, was zu tun ist. Da brauche ich niemanden von euch dazu. Ich schaffe das ganz alleine. Ich habe es immer alleine geschafft. Und jetzt lass mich vorbei. Lass mich in mein Zimmer gehen. Lasst mir nur mein Zimmer, sonst verlange ich nichts von euch.«

Zeit in Zuckerwatte

In ihrem Zimmer lebt sie mit Pierre. Er hat Gestalt angenommen. Ja, tatsächlich, es gibt Momente, da schafft sie es, ihn aus den flachen Bildern in ihrer Schreibtischlade oder aus dem Foto, das über ihrem Bett hängt, heraustreten und zu ihr ins echte Leben springen zu lassen. – Faszinierend, dass er genau solche Szenen mit seinem Trick-Männchen Pierre pour vous schon in ihren Anfängen vorgezeichnet hat.

Der echte Pierre sitzt dann eng neben ihr, sodass sich ihre Beine berühren. Sie streicheln und umarmen sich, und es fällt ihm so leicht, ihr alle Ängste zu nehmen und sie an seiner fantastischen Welt teilhaben zu lassen, während rund um sie alles verschwindet. Sie schmiegt sich an ihn. Der Raum ist kristallweiß, weich und schwerelos, als wären sie beide in Zuckerwatte eingebettet. So hat sie sich als kleines Kind immer vorgestellt, im Himmel zu sein und für ein fades braves, vernünftiges Leben auf Erden belohnt zu werden.

»Das ist magisches Moment, du wirst sehen«, hatte Pierre ja mehrmals angekündigt. Da hatte sie keine Ahnung, was das bedeuten würde. Jetzt weiß sie genau, wie einzigartig es sich anfühlt. Sie schließt die Augen und versucht die Zeit zu blockieren, lässt sie nur tröpfchenweise verrinnen. Am Anfang ist ihr das auch wirklich gut gelungen. Wenn es am schönsten war, sind die Uhren für sie fast zum Stillstand gekommen.

Aber von Tag zu Tag scheint ihr die paradiesische Zeit in der Zuckerwatte schneller davonzugaloppieren. Und sie merkt, wie sie schon beim Gedanken an ein Ende der Magie in Panik gerät und ihr der kalte Schweiß von der Stirn rinnt. Denn irgendwann ist es immer so weit, und Pierre muss zurück in sein lebloses Bild über ihrem Bett.

Wenn die Welt wieder in ihren Ursprung verrückt, beginnt die Phase, in der Sophie Luise Höllenqualen durchmacht. Stiche durchzucken ihren Körper, und ihr Kopf fühlt sich an, als hätte sie Glassplitter im Gehirn. Plötzlich offenbart sich das krasse magische Erlebnis als heimtückische Träumerei. Ihr ist, als wäre sie einer üblen Täuschung aufgesessen. Dafür hasst sie nicht nur Pierre, sondern gleichermaßen sich selbst. Und sie verspürt den Drang, diesem erbärmlichen Zustand ein jähes Ende zu bereiten.

Doch ehe sie fähig ist, klare Gedanken oder gar einen Plan zu fassen, ist diese schlimmste aller Phasen schon wieder vorbei. Die Schmerzen lassen langsam nach. Die alten Farben kehren zurück. Die Konturen werden scharf. Die Gegenstände kommen ihr vertraut vor. Alles findet wieder seinen gewohnten Platz.

Erst verspürt Sophie Luise tiefe Erleichterung. Doch schon bald fühlt sie sich genau von jener niederdrückenden Traurigkeit erfasst, vor der sie geflüchtet war. Und sie bemerkt, dass sie die Gleiche ist, die sie nicht mehr sein wollte. Als die sie sich nicht mehr ertragen konnte. Die in ihrer Verzweiflung dann wieder so ein blaues Steinchen auf die Zunge gelegt und hinuntergeschluckt hat, um die Welt hinter sich zu lassen und die Abenteuerreise auf Pierres Zauberinsel anzutreten.

Jetzt ist sie also wieder einmal unfreiwillig heimgekehrt, in ihren öden Alltag zurückgeworfen von höherer Gewalt. Und wo ist sie gelandet? Auf der Zielgeraden? Auf halber Strecke? Nein, viel schlimmer noch – am Start.

Gott wird nicht vonnöten sein

»Beginnen wir mit dem Erfreulichen«, sagt der kleine drahtige Mann mit dem aristokratischen Schnurrbart in seiner Kanzlei.

»Nein, beginnen wir bitte mit dem Unerfreulichen, dann muss ich mich nicht umstellen«, erwidert Elisa. – Die Pointe gefällt ihm, jetzt lacht der Rechtsanwalt herzhaft auf, er ist wie immer blendend gelaunt. Im nächsten Leben möchte Elisa als Oliver Steinpichler zur Welt kommen. Als Steinpichler oder gleich als Steinadler, dann wäre sie über alle Tiefen und Untiefen der Existenz erhaben.

Okay, das Unangenehme zuerst, auch Oskar ist damit einverstanden:

»Conny, also Richterin Cornelia Hoheneder möchte uns unbedingt etwas näher kennenlernen«, verkündet Steinpichler viel zu feierlich für eine schlechte Nachricht. (Manchmal lässt sich in seinen modifizierten Majestätsplural beträchtliches Wunschdenken verpacken.)

»Was heißt kennenlernen?«, fragt Elisa.

»Einvernehmen«, präzisiert Steinpichler. Das sei nun mal

die branchenübliche Art des Kennenlernens in einem Verfahren.

»Das heißt, wir müssen …«

»Es kommt zu einer Gerichtsverhandlung.« Schnelldenker Oskar ist Elisa ins Wort gefallen.

»Ja, tut mir leid, es hat sich letztendlich nicht ganz verhindern lassen«, gesteht der Anwalt.

»Ich muss in einen Gerichtssaal? Ich muss dort eine Aussage machen? In aller Öffentlichkeit? Nein, das schaffe ich nicht«, sagt Elisa niedergeschlagen.

»Doch, das schaffen wir, es ist ein kurzer Formalakt mit minimalstem Leidensdruck, das versichere ich Ihnen«, spricht ihr der Anwalt Mut zu.

Steinpichler berichtet nun ausführlich von der vorbereitenden Tagsatzung, interpretiert den Beschluss der Richterin und kommt damit auch bereits zu den »überwiegend erfreulichen Aussichten«:

Conny Hoheneder möchte den Akt schließen, so schnell es geht. Sie hat sich von der ausgereiften rechtlichen Inkompetenz des Herrn Jägermeister bereits ein Bild gemacht. Und die Lachhaftigkeit seines Ansinnens ist ihr bewusst. Sie hat ihn eindringlich davor gewarnt, die irrwitzige Klage aufrechtzuerhalten. Doch »unser Freund der Fische« ist stur geblieben und hat sämtliche liebevollen bis rührseligen Vergleichsangebote in den Wind geschlagen. Obwohl er weiß, dass der Verlierer, also in diesem Fall seine eigene klagende Partei, die gesamten Kosten des Verfahrens wird tragen müssen.

»Warum macht er das?«, fragt Oskar.

»Das haben wir uns auch gefragt. Das haben wir natürlich auch ihn gefragt, immer wieder. Er redet herum, er will es uns nicht verraten. Des Jägermeisters Wege sind unergründlich.« Oskar nickt dem Anwalt anerkennend zu, das Wortspiel hätte von ihm sein können.

Nun gut, Conny Hoheneder bleibt nichts anderes übrig, als ein zivilrechtliches Minimalprogramm abzuspulen. Sie hat zwar alle anderen Anträge des Kollegen abgeschmettert, aber auf die Einvernahmen konnte sie offenbar nicht verzichten, so unnötig sie sind. Sie will also »einmal auch aus unseren Mündern« hören, wie es zum Unfall gekommen ist, »um endgültig alle Reste jedes vermeintlichen Funkens eines möglichen Verdachts von Fahrlässigkeit zu beseitigen«.

Fazit: Am Donnerstag übernächster Woche findet ein »winzig kleines Prozesschen statt, in welchem wir den langersehnten dicken Schlussstrich unter die lausige Angelegenheit setzen werden können«.

»Oh Gott.« Elisa stößt einen tiefen Seufzer aus.

»Gott wird nicht vonnöten sein, Frau Doktor Strobl. Jeder Zahnarztbesuch ist unangenehmer. Von einer Rede im Parlament ganz zu schweigen.«

»Das heißt, wir haben nichts zu befürchten«, resümiert Oskar.

»Der Tag, an dem du was zu befürchten hast, den gibt es nicht, Oskar«, sagt Elisa.

Steinpichler lacht laut auf. »Ist doch wunderbar, Marinek der Furchtlose, wie in besten Schulzeiten.«

Oskar schmunzelt, leicht verlegen. Auf seine alten Tage wird ihm Oliver gar noch sympathisch.

Es zählt die Zunge

»Gibt es noch Unklarheiten?«, fragt Anwalt Steinpichler. – Genügend. Man einigt sich auf die bewährte abschließende Frage-Antwort-Runde:

Wer kommt aller zum Prozess?

Das Ehepaar Strobl-Marinek. Steinpichlers Wenigkeit.

Der Herr Jägermeister anzunehmenderweise plus Familie Mohamed, nein, falsch, Ahmed – plus Somali-Dolmetscherin, sofern »unser Freund der Fische« mitgedacht hat. Und natürlich Richterin Doktor Cornelia »Conny« Hoheneder.

Sopie Luise?

Bleibt daheim.

Die Binders?

Die Binders, die Binders, die Binders. (Steinpichler zwirbelt an seinen Schnurrbart-Enden.) Ja, was machen wir mit den Binders? An sich sind sie geladen. An sich sollten sie als Zeugen aussagen. Aber vielleicht können wir ihnen das ersparen. Vermutlich wird Conny ohnehin auf sie verzichten. Sie haben ja nicht mehr gesehen als wir, können zur Wahrheitsfindung also nichts Essentielles beitragen.

Sollen sie trotzdem vor Gericht erscheinen?

Wie wir wollen. Was wollen wir?

Egal. (Oskar.)

Dass sie nicht kommen. (Elisa.)

Dann werde ich Ihnen mitteilen, dass sie unaufschiebbare Termine haben, und wir werden sie bei Conny entsprechend entschuldigen.

Dürfen Journalisten im Gerichtssaal anwesend sein?

Die Verhandlung ist öffentlich.

Also ja?

Ja.

Wie viele?

So lange der Vorrat an Sitzplätzen reicht.

Fotografen?

Nur bis zum Beginn der Verhandlung.

Und vor dem Gerichtssaal?

Dort dürfen sie sein, da müssen wir durch.

Wann werden wir einvernommen?

Vermutlich gleich zu Beginn. Es gibt ja sonst keinen Prozessgegenstand, es gibt ja praktisch gar keinen Prozess.

Wie lange werden die Einvernahmen dauern?

Das hängt von der Ausführlichkeit unserer Schilderungen ab. Steinpichler empfiehlt knappe, präzise, aufeinander abgestimmte Antworten, ohne Wenn und Aber. Dann sind wir in spätestens zwanzig Minuten fertig.

Was genau sollen wir am besten antworten? (Oskar.)

Gute Frage!

Steinpichler bietet ihnen, um auf Nummer sicher zu gehen, zwei Varianten an: Entweder sie treffen einander noch vor der Verhandlung zu einem etwa einstündigen Gespräch, in dem sie die Einvernahme mündlich durchproben. Oder er stellt ihnen einen Katalog aller möglichen richterlichen Fragen zusammen und liefert auch gleich die passenden Antworten mit.

»Zum Auswendiglernen. Denn vortragen werden wir sie vor Gericht wohl selber müssen«, sagt Steinpichler.

»Einstudierte Antworten, ehrlich? Ist das wirklich notwendig?«, fragt Elisa.

»Das fragt ausgerechnet eine Spitzenpolitikerin?«

»Beim Reden verlasse ich mich immer auf mein Bauchgefühl, auch in der Politik, gerade dort, das ist meine Stärke«, erwidert Elisa.

»Dann würde ich Ihnen dringend ans Herz legen, auf Ihre Stärke ausnahmsweise zu verzichten. Im Gericht zählt die Zunge. Den Bauch lässt man besser draußen.«

»Was ich dir immer sage«, bekräftigt Oskar.

KAPITEL ZWÖLF

Sonne, Mond und Klage

Pressetext: Aktuelles/Gericht/Vorschau
Im Wiener Landesgericht für Zivilrechtssachen ist für morgen, Donnerstag, ein mit Spannung erwarteter Prozess um einen tödlichen Badeunfall anberaumt. Die Hinterbliebenen eines Anfang Juli in einem Swimmingpool in Italien ertrunkenen vierzehnjährigen Mädchens klagen die Grün-Abgeordnete Elisa Strobl-Marinek (39) und ihren Ehemann Oskar Marinek auf Schadenersatz in der Höhe von 200.000 Euro.

Bei dem Todesopfer Aayana Hussien Ahmed handelt es sich pikanterweise um das Kind einer Flüchtlingsfamilie aus Somalia, die seit zwei Jahren in Österreich lebt und bereits Asylstatus genießt. Aayana war die Schulfreundin der gleichaltrigen Tochter der Politikerin. Sie durfte mit den Strobl-Marineks und einer weiteren Familie mit in den Urlaub in einer noblen Villa in der Toskana reisen.

Wie genau es zu dem Unglück kommen konnte, ist zwar heute noch unklar. Aber offensichtlich lag kein Fehlverhalten der beteiligten Personen vor, denn die italienischen Behörden haben die strafgerichtlichen Untersuchungen wegen des Verdachts der »Fahrlässigen Tötung« postwendend eingestellt.

Worauf sich der Schadenersatzanspruch der Angehörigen gründen soll, bleibt im Vorfeld rätselhaft. Rechtsexperten räumen der von Johann Wilenitsch, einem Rechtsanwalt ohne einschlägige Gerichtserfahrung, eingebrachten Klage jedenfalls wenig bis gar keine Chancen auf Erfolg ein.

»Ich bin nicht sehr glücklich über diesen Prozess«, verrät die zuständige Richterin Cornelia Hoheneder (36). Aber da sich die Parteien in einer ersten Tagsatzung auf keinen Vergleich einigen konnten, bliebe ihr gar nichts anderes übrig, als die Urlaubsgäste zum Hergang des Unglücks zu befragen. »Denn das ist leider noch nicht geschehen, das war ein Versäumnis der italienischen Behörden.«

Für Staranwalt Oliver Steinpichler, der das Ehepaar Strobl-Marinek vertritt, kommt die morgige Verhandlungsrunde einer »zweiten Tragödie« gleich: »Denn dieses tragische private Unglück, unter dem die ganze Familie seit vielen Monaten schwer leidet und an dem sie nachweislich nicht die geringste Schuld trifft, hat in der Öffentlichkeit absolut nichts verloren.«

Ausdrücklich nimmt Steinpichler dabei die Richterin in Schutz: »Ich schätze Frau Doktor Hoheneder als hervorragende und sehr gründlich arbeitende Juristin seit vielen Jahren.« Ihren Beschluss, seine Mandanten ein halbes Jahr später zum Unfallgeschehen zu befragen, sieht er freilich als »etwas übermotivierte Fleißaufgabe« an. Doch es handle sich dabei letztendlich »nur noch um einen reinen Formalakt«. Danach könne »die lächerliche Klage durch Sonne und Mond geschossen« und der Akt endlich geschlossen werden.

Umso härter geht er mit dem Anwalt der klagenden Partei ins Gericht: »Ich halte es für unverschämt, ja fast schon für makaber, hier in offenen Wunden zu rühren und völlig aus der Luft gegriffene Ansprüche auf Schadenersatz zu stellen.«

Besonders kurios mutet die eingeklagte Schadenssumme von 200.000 Euro an, die Anwalt Wilenitsch in einem knappen Twitter-Kommentar mit den Schlagworten »Trauerschmerzensgeld« und »Schockschaden« für die Familienangehörigen des Opfers begründet hat, ohne näher darauf einzugehen. (Anm.: Lesen Sie hierzu auch unser »Lexikon Schockschaden« weiter unten.)

Auf mehrmalige redaktionelle Nachfrage war Anwalt Wilenitsch zu keiner Stellungnahme bereit.

Der morgige Zivilprozess wird im kleinen Verhandlungs-saal 4 stattfinden. Damit will Richterin Hoheneder den zu er-wartenden medialen Andrang offenbar auf ein Minimum reduzieren, weil nur wenige Medienvertreter im Saal Platz fin-den werden.

Die Verhandlung ist nur für eine Stunde ausgeschrieben. Möglicherweise wird die Richterin dann bereits ein Urteil ver-künden.

Dazu 863 Postings, hier einige davon, mit Antworten:

P23: Der Bericht beginnt schon mit einer Fehlinformation. Da liest man von einem »mit Spannung erwarteten Prozess«. Ich erwarte den Prozess keineswegs mit Spannung. Ich erwarte ihn nämlich überhaupt nicht. Und ich denke wohl, da bin ich nicht der Einzige.

A1: Aber gelesen haben Sie den Artikel trotzdem.

P23: Nur den ersten Satz!

A1: Das sagen sie alle.

A2: Das einzig Spannende an dem Prozess ist, dass anschei-nend keiner weiß, warum es ihn gibt und wozu er gut sein soll.

A2a: Das gilt aber beinahe für jeden Zivilprozess.

P55: Kann mir jemand verraten, warum bei den beiden Frauen das Alter dabeisteht, und beim Ehemann und den Rechtsanwälten, also bei den Männern nicht? Was soll das?

A1: Weil es wurscht ist, wie alt Männer sind, Hauptsache, sie haben Geld. (Vorsicht, Ironie!)

A1a: Was soll an Ihrem dämlichen Macho-Spruch ironisch sein?

A1b: Das Wort »dämlich« ist mindestens genauso machoid bzw. frauenfeindlich!

A1a: Sie sind überhaupt der Oberdämlichste. »Dämlich«
leitet sich nämlich nicht von »Dame« ab, sondern vom
norddeutschen Verb »dämelen«, was so viel heißt wie:
nicht ganz bei Sinnen sein!

A2: Die Altersangaben sind eine journalistische Untu-
gend! Es ist auch in diesem Fall inhaltlich völlig unerheblich, wie alt sämtliche Personen sind.

A3a: Mit Ausnahme des Mädchens, das ertrunken ist. Wäre
sie schon achtzehn gewesen, würden wir keine Zeile
darüber lesen.

A3b: Vielleicht war sie eh schon achtzehn. Bei den afrikanischen und afghanischen Migranten stimmt das Alter
nie, die machen bewusst falsche Angaben, damit sie unser
Sozialsystem auskosten können. Da muss man immer ein
paar Jahre dazuzählen.

A3c: Arschloch!!!

P187: Dieser Anwalt Wilenitsch muss ein besonderer Dolm
sein.

A1: Immer noch besser als die Schleimspur Steinpichler,
die mit allen Journalisten auf Du und Du ist.

A2: Ich finde den Wilenitsch cool, der traut sich wenigstens was!

A1a: Ich würde eher sagen, der riecht Geld.

A1b: Vom Geldriechen hat er nichts, wenn er das Geld
nicht kriegt. Und es sieht ganz danach aus, dass er und die
Flüchtlinge da komplett durch die Finger schauen
werden.

A1c: Sie kriegen nicht nur kein Geld, sie müssen auch
noch den Prozess bezahlen! Da hat sich offensichtlich
jemand beim Geldriechen geschmeidig verrochen.

A2: Entweder ist der Rechtsanwalt geistig nicht ganz auf der
Höhe, oder er weiß etwas, das wir nicht wissen. Das glaube

ich eher. Ich tippe auf eine saftige Überraschung morgen!

A2a: Sie haben zu viele Kriminalromane gelesen!

A2b: Was soll er wissen? War er beim Badeunfall dabei?

P227: Wir hatten eigentlich vor, eine Schulfreundin unserer zwölfjährigen Tochter auf unseren nächsten Urlaub ans Meer mitzunehmen. Das werden wir wohl besser sein lassen.

A1: Einfach auf Neusiedler See umbuchen, der trocknet gerade aus, da kann man nicht ertrinken.

P322: Wer mir wirklich leidtut, ist die Strobl-Marinek. Nur weil sie eine bekannte Politikerin ist, wird jetzt überall groß darüber berichtet. Eigentlich gehört das verboten. Das ist eine rein persönliche Familientragödie und geht uns alle einen feuchten Kehricht an!

A1: Niemand zwingt Sie, die Berichte zu lesen und hier auch noch moralinsauer zu posten.

A2: Das ist eben der Preis der Prominenz.

P397: Was weiß man eigentlich von der Flüchtlingsfamilie?

A1: Nichts!

A2: Was will man wissen?

A3: Eine von tausenden.

A4: Nix sprechen Deitsch!

A5: Die Familie geht in der allgemeinen Aufregung unter.

A5a: Wie die Tochter.

A5b: Zyniker!

A5a: Ich meine es ganz und gar nicht zynisch. Es ist einfach so.

Was ein Leben kosten kann

Pressetext: Lexikon/Justiz/Schockschaden
Die Zivilklage, die gegen die Grün-Abgeordnete Elisa Strobl-
Marinek und ihren Mann eingebracht wurde, sorgt bei Juristen
und Nicht-Juristen vor allem wegen der außergewöhnlichen
Höhe des Streitwerts von 200.000 Euro für Verwunderung.
Die große moralische Frage, die hinter solchen Summen prin-
zipiell steht: Was ist ein Mensch wert, was kostet ein Leben? –
Sie kann wohl nie beantwortet werden.

Ein zivilrechtlicher Ansatz, dieser Fragestellung im Sinne
des sogenannten Schockschadens gerecht zu werden, lautet:
Wie groß ist der Schmerz und der entstandene (messbare) ge-
sundheitliche Schaden für die Angehörigen eines Unfallopfers
nach dessen fahrlässig herbeigeführtem Tod? Hier einige mar-
kante Fälle aus der österreichischen und deutschen Rechtspre-
chung.

Eine der höchsten zugemessenen Entschädigungen aufgrund von Schockschaden in Österreich geht auf einen schweren Verkehrsunfall im Jahr 2003 zurück: In einer Rechtskurve
kippte ein vollbeladener Sattelschlepper auf die Seite, geriet
dabei auf die linke Fahrbahn und stieß frontal gegen einen
entgegenkommenden PKW, in dem sich eine Frau und ihre
drei Kinder befanden. Alle vier kamen ums Leben. Die Todes-
nachricht löste bei dem noch jungen Ehemann, der seine gesamte Familie verloren hatte, andauernde schwere psychische
Beeinträchtigungen aus. Der Oberste Gerichtshof betrachtete
hier 65.000 Euro Entschädigung als angemessen.

2012 hat der OGH der Tochter eines Unfallopfers 15.000
Euro zugesprochen. Der Vater, der das Fahrzeug gelenkt hatte,
und der Großvater am Beifahrersitz waren in schwer alkoholi-
siertem Zustand und mit stark überhöhter Geschwindigkeit
gegen einen Baum geprallt und ums Leben gekommen.

2004 wurde einem vierzigjährigen Familienvater vom OGH Trauerschmerzensgeld in der Höhe von 15.000 Euro zugesprochen. Seine 61-jährige Mutter, zu der ein besonders enges Verhältnis bestand, war als Fußgängerin von einem Fahrzeug erfasst und tödlich verletzt worden.

BGH Karlsruhe, 2015: Ein Mann muss mitansehen, wie seine Ehefrau bei einem Motorradunfall ums Leben kommt. Er erleidet eine akute Belastungsreaktion. 4000 Euro.

OLG Oldenburg, 2016: Ein Wassersportler überfährt mit Jet-Skiern einen jungen Badegast auf seiner im See treibenden Luftmatratze. Die Mutter des Opfers gerät in schwere Depressionen: 10.000 Euro.

AG Cottbus, 1993: Ein Mann wird Zeuge, wie ein Hund einen anderen Hund mit Bissen tötet. Er erleidet Angstausbrüche und Schlafstörungen. Kein Anspruch!

OLG Köln, 2015: Ein Kind ertrinkt in einer Wasserrutsche. Die Eltern erleiden schwere Schockzustände mit Dauerfolgen. Der Betreiber der nachweislich mangelhaften Wasserrutsch-Anlage muss 73.000 Euro bezahlen.

Dazu 357 Postings, hier einige davon, mit Antworten:
P33: Informativer Bericht! Aber um die (übrigens gar nicht so hohen) Entschädigungen in Relation zu bringen, müsste man die Fälle genauer kennen.

P68: Den Tod auf der Luftmatratze im Wasser stelle ich mir gruselig vor.
    A1: Sehe ich nicht so. Da hat man das Leben wenigstens bis zum Schluss genossen.

P91: Der zweite Fall ist äußerst bizarr. Betrunkener Vater und betrunkener Großvater krachen grob fahrlässig mit dem Auto gegen einen Baum. Beide sterben. Tochter erleidet einen Schockschaden und bekommt 15.000 Euro! Zehn-Millionen-Dollar-Frage: Von wem? Vom Papa oder vom Opa?

A1: Hihihi!

A2: Ja, das verstehe ich auch nicht.

A2: Wahrscheinlich hat wieder einmal die Mama herhalten müssen.

P188: Was ist bitte eine »akute Belastungsreaktion«?

A1: Erleidet meine Frau jeden Morgen, wenn sie mich neben ihr im Bett sieht.

A1a: Der war gut!

A1b: Der Mann hat Humor.

A1c: Tun Sie nicht schönfärben! Wenn Ihre Frau das jeden Morgen erleidet, ist es keine akute, sondern eine chronische Belastungsreaktion. Diesen Schockschaden können Sie ihr gar nicht bezahlen.

P308: Finde ich unfair, dass der Mann, der den tödlichen Hundekampf miterlebt hat, keine Entschädigung bekommen hat. War sicher grauenvoll!

A1: Das war halt in Deutschland. In Österreich hätte es dafür fetten Schadenersatz gegeben. Da zählen Gefühle gegenüber Hunden mehr als gegenüber Menschen. Dein Kind darf die ganze Nacht durchbrüllen. Aber wehe, dein Hund winselt, da kriegst du sofort eine Anzeige.

A2: Stimmt. Stellt euch vor, der Strobl-Marinek wäre in der Toskana statt dem Flüchtlingskind ein mitgenommener Pflegehund im Pool ertrunken – und die Boulevard-Medien hätten davon erfahren. Frage nicht!

KAPITEL DREIZEHN

Vor dem Saal

Auf den Gängen vor den Verhandlungssälen mischen sich Milieus und Altersgruppen. Wer eintrifft, ist entweder Jurist im getakteten Routineablauf. Oder Klient – ortsfremd und angespannt. Zu lachen gibt es nicht viel, außer man ist Rechtsanwalt. (Rechtsanwältinnen lachen seltener.) Manche setzen Kampfgesichter auf, zu denen geballte Fäuste passen würden. Das sind jene, die sich zurückholen wollen, worum sie sich betrogen fühlen. Manche ihrer Gegner trotzen wie kleine Kinder. Wie konnte man es wagen, sie zur Rechenschaft zu ziehen? Wofür? Mit welchem Recht? Egal ob Kläger oder Beklagte – alle hadern mit dem Schicksal, dass es so weit kommen musste, dass sie hier sind. Alle betrachten das Zivilgericht als einen Ort der Zumutung. Alle wollen so bald wie möglich wieder weg.

Vor dem Saal 4 sorgt ein sondergenehmigtes Pferd von einem Hund für Ablenkung – Rufus. Er ist es nicht gewohnt, mit einem Beißkorb ausgestattet zu sein, und versucht sich des Fremdkörpers mit beiden Vorderpfoten gleichzeitig zu entledigen. Ein faszinierendes Schauspiel für gelangweilt wartende Pressefotografen, denen jedes noch so unpassende Motiv lieber ist als keines.

Der alte Mann zum Hund wirkt nervenschwach und überfordert. Die Blitzlichter brennen in seinen Augen. Man fragt ihn, ob er Chancen sieht, den Prozess zu gewinnen. Er schüttelt den Kopf, er versteht nicht, was sie meinen, er weiß auch gar nicht, was sie von ihm wollen, vielleicht verwechseln sie ihn mit wem. Wo seine Mandanten sind? – Er blickt suchend um sich, er kann sie nicht entdecken, tut ihm leid, er kann den Reportern hier nicht weiterhelfen.

Jetzt trifft das beklagte Dreier-Team ein und wird gleich hell beleuchtet. Einer der beiden Herren, der große, der Ehemann, versteht sich als Leibwächter und versucht die prominente Frau mit dem gesenkten Kopf, um die sich alles dreht, abzuschirmen. Der zweite Mann, der kleine, fungiert als ihr Blitzableiter. Er zwinkert den Kameralinsen zu und sonnt seine dritten Zähne im Scheinwerferlicht. Er verkauft sich, so gut es überhaupt noch notwendig sein könnte, er ist hier immerhin der Staranwalt.

Lächelt wie ein Sieger, noch ehe das Rennen begonnen hat. Und füttert die Mikrofone auch gleich mit morgendlicher Schonkost: »Reine Routine.« »Kurzer Prozess.« »Läppische Klage.« »Gutes Gefühl.« »Alles paletti.« Es gebe nichts zu sehen, es gebe nichts zu erleben, es gebe nichts zu schreiben. Er übersetzt es ihnen auch gern in den Wiener Dialekt: »Des is ka G'schicht. Da passiert nix. Könnt's ruhig wieder z'haus gehn!« Er hebt seine Hand zum Ohr und macht ihnen ein faires Angebot: »Ruft's mich am Nachmittag an.« Er wird ihnen alles erzählen.

Einmal noch wird es dynamisch. Die Frau im Talar mit dem Aktenstoß unter dem Arm bahnt sich in schnellem Schritt ihren Weg zum Verhandlungssaal. Die fünf Finger, die sie den Fotografen freundlich zeigt, sollen heißen: »Danke, danke, genug der Ehre. Lassen wir das jetzt bitte. Fangen wir mit der Arbeit an.«

Hinter ihr bleibt die Tür einen Spalt offen. Wer klug war, steht schon bereit und schlüpft hinein. Dahinter darf noch einmal dicht gedrängt werden. Man erfährt dann später quer durch die Presse von einem »großen Medieninteresse«.

Im Saal

Drinnen ist Anwalt Johann Wilenitsch sofort im Gewissens-konflikt. Seine Mandanten dürften sich irgendwo in den Gän-gen verirrt haben, er müsste sie suchen, aber Rufus soll ihm da-bei nicht unbedingt behilflich sein. Was macht er also mit dem Hund? Richterin Cornelia Hoheneder erbarmt sich und lässt ihn zu ihren Füßen ruhen (und ihre Schuhe beschnuppern).

»Aber er muss brav sein«, sagt sie.

»Natürlich«, erwidert Wilenitsch, ohne das beeinflussen zu können.

»Fünf Minuten, dann fangen wir an«, warnt sie ihn.

Aus den fünf Minuten werden zehn. Endlich geht die Tür auf, und für die Fotografen draußen ergibt sich doch noch ein dankbares Motiv. Eine schwarz eingehüllte gebückte Frau schiebt einen klapprigen Rollstuhl in den Raum. Darin be-müht sich ein abgezehrter Mann mit schiefer Kopflage, star-rem dunkelhäutigen Gesicht und langem grauweißen Kinn-bart, eine einigermaßen würdevolle Haltung zu bewahren.

Fürs Protokoll:

Ladan Bashiir Ismaciil, Aayanas Mutter, geboren in Moga-dischu, angeblich am 1.1.1976.

Hussien Ahmed Cabdi Rashiid, Aayanas Vater, geboren in Mogadischu, vielleicht wirklich am 15.11.1969. »Wohnadresse in Wien?«

»Wird nachgereicht«, verspricht Wilenitsch außer Atem.

»Und wo ist der Bruder? Sollte der nicht auch kommen?«

»Ja, Frau Rat.«

»Und? Wo ist er?«

»Nicht gekommen«, erwidert Wilenitsch. Oliver Steinpich-ler lächelt den Journalisten hämisch zu.

»Verstehen Sie Deutsch?«, fragt die Richterin die Ahmeds.

Die vermummte Frau dreht sich zu ihrem Anwalt, um die Frage an ihn weiterzugeben.

»Die Mutter kaum, der Vater ein bisschen, aber er kann seit dem Schlaganfall nicht mehr ordentlich sprechen. Der Bruder spricht gutes Deutsch.«

»Aber der Bruder ist nicht da.«

»Ja, leider«, sagt Wilenitsch.

»Haben Sie sich um eine Dolmetscherin gekümmert?«, fragt die Richterin.

»Ich dachte, der Bruder …«

»Nein?«

»Nein.«

»Aber ich dafür. In weiser Voraussicht«, sagt die Richterin.

»Frau Magister Farah Hersi, kommen Sie bitte zu uns vor«, ruft sie in die Zuhörerreihen. Und man dachte schon, bei dieser glamourösen Erscheinung mit doppeltem Haarkranz handelte es sich um eine Kollegin von der BBC oder »Reporter ohne Grenzen«.

»Herr Doktor Wilenitsch, wenn immer Sie oder Ihre Mandanten etwas übersetzt haben wollen, melden Sie sich, Frau Magister Hersi ist bereit.«

»Ja, danke«, erwidert Wilenitsch.

»Können wir jetzt endlich beginnen?«

»Wir könnten schon fertig sein«, murmelt Steinpichler und schielt zum Publikum. Ein paar Journalisten lächeln zurück.

Wenn man jede Sekunde damit rechnet, dass sich die Tür, die man anstarrt, öffnet, und es ist dann so weit, erschrickt man. Oskar kommt schwungvoll aus dem Saal und steuert direkt auf Elisa zu. Hinter seiner Fassade der unbeschwerten Beiläufigkeit verbirgt sich immense Erleichterung, die Einvernahme schadlos überstanden zu haben, so gut kennt sie ihn.

»Du kannst schon reingehen«, ruft er ihr zu.

»War es schlimm?«, fragt sie aufgeregt. Er macht eine wegwerfende Handbewegung und lächelt, als würde sich jeder Kommentar dazu erübrigen.

»Schlimm? Überhaupt nicht. Völlig harmlos. Leichte Übung. Du brauchst dir keine Sorgen zu machen.« Aber das bräuchte sie bekanntlich nie, wenn es nach Oskar ginge.

»Frau Doktor Strobl-Marinek, kommen Sie bitte gleich zu mir vor«, ruft ihr die Richterin auffallend freundlich entgegen. Rechts hebt Anwalt Steinpichler, bequem in seinen Sitz versunken und wie immer blendend disponiert, den Daumen für sie nach oben. Sie wagt nun auch einen kurzen Blick auf die linke Seite, streift dabei den regungslosen schwarzen Mann im Rollstuhl, erkennt aus dem Augenwinkel die vermummte Frau von damals im muffigen Stiegenhaus, nimmt dahinter einen blassen alten Herrn im speckigen Ledersakko wahr und bleibt schließlich bei Rufus hängen, der sich vor dessen Füßen eng eingerollt hat, als wäre er gern klein und unscheinbar in Anwesenheit so vieler fremder Menschen. Der Hund spricht Elisa aus der Seele.

»Sie wissen, ich muss auch Sie leider zu diesem furchtbaren Geschehnis im Sommer befragen«, schickt Richterin Hoheneder gleich voraus. »Aber wir werden das so kurz wie möglich halten, das verspreche ich Ihnen.«

Elisa nickt dankbar.

»Sagen Sie, haben Sie von der Familie Ahmed vor dem Urlaub einen Brief bekommen?«, streut Hohender spontan ein, als wollte sie noch schnell eine ärgerliche Irritation aus der Welt schaffen.

»Einen Brief?«, fragt Elisa zurück. Anwalt Steinpichler schüttelt heftig verneinend den Kopf, aber seine Mandantin schaut nicht zu ihm hin.

»Ja, ich höre das hier nämlich zum ersten Mal, ich habe nichts dazu im Akt, aber der Herr Doktor ...«, sie zeigt auf Wilenitsch, »... der Herr Doktor hat das soeben zur Sprache gebracht. Es geht um einen angeblichen Brief, den die Familie Ahmed Ihnen persönlich mit auf die Reise nach Italien gegeben haben soll. Haben Sie so einen Brief bekommen?«

»Nein, ich habe nie einen Brief bekommen«, sagt Elisa.

»Na also«, sagt die Richterin.

»Frau Rat, darf ich?«, schaltet sich Wilenitsch ein.

»Nachher. Nachher dürfen Sie. Jetzt darf bitte einmal ich«, erwidert Richterin Hoheneder, nun doch schon dezent genervt.

»Zwölfter Juli, Frau Doktor Strobl. Villa di Lusso, Castagneto Carducci, Toskana.«

»Ja.« Elisa atmet tief durch.

»Da sind Sie, laut Protokoll ihres Rechtsvertreters und Aussage ihres Ehemanns, ja erst am späten Nachmittag zu der Gruppe dazugestoßen.«

»Ja.«

»Wegen beruflicher Verpflichtungen am Vorabend.«

»Ja, auch.«

»Warum noch?«

»Weil ...« Wüsste man ungefähr, woran Elisa gerade denkt, würde man es in ihrem Gesichtsausdruck bestätigt finden.

»Weil … ich mit öffentlichen Verkehrsmitteln angereist bin, das hat länger gedauert.«

»Gut. Sie haben sich dann alle auf der Hauptterrasse des Hauses versammelt.«

Die Richterin bittet Elisa zu sich und legt ihr eine Handskizze vom Villengrundstück vor.

»Hier.«

»Ja, genau.«

»Und da war auch das Mädchen dabei, Aayana Hussien Ahmed, die Schulfreundin Ihrer Tochter Sophie Luise.«

»Ja, richtig.«

»Die ganze Zeit?«

»Ja, die ganze Zeit.«

»Was hat sie gemacht?«

»Mit meiner Tochter am Handy herum… herumge…«

»Herumgefummelt, herumgesurft«, assistiert Anwalt Steinpichler und lacht, trotz schwacher Pointe, kokett zu den Journalisten, nein zu den Journalistinnen hinüber.

»Ist Ihnen an Aayana irgendetwas aufgefallen?«, fragt die Richterin.

»Was meinen Sie?«

»An ihrem Verhalten, an ihrer Art, wie sie sich in der Gruppe präsentiert hat. War sie in irgendeiner Weise auffällig?«

»Nein, gar nicht. Wenn etwas auffallend an ihr war, dann dass sie auffallend ruhig war. So haben wir sie erlebt. Auffallend unauffällig. Sie ist ein stilles schüchternes Mädchen … gewesen.« Elisa spürt zu ihrer linken Seite unangenehm wachsenden Druck. Manchmal fällt es ihr schwer, ihren Blick konsequent von Aayanas Eltern fernzuhalten, wie es ihr der Anwalt dringend empfohlen hat.

»Und dann ist die Gruppe zum Swimmingpool aufgebrochen«, fährt die Richterin fort.

»Ja, richtig.«

»Und alle vier Kinder waren dabei.«

»Ja, immer, ohne Unterbrechung.«

»Wussten Sie, dass Aayana nicht schwimmen konnte?«

»Ja, natürlich wusste ich es. Das wussten wir alle.«

»Ihr Mann sagt, das war ja sogar der Hauptgrund, warum Sie sie in den Urlaub mitgenommen haben.«

»Richtig. Meine Tochter Sophie Luise wollte ihr das Schwimmen beibringen.«

»Alleine? Nur die zwei Kinder?«

»Nein, selbstverständlich immer mit einem von uns Erwachsenen. Das war uns klar, dass Aayana am Swimmingpool durchgehend beaufsichtigt werden musste.«

»War Aayana an diesem Nachmittag noch im Wasser?«, fragt die Richterin.

»Ja, die beiden Mädchen waren im Pool.«

»Konnte Aayana im Pool stehen?«

»Ja, natürlich. Der Pool war ja an sich seicht. Aayana wusste, wo die tiefen Stellen waren, die sie unbedingt zu meiden hatte. Wir haben ihr das ganz genau erklärt.«

»Wie lange waren die Mädchen im Wasser?«

»Etwa zehn Minuten.«

»Und dann?«

»Dann haben sie genug gehabt.«

»Wer hat genug gehabt?«, fragt die Richterin.

»Wie meinen Sie?«

»Ihr Mann sagt, Aayana wollte unbedingt noch im Wasser bleiben, aber Sophie Luise hat gemeint, es wäre genug für den ersten Tag. Stimmt das?«

»Ja, das ... stimmt.«

»Oder wissen Sie es nicht mehr genau?«

»Doch, doch, das ist richtig. Genau so war es. Aayana wäre gern noch im Schwimmbecken geblieben. Es hat ihr großen Spaß gemacht.«

Steinpichler nickt Elisa anerkennend zu. Wie hatte er sie so schön belehrt? – Das Zweitwichtigste bei einer Aussage ist der Wahrheitsgehalt, das Wichtigste die Überzeugungskraft. Wie in der Werbung. Wie in der Politik. Wie im Leben.

Letzter Weg

»Und dann ist die gesamte Gruppe wieder über den Rasen zur Villa hinaufgewandert?«, fragt Richterin Hoheneder weiter.

»Ja.«

»Und die Tür der Umzäunung des Schwimmbeckens wurde ordnungsgemäß verriegelt.«

»Ja.«

»Wieso wissen Sie das?«

»Weil ich selbst es war, die den Draht um die Tür gewickelt hat«, sagt Elisa. Die Antwort kam schnell und trotzig.

»Und ab diesem Zeitpunkt war niemand mehr von Ihnen am Swimmingpool?«

Jetzt stockt Elisa. Sie reibt sich die Augen. Ihre linke Schläfe brennt. Aayanas Eltern hören ihr zu, sie verstehen zwar nicht viel, sie wissen von nichts, aber sie hören ihr zu, und das schmerzt.

»Ich kann mir vorstellen, Frau Doktor Strobl, dass es qualvoll ist, an das alles so intensiv zurückzudenken. Wir sind auch wirklich bald fertig. Geht es noch?« Ja, es geht noch. Die Worte der Richterin bauen sie auf.

»Zu ihrer letzten Frage. – Nein, danach war niemand mehr am Pool. Es war ja schon fast finster«, sagt sie.

»Und dann?«

»Dann haben wir uns alle nur noch oben aufgehalten.«

»Oben heißt?«

»Oben auf der Terrasse.«

Richterin Hoheneder wendet sich kurzerhand Anwalt Wilenitsch zu.

»Zwischenfrage an Sie, Herr Doktor, sollen wir das Wesentliche der bisherigen Aussagen für Ihre Mandanten übersetzen?«

Wilentisch beugt sich angestrengt über den Mann im Rollstuhl und versucht sich mit ihm auszutauschen – anscheinend erfolglos.

»Soll ich helfen?«, schaltet sich nun Frau Hersi ein. Die Richterin bittet darum. Es ergibt sich ein somalischer Wortwechsel mit Aayanas Mutter. Ihre Worte stoßen bei der Dolmetscherin offensichtlich auf Unverständnis, denn sie schüttelt mehrmals ratlos den Kopf.

»Was sagt Frau Ahmed?«, fragt die Richterin.

Farah Hersi führt aus: »Sie sagt, sie und ihr Mann wollen keine Übersetzung, sie wollen nichts von dem Unglück wissen, sie ertragen es nicht, davon zu hören. Darauf sage ich, aber es geht doch um das Unglück, wie es geschehen konnte, deshalb sind sie doch hier. Darauf sagt Frau Ahmed, nein, es geht um die, die noch am Leben sind. Es geht um ihren Sohn Abdulaziz, deshalb sind sie hier. Darauf sage ich, das verstehe ich nicht. Darauf sagt sie, es tut ihr leid. Das hat sie gesagt, mehr hat sie nicht gesagt. Die Frau ist sehr traurig, sehr verzweifelt.«

»Danke, Frau Magister«, erwidert die Richterin betreten.

Anwalt Wilenitsch liefert dazu keine Erklärung, aber er bittet um fünf Minuten Pause.

Danach wird die Einvernahme fortgesetzt.

»Wann haben Sie Aayana zum letzten Mal gesehen?«, fragt die Richterin.

»Bevor sie auf ihr Zimmer ging«, erwidert Elisa.

»Hat sie etwas gesagt?«

»Nein, aber Sophie Luise hat etwas gesagt.«

»Was?«

»Dass sie und Aayana jetzt auf ihre Zimmer gehen. Aayana will sich ausruhen.«

»Zu wem hat Sophie Luise das gesagt?«

»Zu mir und zu meinem Mann, wir beide haben es gehört.«

»Sie sind also davon ausgegangen, dass Aayana auf ihrem Zimmer ist, um sich auszuruhen.«

»Ja.«

»Wie viel Zeit ist danach vergangen, bis man bemerkt hat, dass Aayana gar nicht mehr auf ihrem Zimmer war?«

»Schwer zu sagen.«

»Ihr Mann schätzt, eine knappe Dreiviertelstunde. Kann das stimmen?«

»Ja, das kann stimmen.«

»Und in dieser knappen Dreiviertelstunde haben Sie nicht die leiseste Wahrnehmung gehabt, die darauf hingedeutet hätte, dass sich Aayana außerhalb ihres Zimmers aufhalten könnte?«

»Nein, nicht die leiseste«, sagt Elisa.

»Wer hat bemerkt, dass Aayana nicht auf ihrem Zimmer war.«

»Sophie Luise. Sie hätte sie zum Essen holen sollen. Aber Aayana war nicht da.«

»Und dann?«

»Dann haben wir sofort alle zu suchen begonnen.«

»Wo?«

»Zuerst oben. Wir haben praktisch das ganze Haus auf den Kopf gestellt.«

»Wer ist auf die Idee gekommen, dass sich Aayana beim Schwimmbecken aufhalten könnte?«

»Lange Zeit keiner. Wer rechnet denn damit?«

»Warum war das so abwegig?«

»Es war schon finster. Es war auch schon kühl. Das Thema Schwimmen war für uns alle längst abgehakt.«

»Warum haben Sie dann trotzdem beim Pool nachgesehen?«

»Wir haben einfach alles abgesucht und sind dann zum Schluss noch einmal über die Wiese hinuntergegangen.«

»Und dann?«, fragt die Richterin. Elisa stockt der Atem, ihre Stimme wird zittrig, ein Weinkrampf scheint unmittelbar bevorzustehen.

»Dann hat einer von uns ... ich glaube, Melanie, also Frau Binder war es ... sie hat bemerkt, dass das Wasser ... im Pool ... dass es noch leicht schaukelt ... obwohl es ... draußen ... ja eigentlich ... windstill war ...«

»So, stopp, es genügt. Wir können das an dieser Stelle abbrechen«, fährt die Richterin in bemüht sachlichem Tonfall dazwischen.

»Die intensiven Rettungsbemühungen beider Familien sind dokumentiert. Das traurige Ende ist bekannt. Danke, Frau Doktor Strobl. Ich habe keine weiteren Fragen. Herr Doktor Steinpichler, ich denke, es ist alles gesagt, aber wenn Sie noch ...«

»Ich hätte nur ein paar kurze ergänzende Fragen, wenn ich bitten darf. Danke, Frau Rat.«

»Frau Doktor Strobl-Marinek, ich beziehe mich auf den kurzen Aufenthalt der beiden knapp fünfzehnjährigen Jugendlichen, man kann ja fast schon sagen, der beiden jungen Frauen, im Pool. Sie sagen, es hätte Aayana offensichtlich großen Spaß gemacht, im Schwimmbecken zu sein.

»Ja.«

»Ihr Mann meint wörtlich, Aayana wäre gar nicht aus dem Wasser zu kriegen gewesen, so viel Spaß hätte sie gehabt. Stimmt das?«

»Ja, das stimmt.«

»Sie sei eine richtige Wasserratte gewesen ...«

»Herr Doktor Steinpichler, es reicht dann schon«, fährt Richterin Hoheneder dazwischen.

»Gut, gut, Frau Rat, ich wollte nur noch einmal herausarbeiten, wie viel Spaß …«

»Ja, das ist Ihnen wunderbar gelungen, das haben wir jetzt alle verstanden«, erwidert die Richterin. In den Journalisten-Reihen wird geschmunzelt. Steinpichler setzt die Befragung fort.

»Frau Doktor Strobl-Marinek, hätte Aayana, als es schon finster war, in Begleitung von einem Erwachsenen noch einmal in den Pool gehen dürfen, wenn sie Sie darum ersucht hätte?«

»Nein, wir haben klipp und klar gesagt, für heute ist Schluss mit dem Baden. Es ist finster und kalt. Erst morgen wieder.«

»Um an diesem Abend noch einmal ins Schwimmbecken gelangen zu können, hätte sie es also geheim, quasi an Ihnen vorbei, machen müssen. Ist das richtig?«

»Ja, das ist richtig.«

»Sie sagen, auf der Terrasse hat keiner aus der Gruppe etwas davon mitbekommen, dass Aayana noch einmal zum Pool gegangen ist.«

»Ja.«

»Hätten Sie es nicht bemerken müssen? Der direkte Weg von den Zimmern zum Pool geht ja bei der Terrasse vorbei.«

»Ja, wenn sie den direkten Weg gegangen wäre, hätten wir es sicher bemerkt.«

»Man kann aber, laut Skizze sehr gut ersichtlich, von den Zimmern kommend auch den Seitenausgang des Hauses wählen und bequem hinten vorbeigehen. Ist das richtig?«

»Ja, das ist richtig.«

»Ihr Mann meint, das wäre sozusagen der Geheimweg gewesen. Ist der Ausdruck zutreffend?«

»Ja.«

»Nun, einen Geheimweg geht man, wenn man nicht will, dass man gesehen wird. Weil man vielleicht etwas tun will, was nicht gestattet ist.«

»Danke für die treffliche Definition eines Geheimweges, Herr Doktor, aber wie lautet ihre Frage?«, ätzt die Richterin.

»Wenn Aayana den Geheimweg gegangen ist, wovon auszugehen ist, hätten Sie es also auf der Terrasse nicht bemerken können. Ist das richtig?«

»Ja, das ist richtig.«

»Danke, keine weiteren Fragen.«

Nichts wie weg

»Herr Doktor Wilenitsch, Sie sind an der Reihe«, sagt die Richterin. Es war eine Art Weckruf, denn der in sich versunkene Anwalt fährt plötzlich wie aus dem Schlaf gerissen hoch und ruft damit Rufus auf den Plan, der sich veranlasst sieht, sein Herrl und sein neues Revier zu verteidigen. Nach einigen Minuten Gebell beruhigt sich die Lage, und der Hund rollt sich wieder am Boden ein.

»So, bitte Ihre Fragen, damit wir zu einem Ende kommen«, drängt die Richterin. Elisa muss sich nun unangenehmerweise auf die linke Seite drehen und sich den Klägern zuwenden. Steinpichler zwinkert hinüber ins Publikum, um Einigkeit darüber herzustellen, dass der Prozess gelaufen ist.

»Wie gut kennen Sie sich?«, fragt Wilenitsch und zeigt abwechselnd auf seine Mandanten und auf Elisa selbst. Sie ist gezwungen, den Ahmeds kurz in die Augen zu schauen. Darin entdeckt sie nichts Lebendiges, das beruhigt und erschüttert sie zugleich.

»Wir kennen uns überhaupt nicht, es gab nur eine flüchtige Begegnung«, sagt sie dann.

»Und wie gut kannten Sie Aayana?«

»Aus vielen Erzählungen meiner Tochter. Sie war ihre beste Freundin.«

»Was hat Ihre Tochter alles über Aayana erzählt?«

Die Richterin unterbricht: »Nein, Herr Doktor, bitte nicht solche Fragen. Das geht ins Uferlose, da sitzen wir morgen noch da.«

Wilenitsch fährt fort: »Kannten Sie Aayanas Fluchtgeschichte?«

»Nein«, erwidert Elisa.

»Die hätten Sie aber kennen sollen.«

Richterin Hoheneder mischt sich ein: »Nein, Herr Doktor, so nicht. Das ist Ihre Privatmeinung, und die hat hier nichts verloren. Bitte nur Fragen zur Sache stellen!«

»Okay, ich verkürze es. Haben Sie von der Familie Ahmed vor dem Urlaub einen Brief bekommen?«

Wieder fährt die Richterin dazwischen: »Das hat sie schon gesagt. Sie hat keinen Brief bekommen. Auch ihr Mann hat keinen Brief bekommen. Niemand hat einen Brief bekommen. Was wollen Sie immer mit diesem Brief?«

»Dann hat Ihre Tochter den Brief nicht an Sie weitergegeben«, sagt Wilenitsch.

»Was ist das für eine an den Haaren herbeigezogene und aus jedem Zusammenhang gerissene Unterstellung?«, poltert Anwalt Steinpichler.

Jetzt wird auch die Stimme der Richterin erstmals laut: »Nein, meine Herren, so geht das nicht. Sie, Herr Doktor Steinpichler, sind überhaupt nicht am Wort. Und Sie, Herr Doktor Wilenitsch, reden bitte nicht kryptisch und spekulativ herum, sondern verraten uns, was es mit diesem Brief auf sich hat, den offenbar niemand erhalten hat, und was der Brief mit der Klage zu tun haben soll. Aber vorher möchte ich gerne die Frau Doktor Strobl-Marinek aus der Pflicht entlassen. Gibt es noch eine Frage zum Unglückshergang, Herr Doktor Wilenitsch?«

»Ich denke nicht«, erwidert der Anwalt nach kurzer Überlegung.

»Dann sind wir fertig, Frau Doktor. Vielen Dank.«

»Das heißt, die Sache ist für mich erledigt?«, fragt Elisa.

»Ja, erledigt.«

»Darf ich gehen?«

»Jaja, freilich, Sie dürfen gehen. Sie können aber auch gern bleiben, Sie können neben ihrem Anwalt Platz nehmen und zuhören.« Steinpichler macht eine charmant einladende Geste.

»Nein danke«, erwidert Elisa. Beinahe wäre sie so unhöflich gewesen und hätte ob der Absurdität des Angebots laut aufgelacht.

»Wie Sie wollen.« – Wie sie will? Sie will weg, nichts wie weg, auf Nimmerwiedersehen.

Kalt-warm

Außerhalb des Gerichtsgebäudes, in der Freiheit, bläst ihr von allen Seiten stürmischer Wind entgegen. Oskar wäre gerne mit ihr auf einen Kaffee gegangen, vielleicht auch auf ein Glas Sekt oder zwei, um auf das vermeintliche Ende des Toskana-Dramas anzustoßen. Aber für Elisa fühlt es sich keineswegs so an, als wäre die Sache ausgestanden. Sie möchte jetzt lieber allein sein – mit sich und ihren Lügengeschichten und ihrer Scham. Augen zu und eng zusammenrollen wie der Hund, das wünschte sie sich für die nächsten Stunden und Tage. Und keine Zeile zum Prozess wird sie lesen.

»Ich muss ein paar Runden drehen«, sagt sie zu Oskar.

»Bei dem Sturm?«

»Ja, ich brauche Frischluft. Geh du schon vor.«

»Gut, gut.« Oskar ist auf seine spöttisch lächelnde Art beleidigt. »Ich habe meine Zeit auch nicht gerade gestohlen, es gibt genug zu tun im Büro.«

»Wir sehen uns«, sagt Elisa.

Auf ihrem Handy ist eine Nachricht von Stefan eingegangen. Schon sein Name auf dem Display versetzt ihr ein paar wärmende Adrenalinstöße.

Liebe Eli, ich hoffe, es ist alles gut gelaufen im Gericht, ich habe mit dir mitgefiebert. Eli, ich muss dich dringend sprechen. Ich bin auf etwas draufgekommen. Ich muss dir etwas zeigen. Können wir uns kurz treffen? Am besten noch heute. Ich könnte um 17 Uhr z. B. im Café Kaiserin Sissi sein. Kannst du? Lieben Gruß, Stefan

Bei einem seiner Sätze hätten ihre naiven Wunschvorstellungen beinahe angedockt: »Ich bin auf etwas draufgekommen.« Doch der Rest klingt leider ganz anders, nicht nach dem großen Umschwung, nicht nach dem ersehnten Zurück und einem neuen, beständigeren Nachvorne.

Ihre Antwortnachricht lautet:

Stefan! Schön, dass du an mich denkst und mir schreibst. Was kann dir so wichtig sein? Ich bin neugierig. Natürlich komme ich. Um 17 Uhr. Bis gleich!

Zu Mittag daheim klopft Elisa an Sophie Luises Tür. Dahinter brennt Licht, wie sie durch den Spalt erkennt. Hoffentlich hat ihre Tochter bloß vergessen, es in der Früh abzudrehen.

»Hallo, Mama? Was willst du?«, kommt es leider zurück, noch dazu in mittlerweile gewohnt aggressivem Tonfall.

»Kind, warum bist du nicht in der Schule?«

»Hast du keine anderen Probleme?«, schnauzt Sophie Luise zurück. Elisas Lautstärke erhöht sich ebenfalls.

»Doch, genügend Probleme, wenn es dich interessiert. Also warum bist du nicht in der Schule?«

»Wir haben heute früher ausgehabt, wenn es dich interessiert.«

»Darf ich rein?«

»Nein, du störst.«

»Was machst du?«

»Ich lerne. Bitte lass mich in Ruhe, ich komme später runter.«

»Wann später?«

»Wenn ich fertig bin.«

»Wann bist du fertig?«

»Später.«

Elisa ist wütend und versucht, die Tür zu öffnen. In letzter Zeit hat Sophie Luise öfter einen Stuhl davor eingeklemmt. Diesmal hat sie die Tür sogar von innen zugesperrt, was ihr Oskar an sich verboten hat. »Bei uns gibt es keine verschlossenen Türen, bei uns gibt es keine Geheimnisse«, war sein etwas aus der Mode geratenes Argument.

»In einer Stunde bist du unten, spätestens, hast du mich verstanden?«, schreit Elisa.

»Wenn ich fertig bin, komme ich, frühestens, hast du mich verstanden?«, schreit Sophie Luise zurück.

Es dauert keine Stunde, und Elisa erschrickt mächtig, als ihr Sophie Luise, die sich zu ihr ins Badezimmer geschlichen hat, mit warmen Händen von hinten die Augen zuhält. Jetzt lacht sie laut auf, springt herum wie ein kleines Kind und strahlt über das ganze Gesicht, wie man es schon lange nicht mehr an ihr gesehen hat. Elisa kann gar nicht anders, als diesen Glücksmoment auszukosten. Sie umarmt ihre Tochter und drückt sie fest an sich.

»Ich liebe dich«, sagt sie.

»Ich dich eh auch, Mama«, erwidert Sophie Luise. »Ich weiß, ich bin manchmal ekelhaft, entschuldige, aber ich habe viel Druck momentan, sehr viel Druck.«

»In der Schule?«

»Ja natürlich in der Schule, wo sonst?«

»Aber es geht dir gut? Weißt du, ich mach mir manchmal echte Sorgen um dich, du stresst dich zu sehr, du isst zu wenig, du siehst schon aus wie ein Gespenst, du wirkst so, du wirkst manchmal so …«

»Mama, mir geht es fantastisch, ich bin der glücklichste Mensch auf der Welt. Ich hab alles, was ich brauche.«

»Das ist das Schönste, was du mir sagen kannst.«

»Ja, es geht mir megakrass gut. Und jetzt muss ich wieder.«

»Was musst du? Musst du noch lernen?«

»Ja, Mathe.«

»Willst du nicht einmal Pause machen?«

»Geht nicht, nächste Woche Schularbeit.« Sie zappelt aufgeregt herum, sie will sich schon entfernen.

»Einen Moment noch, Liebes. Ich muss dich noch was fragen, was Unangenehmes.«

»Nichts Unangenehmes, ich vertrage nichts Unangenehmes.« Sie ist unruhig, hüpft von einem Fuß auf den anderen.

»Ich muss dich das fragen. Es ist wichtig, es ist wirklich wichtig. Es hat mit Aayana zu tun.« Ihre Miene wird ernst.

»Aayana, wer ist das? Aayana gibt es nicht mehr. Hört bitte endlich auf mit Aayana.«

»Kind, nur eine einzige Frage. Erinnerst du dich an einen Brief? Hat dir Aayana vor dem Urlaub einen Brief gegeben? Einen Brief von ihrer Familie? Einen Brief, der für mich bestimmt war? Sag nein, sag bitte einfach nur nein. Dann ist die Sache erledigt. Dann frage ich dich nie wieder. Nie wieder!«

Jetzt schlägt die Stimmung bei Sophie Luise endgültig um. Sie steht wie erstarrt da, wippt mit dem Kopf und reißt die Augen weit auf. Sie denkt lange nach, was oder wie sie es sagen soll. Schließlich entscheidet sie sich für:

»Doch! Ich habe in meinem Rucksack einen Brief gefunden, einen dicken Brief von Aayana. Wollte ich dir schon lange sagen, aber du hörst mir ja nicht zu. Und weißt du, was ich damit gemacht habe, mit dem Brief? Ich habe ihn verbrannt. Ich habe alles verbrannt, alle Erinnerungen. Verstehst du?«

»Kind, was redest du da?«

Eine Weile schaut Sophie Luise sie ernst und durchdringend an. Plötzlich huscht ein Lächeln über ihre Lippen und breitet sich schnell übers ganze Gesicht aus. Sie ist in der Lage, ihre Stimmungen in Sekundenschnelle zu wechseln, als würde sie einen Lichtschalter betätigen.

»Spaß, Mama. Spaß. Alles Theater! Ätsch, du bist darauf reingefallen. Hast du's geglaubt? Hast du's wirklich geglaubt?«

Der Tag der Reise

Es sind ihre besten und stärksten Stunden am Tag. Sie könnte Bäume ausreißen und Millionen Zahnstocher daraus schnitzen, sie würde nicht müde werden. Aber lieber verbringt sie diese wertvolle Zeit vor dem Bildschirm mit Pierre in euphorischer Vorfreude auf etwas Großes. Denn es steht ihnen ein spektakuläres Abenteuer bevor, eine Reise ohne leidvolle Unterbrechung, ohne den Schmerz der Rückkehr, ein Verharren in gemeinsamer Glückseligkeit.

Früher hat sie sich über Pierre lustig gemacht, wenn er von solchen übersinnlichen Dingen geschwärmt hat. Aber jetzt weiß sie, dass er kein Großmaul oder Fantast ist. Er kennt die krassen Türen, durch die man schreiten muss, um die gesammelten Scheußlichkeiten des Alltags hinter sich zu lassen. Er besitzt den Schlüssel dafür. Niemand sonst darf das Neuland betreten, nur Pierre selbst und sie, Sophie Luise. Sie ist seine Auserwählte. Sie ist seine Komplizin. Hat sie schon gesagt, dass sie ihn liebt?

Für die große Reise ist alles geplant. Sieben Tage muss sie noch durchhalten, so lange reicht ihr Vorrat – vierzehn blaue Zuckerwatte-Steinchen, je eines gegen die Schule und ihre grimmigen Fratzen, je eines gegen die qualvollen Nächte, in denen sie von Aayana in die Tiefe gezogen wird und gleichzeitig zu verdursten und zu ertrinken droht. Bald sind das abgeschlossene Episoden aus einer Vergangenheit, die nicht mehr in ihr hochkommen kann. Bald sind sämtliche Rückwege dorthin abgeschnitten.

Den Tag X hat sie sich dick in ihrem Kalender eingerahmt. Und wisst ihr, was sie sich dazu eingetragen hat? Mathe-Schularbeit! Soll keiner glauben, dass sie keinen Spaß mehr versteht. Mathe-Schularbeit! Carola, Supertussi, nimm das! Du wirst schwitzend, Nägel beißend, mit hochrotem Kopf in deiner Schulbank sitzen und vor deinen unlösbaren Gleichungen mit zwei Unbekannten verzweifeln. Und Sophie Luise wird dir von oben mitleidig zulächeln und dir zuflüstern: Sorry, Carola, du schaffst es nicht, eine wie du, die schafft es nicht. Du hast deine Hausaufgaben nicht gemacht, du musst nachsitzen, du wirst sitzenbleiben, du wirst dich niemals auch nur einen Millimeter wegrühren können aus deiner ekelig hässlichen Welt.

Wenn man zu zweit vor so einer bewegenden Reise steht, darf man natürlich auf die wichtigen Dinge nicht vergessen:

Sophie Luise: *Hallo, liebster Pierre! Ich habe gerade meine Mama umarmt. Manchmal hasse ich sie zwar. Aber in Wirklichkeit liebe ich sie natürlich. Sie gehört ja zu mir. Sie wird mir fehlen. Das macht mich ein bisschen traurig.*
Pierre: *Das muss nicht machen Trauriges mit dir, So-Lu. Der Mensch du liebst, du kannst nehmen mit dir! Du musst nur denken. Ich mache auch so.*
Sophie Luise: *Du meinst, ich kann alle Menschen, die ich liebe, mitnehmen, indem ich fest an sie denke? Viele sind es ja nicht. Aber Mama schon, und auch Papa, und von mir aus auch Lotte. Mehr brauche ich nicht. Und wie ist es bei dir? Wen nimmst du mit?*

Pierre: *Das ist eigenes Geschichte. Ich erzähle auf Reise mit dir. Du wirst machen großes Auge! Wird fallen für dich letzter Stein aus Herz.*

Der Bruder

Elisa sitzt schon am besten Nischentisch, den das Café Kaiserin Sissi aufzubieten hat, als Stefan, mit einer Mappe unter dem Arm, geschäftig auf sie zusteuert und kurz die Hand hebt. Erst dachte sie, er muss den Kellner vor ihr begrüßt haben. Leider nein, da war tatsächlich bereits sie damit gemeint. Traurig, doch es rührt sich eben nichts mehr in ihm, wenn er sie sieht. Und er gibt ihr verblüffend ungehemmt links und rechts dicke, schmatzende Küsse auf die Wange, als wäre sie seine Lieblingstante Eli, um die man sich halt wieder einmal kümmern sollte, nicht nur wegen der Erbschaft, sondern weil sie einem ja auch irgendwie ans Herz gewachsen ist.

Das Thema »Wie geht es dir?« wird mit einem zügigen Hin und Her der üblichen Floskeln abgehandelt. Was Elisa betrifft, pfeifen es ohnehin die Spatzen vom Dach. Und was Stefan angeht, erübrigt sich jede Erklärung. Wenn man einen Mann einmal in seiner Nacktheit gesehen hat, erkennt man es im Grunde auf den ersten Blick. Ihm geht es, klare Angelegenheit: gut.

Sie hätte natürlich gern einiges über sein neues Beziehungsleben erfahren, und was den Unterschied ausmacht, aber deshalb sitzen sie nicht hier, wie er ihr sofort zu verstehen gibt. Wobei er sich nicht scheut, die kleine blonde Sportliche mit dem Kinderwunsch auch gleich beim Namen zu nennen. Allerdings in einem komplett anderen Zusammenhang als erwartet.

»Ich hab dir doch erzählt, dass Franziska Lehrerin ist und nebenbei ehrenamtlich Kurse gibt.«

»Hast du? Kann sein.«

»Ja, sie leitet da auch so einen Kurs für Zeichnen und Malerei mit sozial auffälligen Jugendlichen, manche sind straffällig geworden, die meisten haben ein Drogenproblem.«

»Toll, dass sie das macht.«

»Ja, toll. Dort sitzt oft auch ein Junge, ein schwarzer Junge, ein sehr stiller Junge, siebzehn Jahre alt, den sie ganz besonders schätzt. Er hat eine liebenswerte, schüchterne Art, und er zeichnet auch wirklich außergewöhnlich gut, er ist der Talentierteste von allen. Sie hat mir von Anfang an von ihm erzählt.«

»Aha«, sagt Elisa. Eine Sekunde fragt sie sich, wann wohl der Anfang von »von Anfang an« gewesen sein mag.

»Ja. Er zeichnet nämlich immer das Gleiche, er hat praktisch nur ein Motiv, ein Mädchen. Wen zeichnest du denn da, die ist aber hübsch, ist das deine Freundin, hat sie ihn gefragt. Und er hat gesagt, ja, das ist meine große Liebe.«

»Schön. Und?«

»Und dann hat er offenbar wieder einen Schub gehabt, der Junge. Er nimmt nämlich Drogen, leider Gottes. Keine leichten Drogen, starkes Zeug, Crack und solche Geräte. Da ist er dann einige Wochen nicht zum Kurs gekommen.«

»Und?«

»Und dann ist er wiedergekommen.«

»Aha«, sagt Elisa. Stefan wird zunehmend aufgeregter, was der Qualität seines Vortrages nicht gerade förderlich ist.

»Und dann hat er Franziska – er mag Franziska, er vertraut ihr, sie ist eine der wenigen, denen er vertraut –, er hat Franziska seine Geschichte erzählt, und Franziska hat sie mir erzählt.« Jetzt steht Elisa knapp davor, nach seiner fahrigen Hand zu greifen, die macht sie nämlich langsam selber nervös.

»Er hat ihr erzählt, wie es dazu gekommen ist, dass er überhaupt mit Drogen angefangen hat.«

»Wie?«

»Aus Verzweiflung. Weil etwas Schlimmes passiert ist. Weil ein Unfall passiert ist.«

»Ein Unfall?«

»Ja. Weil seine kleine Schwester ertrunken ist.«

»Oh.«

»Im Urlaub. In Italien.«

»Nein.«

»In einem Schwimmbecken.«

»Nein.«

»Doch. Es ist ihr Bruder, es ist Aayanas Bruder. Abdulaziz.«

»Der Bruder? Der große dünne, der damals im Stiegenhaus war? Ich hab ihn gesehen, ich hab noch mit ihm gesprochen«, sagt Elisa. Sie hält sich die Hand vor den Mund. Stefan nickt schicksalsschwer. Man staunt sich gegenseitig an.

»Und das ist noch nicht alles«, setzt Stefan fort. Sie erkennt es an seiner keineswegs nachlassenden Nervosität.

»Der Junge hat Franziska nämlich ein Bild geschenkt, ein Porträt von dem Mädchen, das er immer zeichnet.« Jetzt legt er seine mitgebrachte Mappe auf den Tisch und trippelt mit den Fingern darauf.

»Franziska hat mir das Bild zu Hause natürlich sofort gezeigt. Und jetzt halt dich fest, Eli, damit du nicht umfliegst.« Stefan öffnet die Mappe, nimmt das Blatt Papier heraus und legt es vor Elisa auf den Tisch.

»Wer ist das? Ich kenne sie ja nur von deinen Fotos, aber das ist doch bitte ganz eindeutig, oder spinne ich?« Elisa erschrickt.

»Wahnsinn. Ja, das ist eindeutig. Das ist sie. Das ist Sophie Luise.« Jetzt braucht sie eine Weile, um sich wieder zu fassen. Langsam fügen sich die verstörenden Dinge in ihrem Kopf zusammen:

»Das heißt, der Bruder von Aayana geht in den Kurs deiner Freundin, er ist drogensüchtig, und er zeichnet meine Sophie.

Und er behauptet, sie ist seine große Liebe. Wie kann er das behaupten? Wie kommt er dazu? Woher kennt er sie?«

»Wahrscheinlich von Fotos aus dem Internet. Oder noch von früher, von seiner Schwester, aus ihrem Handy, aus Erzählungen von ihr. Möglicherweise hat er immer schon von ihr geschwärmt. Oder er zeichnet sie, um das Unglück aufzuarbeiten, das glaubt Franziska. Aber wir wissen es ja alle nicht«, sagt Stefan.

»Vielleicht wird er versuchen, Kontakt zu ihr aufzunehmen.«

»Das war auch mein erster Gedanke. «

»Vielleicht ist er besessen von ihr, vielleicht stalkt er sie schon die ganze Zeit, vielleicht lauert er ihr irgendwann einmal auf«, sagt Elisa. Sie wird immer panischer.

»Das glaube ich nicht, so ein Typ ist er nicht«, erwidert Stefan.

Er hat inzwischen gründlich recherchiert und mit Franziska alle verfügbaren Bausteine zusammengesetzt. Dabei ergibt sich folgendes Bild:

Abdulaziz war hier in Wien offenbar schon recht gut sozialisiert. Er hat gleich begonnen, Deutsch zu lernen, ist in die Schule gegangen und war willig, sich rasch zu integrieren. Der Badeunfall seiner Schwester dürfte ihn aus der Bahn geworfen haben. Er ist in Drogenkreise geraten, hat die Schule geschmissen, hat das Elternhaus verlassen, ist bei einem somalischen Freund untergetaucht, vermutlich ein Junkie aus der Szene. Das ist alles noch gar nicht so lange her.

Schließlich ist der Junge beim Dealen erwischt worden. Weil er unbescholten und noch nicht volljährig ist, hat man zu einer außergerichtlichen Lösung gefunden. Er muss sich mehrmals wöchentlich Drogentests im Spital unterziehen, ist also unter medizinischer Aufsicht. Ob er überhaupt noch Kontakt zu seinen Eltern hat, ist ungewiss. Mit dem Vater hat es offenbar Zerwürfnisse gegeben.

»Deshalb ist er auch nicht im Gericht erschienen. Er hätte

nämlich zum Prozess kommen sollen. Langsam begreife ich«, sagt Elisa.

»Franziska ist überzeugt, dass er an sich ein guter Kerl ist. Er ist jedenfalls sicher kein aggressiver Typ. Sie beschreibt ihn als verträumt, weltfremd, ein bisschen verloren, eher depressiv«, sagt Stefan.

»Du meinst, er wird Sophie Luise nicht belästigen?«, fragt Elisa.

»Ich persönlich glaube es nicht. Aber man muss natürlich trotzdem aufpassen.«

»Soll ich es ihr sagen? Was meinst du?«

»Besser wäre es wahrscheinlich schon.«

»Aber sie wird auszucken. Sie steht momentan total unter Druck. Sie hat noch immer diese posttraumatischen Zustände. Jedes Wort über den Unfall ist Gift für sie. Wir brauchen ohnehin wieder Therapiestunden.«

»Am besten, du sprichst mit ihrer Therapeutin darüber«, meint Stefan.

»Das werde ich machen.«

»Und natürlich mit deinem Mann.«

»Mit Oskar?« Elisa lächelt bitter.

KAPITEL VIERZEHN

Alles fließt zusammen

»Wir haben zwei Probleme«, sagt Rechtsanwalt Oliver Steinpichler. Das klingt in doppelter Hinsicht beunruhigend. Erstens verwendet er erstmals das in seinem Sprachschatz sonst nicht auffindbare Wort »Problem«. Zweitens räumt er ein, dass es gleich zwei Stück davon gibt.

Man hat sich in der Früh zur Prozess-Nachbesprechung in der Anwaltskanzlei zusammengefunden. Für Elisa ist das ein passabler Rückzugsort auf der Flucht vor der mit ihrer Leidensgeschichte medial frisch gemästeten Öffentlichkeit. Und für Oskar, der die Zeitungen schon studiert hat, gibt es sowieso jede Menge Aufklärungsbedarf.

»Wieso ist der Prozess noch nicht zu Ende?«, will er nun aus dem Munde seines Ex-Schulkollegen Oliver wissen. Diesbezüglich kann ihn Steinpichler zum Glück sofort einmal beruhigen:

»Für zwei von uns dreien ist der Prozess definitiv zu Ende. Nur ich selbst muss leider noch kurz nachsitzen. Tja, selber schuld, wäre ich nicht Anwalt geworden. Meine mir zugemutete Göttin kann manchmal recht widerspenstig sein. Ich meine natürlich nicht die charmante Frau Rat. Ich meine Justitia höchstpersönlich. Obwohl – Conny kann es leider auch.«

Zuerst aber zum Erfreulichen, das darf bei Steinpichler niemals zu kurz kommen:

»Das Unfallgeschehen hat sich von der infamen Unterstellung der Fahrlässigkeit endgültig verabschiedet – dank unserer Auftritte. Wir waren sattelfest, unsere Einvernahmen waren überzeugend und souverän. Offensichtlich so souverän – und jetzt kommen wir zum Wermutstropfen – so souverän, dass Conny Hoheneder gar nicht genug davon kriegen kann.« Steinpichler lehnt sich zurück und mustert Oskar, als müsste dieser bereits auf dem gleichen Wissensstand wie er sein. Das sind genau jene Spielchen, die Oskar schon in der Schule so sehr an ihm gehasst hat.

»Und was heißt das?«, springt Elisa ein.

»Das heißt, die Frau Rat möchte auch die Binders hören.«

Elisa atmet kräftig aus und lässt ihre Schultern noch ein kleines Stück tiefer fallen. Sie dürfte aber bereits eine gewisse Grundimmunität gegen schlechte Nachrichten erreicht haben.

»Warum?«, fragt Oskar.

»Der sogenannten Vollständigkeit halber. Weil der Herr Jägermeister darauf bestanden hat. Weil ihm das Verfahren bisher noch zu kostengünstig ist, weil er noch mehr zahlen will, weil er seine erbarmenswerten Flüchtlinge noch mehr reinreiten will in Elend und Fiasko. Frag mich nicht. Unser Freund der Fische ist offenbar ein Feind seiner selbst.«

»Die Binders müssen also auch noch aussagen«, wiederholt Oskar.

»So ist es, am kommenden Donnerstag. Und das bedeutet, dass wir sie bis dahin in Gleichklang mit uns bringen sollten.«

»Alles fließt zusammen, alles wird ein Ton, ein Seufzer«, bemerkt Oskar.

»Wie bitte?«, fragt Steinpichler.

»Johann Gottfried von Herder.« Oskar genießt es, Oliver damit für einen kurzen Moment zum ratlosen Innehalten gezwungen zu haben.

»Also wo ist das Problem?«, fragt er dann nach.

»Melanie ist das Problem«, erwidert Elisa.

»Exakt in diese Richtung habe ich ebenfalls gedacht«, gesteht Steinpichler. »Die angesprochene gnädige Frau hat meiner Beobachtung nach eine gewisse Neigung zur Überbewertung der Bedeutung der individuellen Wahrnehmung von Geschehnissen zuungunsten des kollektiven Nutzens.« Oliver will Oskar damit sagen, dass es oft auch ohne Johann Gottfried von Herder geht.

»Ich werde mit Melanie reden«, sagt Elisa.

»Sehr gut, und ich knöpfe mir Engelbert vor«, erwidert Oskar.

Steinpichler lächelt. »Ossi und die leichten Übungen«, merkt er süffisant an.

Hydrophobia

Es gibt aber, wie von Anwalt Steinpichler angedeutet, noch ein zweites Problem. Und das hat bereits seinen medialen Niederschlag gefunden. In einem Pressebericht über den Prozesstag im Zivilgericht liest sich diese Passage so:

(…) Für Verwirrung und einiges Rätselraten sorgt dann ein Brief, den die somalische Flüchtlingsfamilie der Grün-Abgeordneten mit auf die Ferienreise nach Italien gegeben haben soll. Das behauptet zumindest Johann Wilenitsch, der Vertreter der Kläger. Elisa Strobl-Marinek beteuert, niemals so einen Brief bekommen zu haben. Und Richterin Cornelia Hoheneder hört, wie sie sagt, auch zum ersten Mal davon. Sie rügt den Anwalt, er solle nicht »kryptisch und spekulativ herumreden, sondern verraten, was es mit diesem Brief auf sich hat«.

Als er das schließlich tut, kommt doch noch etwas Bewegung in diesen bis dato wie auf einer schiefen Ebene laufenden Prozess. In dem angeblich von Aayanas siebzehnjährigem Bruder Abdulaziz verfassten Schreiben der Familie Ahmed sei das Ehepaar Strobl-Marinek ausdrücklich gebeten worden, Aayana von Gewässern jeder Art, also auch von einem Swimmingpool

fernzuhalten, behauptet Wilenitsch. Die Vierzehnjährige hätte
nämlich aufgrund von schlimmen Erlebnissen während ihrer
Flucht ein Trauma davongetragen, das sich in Angstzuständen
in oder schon in der Nähe von Gewässern manifestiert. Die
Wissenschaft kennt dafür die Ausdrücke »Hydrophobia« und
»Thalassophobie«, Angststörungen, von denen vermehrt Kinder
von Zuwanderern betroffen sind, die über das Meer nach
Europa gelangt sind.

»Alles gut und schön beziehungsweise ungut und unschön«,
bemerkt dazu Strobls Anwalt Oliver Steinpichler, »aber so
einen Brief gibt es eben nicht. Und in einen Brief, der gar nicht
existiert, kann man nachträglich jeden x-beliebigen Inhalt
hineinzaubern, da würden mir Dutzende atemberaubende
Phobien einfallen. Im Falle meines geschätzten Kollegen haben
wir es eher mit einer Faktophobia zu tun, mit der Angst, den
Tatsachen ins Auge zu schauen.« Tatsache sei nämlich:
Steinpichlers Mandanten seien »nie und in keinster Weise« von
einem vermeintlichen Wasser-Trauma des Mädchens in
Kenntnis gesetzt worden. Und nichts in Aayanas Verhalten
hätte auch nur in Nuancen darauf hingedeutet. Im Gegenteil,
das Mädchen habe das Wasser förmlich gesucht, selbst über
Verbote hinweg. »Von einer Fahrlässigkeit fehlt also nach wie
vor jedes Spurenelement«, hält Steinpichler fest.

Anwalt Wilenitsch stellt daraufhin den Antrag, das Protokoll
der Einvernahme der Familie Ahmed aus dem Asylverfahren,
also die Fluchtgeschichte herbeizuschaffen und zu verlesen.
Daraus ginge hervor, dass Aayana tatsächlich an einer
schweren »Hydrophobia« gelitten habe und wie es dazu
gekommen war.

»Ich werde mir das anschauen«, bemerkt daraufhin Richterin
Hoheneder – für neutrale Prozessbeobachter kommt das doch
etwas überraschend. Sie behält sich die Entscheidung über
Annahme oder Ablehnung des Beweisantrags vorerst vor. (…)

Dazu 645 Postings, hier einige davon, mit Antworten:

P91: Ich dachte, das Kind wollte schwimmen lernen. Das passt dann irgendwie eher suboptimal zusammen, dass es Angst vor dem Wasser gehabt haben soll. Na ja, man kann es ja probieren. Kostet ja nix.

A1: Irrtum, das kostet die Kläger eine Lawine.

A2: Eine Frechheit, dass da ein unbedarfter Rechtsanwalt irgendwas behaupten kann, ohne einen Beweis zu liefern. Hauptsache, die Strobl wird angeschwärzt.

A3: Also ich glaube nicht, dass man sich so etwas aus den Fingern saugt. Der Wilenitsch ist zwar ein schräger Vogel und hat von Paragraphen wenig Ahnung, aber er kommt ehrlich und authentisch rüber.

A3a: Was hat der eigentlich mit der Flüchtlingsfamilie zu tun?

A3: Das weiß man nicht. Er sagt nichts dazu.

A3a: Auch komisch irgendwie.

A3b: Die haben ein gemeinsames Ziel: 200.000 Euro!

P155: Was heißt »nie und in keinster Weise«, Herr Großmaul-Staranwalt? »Nie« ist bereits in »keiner Weise«. Und weniger als »keine Weise«, also eine »keinste Weise«, gibt es nicht.

A1: Doch. Weniger als keine Weise gibt es in keinster Weise!

A1a: Heute sind wieder die lustigen Sprachpolizisten unterwegs. Euch muss fad sein!

P169: Es geht in diesem Verfahren um Fahrlässigkeit und um nichts anderes. Wenn die Strobl ausdrücklich gewarnt worden ist, dass das Mädchen ein Wasserproblem hat, und trotzdem lässt sie das Kind ins Schwimmbecken oder passt nicht ordentlich auf, dann ist das schon fahrlässig.

A1: Ich hab auch ein Wasserproblem. Wenn ich viel trinke, muss ich viel schiffen.

A1a: Trottel!

A2: Selbst wenn sie keinen Brief bekommen hat: Erkundigt man sich nicht vorher? Redet man nicht mit den Eltern, die einem ein Kind anvertrauen? Das dürfte nicht geschehen sein, und das allein ist für mich schon fahrlässig.

A2a: Ist halt schwierig, wenn die kein Wort Deutsch sprechen.

A2b: Also für mich liegt die Schuld klar bei der afrikanischen Familie. Wenn meine Tochter Angst vor dem Wasser hat, dann lasse ich sie doch nicht auf einen Badeurlaub mitfahren.

A2c: Andere Länder, andere Sitten.

A3: Mich würde interessieren, was die Tochter von der Strobl dazu sagt. Die war ja die Freundin von dem Mädchen. Die muss alles ganz genau gewusst haben. Warum befragt man die nicht?

A3a: Geht nicht. Die steht noch unter Schock, sagt der Steinpichler.

P313: Mich regt dieser Prozess maßlos auf! Jetzt wollen sie auch noch das Asylverfahren breitwalzen. Was interessiert uns eine (wahrscheinlich von vorne bis hinten erstunkene und erlogene) Fluchtgeschichte von Migranten, die sich auf Wohlstands-Suche in den Westen begeben haben und uns Steuerzahlern jetzt auf der Tasche liegen und schwer auf den Sack gehen? Und als Dank, dass man ihr Kind gratis in den Urlaub mitgenommen hat, wollen sie einem auch noch das Weiße aus den Augen holen. Und die Medien schlachten das genüsslich aus.

A1: Ja, wenn einem einmal die Schwarzen das Weiße aus den Augen holen, dann ist es um unser Abendland geschehen.

Elisa und Melanie können einander nichts vormachen, das zeigt sich gleich bei der Begrüßung in der Eingangstür der Strobl-Marineks. Beide erschrecken, wie schlecht ihr Gegenüber aussieht, und beide schreckt erst recht das Erschrecken der anderen. So umarmen sich zwei frisch überführte Aussätzige und wünschen einander wortlos stilles Beileid.

Bei Tee und staubigem Kuchen im Wohnzimmer probieren sie erst gar nicht, sich hinter neutralen, belanglosen oder gar vergnüglichen Gesprächsthemen zu verstecken. Elisa überlegt kurz, ob sie Melanie in die unheimliche Geschichte um Aayanas Bruder, der Sophie Luise zeichnet, einweihen soll. Aber dazu müsste sie wohl erklären, wer Stefan ist. (Deshalb weiß auch Oskar noch nichts davon.) Nein, sie kommt lieber gleich zur Sache.

»Meli, ihr seid am Donnerstag als Zeugen geladen.«

»Ja. Ich könnte jetzt sagen, vielen Dank, aber ich spare es mir.«

»Es tut mir wirklich von Herzen leid …«

»Wir hätten es verhindern können. Wir hätten es verhindern müssen. Warum haben wir ihnen nicht ihr Schmerzensgeld bezahlt, freiwillig, von uns aus. Dann hätten wir jetzt alle unseren Frieden.«

»Meli, nur noch eure Aussage, dann ist das Ganze vorbei. Dann haben wir unseren Frieden, und zwar für immer und ewig, da bin ich mir sicher«, sagt Elisa.

»Gut. Und warum willst du mich so dringend sprechen? Wochenlang hast du dich ja davor gedrückt. Warum auf einmal?« Wenn Menschen nicht gewohnt sind, laut zu reden, und sie tun es plötzlich, dann klingt es besonders bedrohlich.

»Hast du den Prozess mitverfolgt?«, fragt Elisa.

»Nein, ich hab nur ein paar Überschriften gelesen, das hat

mir genügt. Ich schäme mich in Grund und Boden. Wen haben wir uns da zum Gegner gemacht? Die Ärmsten der Armen. Und alle reden nur von dir, als wärst du das Opfer. Was für ein peinliches Schauspiel. Aber ihr habt es ja selbst so gewollt.«

»Nein, das hab ich nicht gewollt, so hab ich es wirklich nicht gewollt. Und glaub mir, ich bereue es zutiefst, aber es gibt einfach kein Zurück mehr«, sagt Elisa.

»Also, was ist?«, fragt Melanie.

»Ich hab ein riesengroßes Anliegen an dich. An dich und Engelbert, und es fällt mir wirklich schwer, das ausgerechnet von dir zu verlangen, oder sagen wir, dich um etwas zu bitten, um das ich dich sonst niemals bitten würde, wenn nicht ... wenn nicht. Es ist ... eine absolute Ausnahmesituation.«

»Dass ich einmal erlebe, dass du nach Worten ringst, Elisa, das hätte ich nicht für möglich gehalten. Also, was willst du?«

»Bitte sag aus, dass ich nicht am Swimmingpool war.« Mit der beklemmenden Pause danach muss Elisa schon gerechnet haben. Sie beißt sich auf die Lippen und wartet.

»Du meinst? Ich soll? Ist das dein Ernst?«

»Ja, bitte sag, dass wir alle, und zwar alle, dass wir die ganze Zeit oben auf der Terrasse waren. Dass sich Aayana an uns vorbeigeschlichen hat. Dass sie unbedingt noch in den Pool wollte, dass wir es aber nicht erlaubt haben. Dass es schon finster war. Dass wir überhaupt keine Chance gehabt haben zu bemerken, wie das Mädchen plötzlich auf leisen Sohlen ... still und heimlich ...«

Hier endet Elisas Redeschwall abrupt. Und sie muss das staunende Schweigen ihrer treuesten Freundin ertragen, die eine Jugend lang anerkennend zu ihr aufgeschaut hat. Würde sie jetzt wenigstens todesverächtlich auf sie herabschauen. Aber nein, sie bohrt ihren ernüchterten Blick frontal in sie hinein – das ist die schlimmste Bestrafung.

»Du verlangst von mir, dass ich lüge?«

»Du musst nicht lügen, du musst nur etwas verschweigen. Du darfst mich einfach nur nicht verraten. Weißt du, was für mich auf dem Spiel steht? Es geht um alles oder nichts. Wenn herauskommt, dass ich vor Gericht die Unwahrheit gesagt habe, ist mein Ruf ruiniert.«

»Für mich ist dein Ruf schon jetzt ruiniert.« Elisa gelingt es, den Satz zu überhören.

»Meli, dann kann ich meinen Job an den Nagel hängen. Dann ist meine politische Karriere ein und für alle Mal …«

»Dir fällt tatsächlich nichts anderes als deine gottverdammte politische Karriere ein? Ich glaube es nicht.«

»Meli, du weißt nicht, wie erbärmlich ich mich dabei fühle, vor dir hier auf den Knien zu rutschen.«

»Das würde ich mich an deiner Stelle auch.«

»Aber ich tue es trotzdem noch ein letztes Mal. Bitte, hilf mir! Lass mich nicht hängen. Nur dieses eine Mal.«

»Gut. Beenden wir das Trauerspiel«, sagt Melanie und macht sich zum Gehen bereit. »Ich werde es mir durch den Kopf gehen lassen.«

»Ja, bitte«, sagt Elisa.

»Ich werde es mit Engelbert besprechen.«

»Ja.«

»Was ich davon halte, weißt du.«

»Ja, das weiß ich.«

»Und was ich von dir halte, weißt du hoffentlich auch.« – Elisa nickt.

Manche Zustände oder sogar Lebensabschnitte erträgt man ja nur, wenn man genau weiß, wann sie enden, weil man das Ablaufdatum kennt. So geht es Sophie Luise. Sie kann sich sagen: Heute noch. Morgen noch. Mittwoch noch. Donnerstag »Mathe-Schularbeit«, dann ist es überstanden.

Die Zeit bis dahin ist wie Koffer packen. Nur musst du diesmal nicht überlegen, was du mitnimmst, sondern was du zurücklässt. Zum Beispiel wollte Sophie Luise noch einmal Lotte sehen und angreifen. Sie ist mit den Eltern ins Burgenland gefahren. Lotte hat geweint, als sie sie zum Schluss umarmt hat. Vielleicht hat sie etwas gespürt. Aber wahrscheinlich wollte sie einfach nur nicht so fest gedrückt werden.

Worauf Sophie Luise nämlich wirklich ultrastolz ist: dass sie sich nichts anmerken lässt. In den Phasen, in denen ihre kleinen Probe-Reisen enden, in denen die Wirkung langsam verpufft, wo sie am ganzen Körper zu zittern beginnt und ihr Kopf sich anfühlt, als hätte man ihn mit Brennnesseln eingerieben oder mit Reisnägeln gefüllt, da zieht sie sich in ihr Zimmer zurück und sperrt die Tür zu.

Sonst spielt sie genau diejenige, von der immer alle geglaubt haben, dass sie es wirklich ist. Die Reife, Vernünftige, auf die Mama stolz sein kann. Die Pflegeleichte, um die sich Papa keine Gedanken machen muss. Ihr Ziel ist es, nicht mehr aufzufallen und ihnen keine Angriffsfläche mehr zu bieten, damit nicht noch etwas Unvorhergesehenes passiert und ihr Plan vereitelt wird. Sie hat sogar ihr Zimmer aufgeräumt und alles Persönliche gut verstaut. Das Foto von Pierre hat sie von der Wand genommen und mit den anderen Bildern und Zeichnungen im Überzug ihrer Matratze verschwinden lassen. Sicher ist sicher. Außerdem bleibt sie so in den Nächten auf Tuchfühlung mit ihm, bis die Reise endlich beginnt.

Das Beste am Kofferpacken ist, dass sie sich mit Pierre darüber austauschen kann. Manchmal stellt er ihr aber auch sehr unangenehme Fragen:

Liebes So-Lu, musst du oft wieder an Mädchen denken?

Sophie Luise: *Du meinst Aayana, die ertrunken ist? Ich denke immer an sie, vor allem in der Nacht. Sie taucht plötzlich aus dem Wasser auf und geht absichtlich unter und zieht mich zu sich in den Abgrund. Ich habe richtig Angst vor ihr.*

Darauf Pierre: *Ich kann dir verraten großes Trick, ich habe. Wo du hast Angst, du darfst nicht laufen weg. Du musst nehmen mit Aayana. Du musst hoch aus Wasser heraus halten. Hoch in Luft, so, du verstehst. Angst unten. Aayana hoch. Aayana fliegen, wie Vogel.*

Darauf Sophie Luise: *Das wollte sie auch immer – wie ein Vogel fliegen können. Ach würde sie nur für immer wegfliegen von mir!*

Darauf Pierre: *Sie wird nicht fliegen können von dir weg, ich weiß. Ich sage anderes. Du musst holen sie und tragen sie in Herz. Du musst nehmen sie mit auf große Reise.*

Darauf Sophie Luise: *Dafür liebe ich dich, dass du solche Sachen sagst. Du bist wirklich ein guter Mensch. Aber ich glaube, da irrst du dich gewaltig. Ich muss Aayana unbedingt zurücklassen. Ich kann sie nicht in mein Herz aufnehmen, das verkrafte ich nicht. Ich will nie wieder an sie denken müssen, wenn wir auf Reise sind. Ich will nur noch mit dir sein.*

Eine andere Sophie

Nächste Woche, wenn der Prozess vorbei ist, will sich Psychiaterin Heike Kriegler, Sophie Luises Therapeutin, »das Mädel gern wieder einmal persönlich anschauen«. Vorerst belassen sie und Elisa es bei einem ausführlichen Telefongespräch.

Der von Elisa beschriebene und mit einigen Beispielen belegte abrupte Wechsel der Stimmungen ihrer Tochter von einem Extrem ins andere, das viel zitierte »Himmelhoch jauchzend, zu Tode betrübt«, könne verschiedenste Ursachen haben und sei bestimmt auch der Pubertät und natürlich der posttraumatischen Belastung geschuldet, sagt die Expertin.

»Bei Sophie wundert es mich trotzdem, dass das jetzt so plötzlich gekommen ist. Ich habe sie immer als besonders ausgeglichen und mittig erlebt, auch bei unseren intensiven Sitzungen nach dem Unfall«, meint Kriegler.

»Kann es ein Anzeichen einer psychischen Erkrankung sein, einer manisch-depressiven Störung?«, fragt Elisa.

»Mit Krankheiten bin ich generell vorsichtig. Da geht es oft nur darum, dass das Kind einen Namen hat. Der Name ist immer gleich, aber jedes Kind ist anders. Man muss sich das Kind anschauen.«

»Das tue ich«, sagt Elisa.

»Und was sehen Sie da?«

»Ich sehe eine andere Sophie.«

»Inwiefern?«

»Sie verhält sich sonderbar. Sie steht unter Druck. Manchmal redet sie wirres Zeug, dass einem angst und bange wird.«

»Nimmt sie Medikamente?«

»Nein, höchstens einmal eine Kopfwehtablette.«

»Hat sie erweiterte Pupillen? Ist Ihnen so etwas vielleicht schon einmal aufgefallen?«

»Das kann ich nicht sagen, aber ihr Blick ist manchmal wie ferngesteuert, richtig irre.«

»Hat sie erhöhten Puls oder Blutdruck? Spricht sie schneller als sonst? Ist sie leicht reizbar?«

»Sie ist extrem leicht reizbar, aber das geht schnell wieder vorüber, und dann kichert sie oft so komisch«, erwidert Elisa.

»Ist es möglich, dass Ihre Tochter Drogen ausprobiert?«

»Drogen? Suchtgift? Sophie?« Elisa reagiert entsetzt.

»Ich frage das nur, weil ich so viele solcher Fälle unter Jugendlichen habe. Und weil es oft das Letzte ist, an das die Eltern denken.«

»Nein, unmöglich. Dazu ist sie viel zu vernünftig. Sie kommt gar nicht in solche Kreise. Sie geht auch nicht auf Partys. Sie ist eher, ja, zurückgezogen in letzter Zeit. Sie hat kaum Kontakte. In der Schule ist sie zu einer richtigen Einzelgängerin geworden. Am liebsten ist sie in ihrem Zimmer, sitzt vor dem Computer und will ihre heilige Ruhe von uns allen haben.«

»Das gefällt mir nicht«, sagt die Therapeutin.

»Mir auch nicht«, erwidert Elisa. »Aber erst vor ein paar Tagen ist sie mir um den Hals gefallen und hat gesagt, dass sie der glücklichste Mensch auf Erden ist.«

»Schön, aber da passt trotzdem einiges nicht zusammen. Das müssen wir uns wirklich genauer anschauen.«

»Ja bitte, machen wir das«, sagt Elisa.

Flauschig und fest

Ein Joint, ja, vielleicht, das probiert man schon einmal aus, und dann weiß man es für immer. Aber Drogen sind tatsächlich das Letzte, das Elisa zu Sophie Luise eingefallen wäre. Und es ist das Letzte, dass sie jetzt auch noch daran denken muss. Dass ihre Tochter Drogen nimmt, kann sie nämlich so gut wie ausschließen, aber eben nur so gut wie, und dieses »so gut wie« beinhaltet genau diesen Restzweifel, der Elisa keine Ruhe mehr lässt. Sie will den Gedanken wegwischen. Sie will das Thema abhaken. Sie will es endgültig wissen. Also beschließt sie nachzuschauen.

Am Donnerstag, an dem auch der leidige Prozess endlich zu Ende gehen wird, ist es so weit. Sophie Luise hatte sich in aller Herrgottsfrüh noch in ihr Zimmer eingesperrt, um für die Mathe-Schularbeit zu büffeln, und hat sich dann wieder einmal grußlos auf den Weg zur Schule gemacht. Da schleicht sich ihre Mutter nun wie eine Einbrecherin in ihr Zimmer. Auf den ersten Blick ist sie wenig überrascht. Ihrer Großen musste man nie sagen, was Ordnung heißt, an ihr konnte sich die gesamte Familie stets ein Beispiel nehmen, allen voran Elisa selbst.

Und so sieht es hier natürlich aus: alles aufgeräumt, die Bücher säuberlich geschlichtet, die Ordner sorgfältig übereinandergestapelt. Das Bett wie bei der Ankunft im Hotel, der Kleiderkasten picobello. Jedes Ding hat seinen Platz, und Elisa kommt sich richtig schäbig vor, in den intimen Laden einer Vierzehnjährigen zu kramen. Kleiner Trost: Selbst von Geheimnissen fehlt hier jede Spur.

Wonach sucht sie gleich? Ach ja, nach Drogen, Tabletten, Pillen, Pulvern, Nadeln, Spritzen. Was für ein absurdes Unterfangen, was für ein hirnrissiger Verdacht. Elisa fühlt sich richtig mies.

Zuletzt schaut sie auch noch in den Wäscheschubladen der Kommode nach. In Gedanken hat sie das Zimmer bereits verlassen, nur die Finger sind noch beschäftigt. Und die erspüren zwischen flauschigen Badetüchern und weichen Sommerdecken plötzlich etwas Festes. Als Elisa es in Händen hält, ist es ein zerknitterter, mit einem Klebeband verschlossener Briefumschlag.

Zuerst denkt sie an Dokumente und Urkunden, vielleicht sind es auch alte Schulzeugnisse (mit lauter Einsern), die sich Sophie Luise zur Erinnerung aufgehoben hat. Aber auf dem Kuvert steht in dicken schwarzen Lettern: *Für Familie Strobl.* Und auf der Rückseite, klein hingekritzelt mit schiefer Schrift: *Von Familie Hussien Ahmed.*

Elisa bricht ihre Suche sofort ab, zieht sich mit dem Kuvert in ihren Büroraum zurück, öffnet es, entnimmt ihm drei handbeschriebene, mit kleinen Zeichnungen und witzigen Cartoons liebevoll verzierte A4-Blätter Papier und einen dicken kleinen weißen Umschlag. Dem widmet sie sich zuerst, und er treibt ihr sofort die Schamesröte ins Gesicht. Darin befindet sich nämlich ein Bündel von Zehn- und Fünf-Euro-Scheinen, insgesamt mehr als hundert Euro, über die ein Notizzettel gestülpt ist, auf dem geschrieben steht: *Großes Danke für erstes Ferien für Aayana! Wenn wir haben sammeln mehr Geld, wir können geben bald.*

Nun vertieft sich Elisa in den dreiseitigen Text, der mit dem Namen von Aayanas Bruder Abdulaziz unterzeichnet ist. Es fällt ihr nicht immer leicht, die Schrift zu entziffern. Sie plagt sich auch mit der holprigen, gewöhnungsbedürftigen und mit Deutsch nur entfernt verwandten Sprache. Doch die zwei schwierigsten Aufgaben kommen ihr erst unmittelbar nach der Lektüre zu. Wie lässt es sich mit diesem Inhalt leben? Und was für Konsequenzen muss sie daraus ziehen?

KAPITEL FÜNFZEHN

Ein Urteil bitte

Das Medieninteresse hat nachgelassen, die Stimmung ist flau. Man erwartet sich keine Wende mehr in diesem wenig brisanten Zivilprozess, in dem es offensichtlich nichts zu holen gibt und der dem voreilig verliehenen Prädikat »hochkarätig« nie gerecht werden wollte. Die Pressefotografen leiden überdies an undankbaren Motiven. Das als Zeugen geladene Ehepaar Binder erweist sich als kamerascheu. Die Strobl-Marineks erscheinen erst gar nicht. Und »Hund im Gericht« hatten wir schon. Würde Rufus wenigstens durch die Gänge hetzen und sich in einem Richter-Talar festbeißen. Doch er trottet nur schläfrig herum, als wäre er Gerichtsdiener und hätte schon sein halbes Leben an dieser reizarmen Stätte verbracht.

Im Saal wendet sich Richterin Cornelia Hoheneder zunächst vertraulich der Dolmetscherin Farah Hersi zu, wobei ihr erstmals Betroffenheit anzumerken ist, sofern der Schein nicht trügt. Man spricht über ein Schriftstück, das vor ihnen liegt, möglicherweise ein Protokoll aus dem Asylverfahren. Abwechselnd schielen sie zu der schwarz verschleierten Klägerin Ladan Bashiir Ismaciil und ihrem wie versteinert im Rollstuhl sitzenden Ehemann Hussien Ahmed Cabdi Rashiid hinüber. Das somalische Paar gibt ein an sich trauriges Bild ab, an das man sich als Beobachter aber rasch gewöhnt, weil es stumm in sich ruht und nichts nach außen trägt.

Anwalt Johann Wilenitsch hinter den beiden wirkt wie immer angespannt und gesundheitlich angeschlagen. Jeder Hausarzt, der ihn so sieht, würde ihn nach Hause schicken und ihm zu Tee und Bettruhe raten.

Auf der anderen Seite hat sich Rechtsanwalt Oliver Steinpichler in seinem Stuhl weit zurückgelehnt und in sein Smartphone vertieft. Man kann nicht behaupten, dass er es genießt, so wenig beachtet zu werden. Bisweilen blickt er wehmütig auf seine silbergraue Rolex am Armgelenk, als könnte sie ihm verraten, wie viel Zeit man ihnen hier noch zu stehlen gedenkt.

»Gibt es Wünsche seitens der Parteien?«, fragt dann endlich die Richterin.

»Ich will aus meinem Herzen keine Mördergrube machen und antworte spontan – jawohl, Frau Rat, ein Urteil bitte«, erwidert Steinpichler. Er lächelt zu den wenigen Journalisten hinüber und hofft, das Zitat morgen irgendwo lesen zu dürfen.

»Und Sie, Herr Doktor Wilenitsch?«

»Danke, momentan nicht.«

»Momentan?«, fragt Steinpichler indigniert. Das Wörtchen empfindet er mittlerweile als persönliche Kränkung.

»Dann hören wir uns also zunächst die Zeugen an«, meint Richterin Hoheneder. Zunächst? – Noch so ein Wort, das den Gehörsinn des Anwalts beleidigt.

»Frau Magister Binder, Saal 34, bitte eintreten«, tönt es durch den Lautsprecher.

»Ja, leider kann ich auch Ihnen den Auftritt hier nicht ersparen. Aber ich werde versuchen …«

»Darf ich gleich etwas sagen, Frau Richterin?«, unterbricht Melanie. Sie hat sich nervös zu ihrem Sitz vorgetastet und macht eine Faust um Papiertaschentücher, die sie zu kneten oder auszupressen scheint, als könnte sie auf diese Weise den Tränenstrom in ihren Augen eindämmen.

»Die Eltern von Aayana – sind sie da?« Melanie blickt suchend um sich. Man deutet ihr zu den Ahmeds hinüber.

»Ich möchte Ihnen bitte mitteilen, ich möchte die Gelegenheit … ich möchte es Ihnen persönlich sagen, spät, aber doch, dass es mir wahnsinnig leidtut, was geschehen ist, und dass ich … ich und mein Mann, wir beide, dass wir untröstlich sind … dass es nämlich nichts Schlimmeres gibt, als sein Kind …« Den Rest muss man sich selbst zu Ende denken, Melanies Stimme spielt nicht mehr mit.

»Frau Magister Hersi, wenn Sie das bitte für Herrn und Frau Ahmed übersetzen«, ersucht die Richterin.

Man kann der sichtlich gerührten Dolmetscherin zuhören und feststellen, dass Emotionen aussagekräftiger sind als Worte und deshalb jede Fremdsprache sofort verständlich machen. Der Vater schließt daraufhin kurz die Augen. Die vermummte Mutter nickt in sich hinein. Sie haben die Botschaft zur Kenntnis genommen.

Melanies Sühne

»Geht es so weit, Frau Magister Binder?«, fragt die Richterin.

»Ja.«

Beide holen Luft.

»Zwölfter Juli, später Nachmittag, Villa di Lusso, Castagneto Carducci, Toskana.«

»Ja.«

»Zunächst hat sich die ganze Gruppe, also beide Ehepaare und alle vier Kinder, oben auf der Terrasse aufgehalten.«

»Ja.«

Endlich kann sich Anwalt Steinpichler sinnstiftend einbringen und schiebt der Zeugin eine Handskizze vom Villen-Gelände zu.

»Ist Ihnen bis zu diesem Zeitpunkt an Aayana irgendetwas aufgefallen?«, fragt die Richterin.

»Nein, nichts Besonderes, sie war unauffällig. Ein ruhiges, schüchternes, braves Kind.«

»Gut. Sie sind dann alle gemeinsam zum Swimmingpool aufgebrochen.«

»Ja.«

»Waren die beiden großen Kinder, also Sophie und Aayana, im Wasser?«

»Ja.«

»Haben Sie das selbst wahrgenommen?«

»Ja, ich habe sie gesehen. Wir haben sie ja beobachtet.«

»Wer wir?«

»Wir beiden Frauen, Elisa, also Frau Strobl und ich.«

»Hatten Sie den Eindruck, dass Aayana im Pool Spaß hatte?«

»Nein, ich hatte eher den Eindruck, dass sie sich unwohl fühlte.« Aus den Zuhörerreihen ist leichtes Raunen zu vernehmen. Anwalt Steinpichler will sich zu Wort melden.

»Jetzt nicht, Herr Doktor, das wissen Sie ganz genau«, rügt ihn die Richterin.

»Inwiefern unwohl?«, fragt sie nach.

»Na ja, es dürfte sie eine gewisse Überwindung gekostet haben, ins Becken zu gehen. Sie konnte ja nicht schwimmen.«

»Aber die Tochter der Familie Strobl-Marinek wollte ihr doch das Schwimmen beibringen. Das war ja angeblich der Plan, sogar ein Urlaubsziel sozusagen«, hält ihr Richterin Hoheneder vor.

»Ja, das ist richtig. Aber wenn man etwas erst zu lernen beginnt, dann sträubt man sich anfangs oft dagegen, da hat man eine Scheu davor. So habe ich es jedenfalls empfunden.«

»Hatten Sie das Gefühl, dass Aayana Angst vor dem Wasser hatte?«

»Angst ist vielleicht übertrieben, aber sie war schon sehr panisch, am Anfang.«

»Am Anfang. Später nicht mehr?«

»Doch, eigentlich durchgehend.«

»Da muss ich Ihnen die Aussage von Frau und Herrn Doktor Strobl-Marinek vorhalten. Sie behaupten übereinstimmend, Aayana hätte mächtig Spaß gehabt, sie wäre gar nicht aus dem Wasser zu kriegen gewesen.«

»Also den Eindruck hatte ich nicht.«

»Der Herr Parteienvertreter hat sogar das Wort Wasserratte in den Mund genommen.« Steinpichler ist sensibel genug, um den hohen Grad an Verächtlichkeit in ihrem Seitenhieb zu erkennen. – Conny hat ihm also noch immer nicht verziehen.

»Eine Wasserratte war sie ganz sicher nicht.«

»Können Sie sich da so sehr getäuscht haben, Frau Magister Binder? Ich meine, es macht schon einen enormen Unterschied, ob man unbändigen Spaß an etwas hat oder ob man sich davor fürchtet oder zumindest unwohl dabei fühlt«, bohrt die Richterin nach.

»Na ja, Aayana hat es uns da nicht gerade leichtgemacht.«

»Wie meinen Sie?«

»Sie war so unheimlich verschlossen, sie hat ihre Gefühle nicht gezeigt. Und wir sind zu wenig auf sie eingegangen, das war unser Fehler.«

»Fehler?«, fragt die Richterin.

»Ich meine, vielleicht hat sie ganz anders empfunden, als wir dachten. Vielleicht hat sie Spaß gehabt, vielleicht hat sie Angst gehabt. Ich weiß es nicht. Am ehesten kann das noch Sophie Luise beurteilen, sie war ja ihre Freundin, sie war ihr am nächsten.«

»Natürlich. Aber die möchte ich da nicht auch noch mit hineinziehen«, sagt die Richterin.

»Das ist gut so«, sagt Melanie.

»Danke, Frau Rat«, murmelt nun auch Anwalt Steinpichler.

»Gut. Weiter. Es war bereits dämmrig, und die Gruppe ist wieder zur Villa hinaufmarschiert.«

»Die Gruppe. Ja.«

»Auch die Kinder.«

»Ja, auch die Kinder.«

»Und ab diesem Zeitpunkt war niemand mehr von Ihnen allen unten am Swimmingpool?«

Erst stockt Melanie. Dann setzt sie an, etwas zu sagen, bringt es aber offenbar nicht heraus. Sie blickt nach links zu der schwarzen Frau in der Burka, versucht in dem schmalen Sehschlitz ihre Augen zu erkennen.

»Wissen Sie es nicht mehr genau? Wenn Sie sich nicht mehr erinnern können, sagen Sie, Sie können sich nicht mehr daran erinnern, kein Problem«, hilft ihr die Richterin.

»Doch, ich kann mich genau erinnern«, sagt Melanie. Sie atmet schwer.

»Es war jemand von uns am Swimmingpool, und zwar die ganze Zeit«, sagt sie dann. Im Gerichtssaal herrscht plötzlich Unruhe. Anwalt Steinpichler gestikuliert wild, fordert eine Unterbrechung ein, will auf die schlechte psychische Verfassung der Zeugin aufmerksam machen, wird aber von Richterin Hoheneder rüde in die Schranken gewiesen.

»Wie bitte? Wer? Wer soll am Swimmingpool gewesen sein?«, fragt die Richterin.

»Ich«, antwortet Melanie.

»Sie?«

»Ja, ich.«

»Warum?«

»Ich … also … die anderen sind hinaufgegangen, ich bin unten geblieben, unten im Liegestuhl beim Swimmingpool. Ich war müde. Ich bin eingeschlafen. Ich war dort, die ganze Zeit.«

»Aber …« Richterin Hoheneder hat ihre Frage noch gar nicht zu Ende gedacht.

»Ja. Ich war die ganz Zeit dort. Ich war auch dort, als

Aayana … als sie noch einmal zum Pool gekommen sein muss. Sie hat vielleicht geglaubt, dass ich sie sehe, dass ich auf sie aufpasse, dass ich sie beschütze, dass ihr nichts passieren kann. Vielleicht wäre sie gar nie ins Wasser gestiegen, wäre ich nicht da gewesen. Aber ich war da. Ich bin im Liegestuhl gelegen und habe geschlafen. Ich habe tief und fest geschlafen. Ich habe nichts mitbekommen, gar nichts. Das verzeihe ich dir … das verzeihe ich mir nie. Nie.« – Betretenes Schweigen. Sogar Anwalt Steinpichler hat es die Sprache verschlagen. Er dreht an einer seiner Bartspitzen und betrachtet Melanie mit gruseliger Faszination, als wäre sie ein Wesen von einem anderen Stern.

»Das ist … jetzt für uns alle eine wirkliche … eine völlig neue … eine Überraschung, Frau Zeugin«, sagt die Richterin.

»Ja. Das Kind ist keine fünf Meter vor mir ertrunken, und ich habe nichts davon mitbekommen«, wiederholt Melanie. Sie wirkt plötzlich sehr gefasst, geradezu erleichtert. Ihre Faust hat sich geöffnet, die Taschentücher fallen ihr aus der Hand.

»Soll ich übersetzen?«, fragt die Dolmetscherin in die beklemmende Stille hinein.

»Nein, bitte nicht, besser nicht«, beeilt sich Anwalt Wilenitsch. Richterin Hoheneder versucht, nach außen hin sachlich zu bleiben und den Faden wiederaufzunehmen:

»Aber … aber, die Beklagten, also Herr und Frau Doktor Strobl-Marinek, behaupten steif und fest, dass alle Personen auf der Terrasse anwesend waren. Alle, also auch Sie, Frau Magister. Warum behaupten die das, wenn es nicht stimmt?«

»Wahrscheinlich wollen sie mich verschonen«, erwidert Melanie.

»Das wäre überhaupt nicht notwendig. Das ergibt keinen Sinn. Sie sind hier nur Zeugin. Sie haben sich nichts zu Schulden kommen lassen, Sie haben nichts falsch gemacht. Es ist unendlich tragisch. Doch es geht hier um mögliches fahrlässiges Verhalten von Aufsichtspflichtigen. Und da ist es absolut irrelevant, wo und in welcher ...« Die Richterin unterbricht sich selbst und hebt ihren Blick zum Saaleingang. »Aber ich sehe gerade ... Vielleicht können wir das gleich aufklären. Guten Tag, Frau Doktor Strobl-Marinek.«

»Was machen denn Sie hier?«, fragt Anwalt Steinpichler erstaunt.

»Sie kommen jedenfalls wie gerufen«, setzt die Richterin fort. »Darf ich Sie bitte gleich einmal zu uns nach vorne bitten? Ich hätte da eine Frage.«

Blaues Wunder

Inzwischen hat sich Sophie Luise bereits auf den Weg zu Pierre gemacht. Ihr Treffen, also der »Abflug«, ist für zehn Uhr vorgesehen, da beginnt für Carola und die anderen Zombies gerade die Mathe-Schularbeit. Sophie Luise wird sie in ihr Gebet einschließen, haha.

Jetzt aber einmal heil ankommen. Lustig, dass die Zielstraße »Troststraße« heißt, dabei muss Sophie Luise von nun an gar nicht mehr getröstet werden, sondern nur noch geliebt – und nur noch von ihm, von Pierre. Sie soll dann, wenn sie in der Troststraße beim Haustor 82 angelangt ist, einfach den Knopf Nummer 16 drücken, anschließend den Hof überqueren und links die Treppe hinaufsteigen, dann ist es rechts die zweite Tür. Das wird sie schaffen. Obwohl ...

Sie hatte natürlich schon geahnt, dass ihr knapp davor das Herz in die Hose rutschen würde. Deshalb hat sie sich ihr vorletztes »kleines blaues Wunder« bis zum Ende der höllischen schlaflosen Schlussnacht aufgehoben und dann gemeinsam mit dem letzten eingeworfen, also gleich zwei auf einmal. Jetzt ist sie sehr wackelig auf den Beinen, die Laternen verbeugen sich vor ihr, die Mistkübel fliegen herum, die Passanten machen dumme Grimassen und klettern über sie drüber, die Fahrräder steigen surrend in den Himmel auf, die Autos verkeilen sich tosend ineinander. Es geht ganz schön drunter und drüber im morgendlichen Verkehr. Gar nicht einfach, da einen kühlen Kopf zu bewahren und einen Fuß vor den anderen zu setzen.

Zeitig in der Früh haben sie und Pierre noch die letzten Nachrichten ausgetauscht. Sie haben sich zum Beispiel vorgestellt, wie es sein wird, wenn sie sich sehen, wenn sie sich das erste Mal küssen und angreifen – und all diese nicht mehr jugendfreien Dinge tun, die Sophie Luise früher immer ziemlich kaltgelassen haben. Doch seit Pierre sie verzaubert, kann sie oft an gar nichts anderes mehr denken, so sehr zieht es sie zu ihm hin.

Mit seinem neuen Wundermittel werden sie dem Hier und Jetzt davonsegeln. Er hat es ihr versprochen, und er hält seine Versprechen. Die megageilen Gefühle, die sie von den bisherigen Ausflügen kennt, werden noch krasser werden. Wenn sie sich berühren, wird es sich anfühlen, als würden sie zu einem einzigen Körper verschmelzen. Das allein schon ist die Reise wert.

Wenn sie »Reise« sagt, braucht man nicht zu glauben, dass sie so naiv ist und nicht weiß, worauf sie sich da gerade einlässt. Der Weg ist das Ziel? So ein Unsinn. Wo nur ein Weg ist, ist noch lange kein Ziel. So einen Weg würde sie niemals beschreiten. Wer sein Ziel kennt, wie sie, schafft die unmöglichsten Wege, auch solche, auf denen es kein Zurück mehr gibt. Jetzt abbiegen in die Gudrunstraße. Warum glotzt die Frau so blöd?

Nennt es Drogen, wenn ihr wollt. Ihr habt keine Ahnung vom wirklichen Reisen. Ihr redet von Flucht und Zerstörung, aber das hier ist das Gegenteil, es ist Aufbruch zu neuen Ufern. Abgestorbenes hinter sich lassen. Lebendiges in die Arme schließen. Pierre, Liebling. Fernkorngasse.

Wichtig bleibt die Selbstkontrolle. Man muss schon mutig sein, aber man darf nicht übermütig werden. Hoppala. Man darf stolpern, aber man darf nicht fallen. Und wenn man fällt, dann muss man wieder aufstehen und weitergehen. Davidgasse.

Hallo Mama und Papa und Lotte, ich denke an euch, ihr werdet nicht traurig sein, ihr werdet es gar nicht bemerken, für euch bleibt alles beim Alten. Und wenn ihr Sehnsucht nach mir habt, könnt ihr mich ja besuchen. Nein, ihr werdet den Weg nicht finden, er hinterlässt keine Spuren. Besser, ich besuche euch. Auf bald einmal. Liebe Grüße. Bernhardtstalgasse. Pierre, ich komme.

Eine Antwort auf alles

Elisa steht unvermittelt im Verhandlungssaal.

»Guten Tag, Frau Doktor Strobl-Marinek«, wird sie von Richterin Cornelia Hoheneder begrüßt.

»Was machen denn Sie hier?« Oliver Steinpichler ist verblüfft.

»Sie kommen jedenfalls wie gerufen«, stellt die Richterin fest. »Darf ich Sie bitte gleich einmal zu uns nach vorne bitten? Ich hätte da eine Frage.« – Nein, nicht notwendig, man braucht ihr keine Frage mehr zu stellen. Elisa hat zu einer Antwort gefunden, zu der sich sämtliche Fragen erübrigen.

»Frau Rat, ich bin gekommen, um den Prozess zu beenden«, sagt sie. – Wahrscheinlich jeder im Raum gibt jetzt irgendein Geräusch von sich. Bei Anwalt Johann Wilenitsch ist es ein Mittelding aus Räuspern, Husten und Verschlucken. Bei Anwalt Steinpichler vernimmt man das Knarren der Sessellehne, die er im Zuge einer abrupten Hüftdrehung mit dem linken Arm zurückpresst, während die Rechte nach vorne schnellt, als wäre er Tennisspieler und wollte in höchster Bedrängnis noch einen scharfen Smash des Gegners retournieren. Mit Worten hinkt er der Bewegung freilich hinterher.

»Liebe gnädige Frau, wir fühlen uns jetzt ein wenig überrumpelt und vor den Kopf gestoßen.« Sein Plural klingt diesmal gar nicht majestätisch, sondern eher anmaßend. Sein Lächeln hat sich jeder Form der Ironie entledigt und kommt so einigermaßen gequält rüber.

»Wie … äh … meinen Sie beenden?«, fragt die ebenso erstaunte Richterin.

»Beenden, einfach Schluss machen, Frau Rat. Ich möchte mich … Ich möchte vieles. Ich möchte mich entschuldigen für das, was geschehen ist. Ich möchte die Verantwortung übernehmen. Ich möchte …«

»Moment, Moment«, probiert es Steinpichler mit mehr Dynamik in der Stimme. »Verstehen wir uns bitte nicht falsch, liebe Frau Abgeordnete, aber …«

»Darf ich die Verhandlung führen?«, meldet sich die Richterin postwendend zurück. Man hat den Eindruck, dass es ihr eine gewisse Genugtuung bereitet, ihrem ehemaligen Übergreifer gelegentlich auf die Finger zu klopfen. Nun wendet sie sich wieder an Elisa.

»Höre ich da so etwas wie ein Vergleichsangebot heraus? Sollen wir unterbrechen? Wollen Sie sich vielleicht mit ihrem Herrn … äh … Parteienvertreter besprechen?« Steinpichler springt sofort auf und streckt seinen Tennisarm nach ihr aus. Aber Elisa nimmt keine Notiz von ihm.

»Danke, eine Unterbrechung ist nicht notwendig«, sagt sie. Erst jetzt fällt ihr auf, dass Melanie, trotzig und mit hochrotem Kopf, neben ihr steht. Sie werfen sich einen gezielten Blick wie in alten Demo-Zeiten zu, als Freundschaft primär Komplizenschaft bedeutete. Bei Melanie mischt sich aber noch eine gehörige Portion Misstrauen darunter.

»Ich habe heute in der Früh diesen Brief hier gefunden«, fährt Elisa fort, hält das Schriftstück in die Höhe und schickt sich dann an, es der Richterin zu überreichen. Steinpichler würde sich am liebsten dazwischenwerfen, um das zu verhindern.

»Verzeihung, gnädige Frau Doktor, ich möchte wirklich nicht unhöflich sein, aber …«

»Dann seien Sie es nicht, und lassen Sie Ihre Mandantin bitte weiter ausführen«, fährt ihm die Richterin über den Mund. Rufus findet wenig Gefallen an der aufkommenden Hektik im Saal und quittiert sie mit raunendem Knurren.

»Der Brief war verschlossen. Ich fand ihn in einer Lade im Kleiderschrank meiner Tochter Sophie Luise. Sie hat ihn dort abgelegt oder versteckt. Fragen Sie mich nicht, warum. Ich weiß es nicht, ich muss erst mit ihr darüber reden, wir hatten noch keine Gelegenheit dazu, sie ist ja in der Schule. Ich habe den Brief gelesen und bin sofort hierhergeeilt.«

»Und bei dem Brief handelt es sich …«, will die Richterin fragen.

»Ja genau. Es ist der gesuchte Brief der Familie Ahmed, von dem der Herr Rechtsanwalt gesprochen hat.« Sie dreht sich zu Wilenitsch, der noch immer mit der Kontrolle seines Hustenanfalls beschäftigt ist.

»Frau Doktor Strobl, sind Sie damit einverstanden, dass wir den Brief hier jetzt öffentlich verlesen?«, fragt die Richterin. Elisa blickt kurz zu Melanie, die ihr bestätigend zunickt. Anwalt Steinpichler springt auf.

»Werte Frau Vorsitzende, gestatten Sie mir …«

»Nein.« – Gut, dann gestattet er es sich eben selbst. In dieser brenzligen Situation lässt er sich das Wort nicht mehr verbieten, nicht einmal von Conny. Er wendet sich Elisa zu, sein Tonfall wird autoritär.

»Geschätzte Frau Mandantin, ich als der von Ihnen beauftragte Rechtsvertreter betrachte es als meine gesetzliche und auch moralische Pflicht, Sie zu ersuchen, das von Ihnen betretene Gebiet der emotional bedingten Willkür schleunigst zu verlassen und sich wieder Ihrer Ratio zuzuwenden. Wir haben eine völlig neue Sachlage. Und die müssen wir ausführlich erörtern. Das schreit nach einem Vieraugen- beziehungsweise Sechsaugengespräch mit Ihrem Mann, ehe wir weitere Schritte …«

»Sie können sich wieder beruhigen, Herr Doktor«, rät die Richterin.

»Der Brief wird für mich kein großes Geheimnis mehr enthüllen. Ich habe inzwischen die Fluchtgeschichte der Familie Hussien Ahmed studiert. Wir können hier also mit offenen Karten spielen. Darf ich nun mit der Verlesung des Schriftstücks beginnen?«

»Ja«, sagt Elisa. Steinpichler versinkt in seinem Sitz.

Der Brief

Sehr verehrte Frau Doktor Strobl, ich möchte sagen entschuldige zuerst, noch nicht so gutes Deutsch spreche. Aber muss ich erst lernen noch viel besser. Mama kann gar nicht, so ich schreibe für Mama und Papa es. Ich bin Bruder von Aayana und heiße Abdulaziz. Ich möchte lernen schnell und zeichnen und später gehen in hohe Schule Kunst.

Muss ich sagen gleich wieder entschuldige für kurzes Unhöfliches gestern, nicht in Wohnung einladen. Aber Papa hat schlechtes krankes Fühlen. Das ist leider Grund geht nicht gestern.

Du und ganzes Familie Strobl machen Glückliches in uns so sehr mit Ferien für Aayana, mein kleine Schwester! Ist größtes Geschenk, kannst du machen. Aayana hat erstes Mal richtig Freundin echte aus Schule österreichisches. Ist Sophie Luise, das liebt Aayana so sehr. Macht so stolz und glücklich sie. Aayana erzählt jeden neuen Tag immer von Sophie Luise und zeigt immer Foto und schlägt ihr Herz so fest, darf mitfahren in Ferien mit sie! Ist großes Wunsch ist in Erfüllung. Danke danke danke!

Ich muss auch sagen aber anderes: Papa hat großes Angst mit Aayana, wenn Aayana allein. Ich erzähle nicht, weil Trauriges, warum. So Papa sagen zuerst: Aayana darf nicht, kann nicht erlauben, muss beschützen daheim. Aayana nie lassen allein auf Reise mit fremdes Mensch normal!

Aber gestern Mama hat gesehen dich, Frau Doktor Strobl. Und hat gesehen ganz hinein in dein Augen, hat Mama gesagt zu Papa: Ich habe gesehen in Auge von Frau, ich habe gesehen, gutes Mensch Frau Strobl, sehr gutes ehrliches Mensch, hat Liebe im Blick. Und immer gut schützen Kinder. So du kannst lassen Aayana fahren mit Ferien. So Papa hat gesagt dann, Aayana darf. Du kannst vertrauen in Gutes. Weil Liebe macht immer gute Sache.

Ich muss auch noch sagen noch anderes, ist Wichtiges: Aayana hat großes Angst Wasser!

Ich kann nicht erzählen, ist sehr, sehr Trauriges in ganze Familie. So großes Angst bleibt immer bei Aayana, und sehr stummes Mädchen sie ist geworden. So still immer! Möchte gehen Arzt Mama mit sie, aber ist Schwieriges, ist sehr teuer.

So Papa und Mama haben großes Bitte: Aayana nicht gehen Wasser in Ferien! Nicht nahe Wasser. Nicht alleine, kann gar nicht nie. Kann nur ein bisschen, mit den Füßen nass steigen. Ist ein bisschen Schwieriges, weil Sophie Luise, Aayana liebt sie. Und Sophie Luise will schwimmen lernen mit Aayana. Aber Aayana darf nicht, weil macht sie krank vor Angst, und sie muss denken zurück an Trauriges! Ich hoffe, du Frau Strobl hast du schlechtes deutsches Schreibe mir gut verstanden! Immer fragen mich, kannst du machen. Ich noch einmal sage von Papa und Mama: Aayana nicht bitte Wasser!

Ich am Ende sagen noch einmal: Alle sehr Glückliches! Und Aayana wird sein Braves und Artiges, kann versprechen. Sie so stolz so haben große hübsche Freundin Sophie Luise.

Wenn Papa besser, nachher kommen alle essen mit uns in Woh-
nung und lachen viel und Spaß! Mama bestes somalisches Koch von
der Welt. Kann machen Buskeeti (ist Tiere von Land) oder Kaluun
(ist Fische!). Oder machen Iskudhexkaris (ist Reis mit vieles Grünes).

Wie sagen deutsche Sprache: Schönes gesundes glückliches Reise
mit Aayana in Ferien! Liebes Grüße, Abdulaziz und Familie Hus-
sien Ahmed.

Betretenes Schweigen, starre Mienen, Untergangsstimmung
im mittlerweile prall gefüllten Verhandlungssaal 4 des Wiener
Landesgerichts für Zivilrechtssachen.

»Soll ich übersetzen?«, fragt die Dolmetscherin mit dünner
Stimme.

»Später bitte«, erwidert Anwalt Wilenitsch.

»Ich glaube, wir brauchen jetzt alle dringend eine Pause«,
sagt Richterin Hoheneder.

Pause

Draußen erleben die Pressefotografen an diesem düsteren
Winter-Donnerstag ihren zweiten Frühling. Sie wurden aufgrund der sich zuspitzenden Nachrichtenlage spontan hierher beordert und können nun aus dem Vollen schöpfen.

Bild eins: Grün-Abgeordnete Elisa Strobl-Marinek umarmt
innig und mit Tränen in den Augen ihre Freundin Melanie
Binder.

Bild zwei: Engelbert Binder, der bekannte Winzer, geht auf
die Damen zu und legt ein wenig unbeholfen seine Arme um
ihre Schultern. Man versucht sich offenbar gegenseitig Mut
zuzusprechen und Trost zu spenden.

Bild drei: Staranwalt Oliver Steinpichler verlässt händerin-
gend, kopfschüttelnd und zähneknirschend den Saal, findet

im wärmenden Licht der Kameras aber schnell wieder die Contenance. Sein gerade noch eisiges Lächeln taut auf, die müden Augen beginnen leicht zu funkeln, der Schalk in seinem Nacken erwacht. Er ist wieder er selbst und verkündet seufzend: »Freunde, ich sage euch, seid's froh, dass ihr was G'scheites gelernt habt's und keine Rechtsanwälte geworden seid's.« Und zum TV-Kameramann: »Manchmal versteht dich die Welt besser als du sie.«

Bild vier: Richterin Cornelia Hoheneder und Dolmetscherin Farah Hersi stecken ihre Köpfe zusammen und reden über vertrauliche Inhalte.

Bild fünf: Rechtsanwalt Johann Wilenitsch kramt aus seiner desolaten Aktentasche eine Schüssel hervor, stellt sie auf den Boden und füllt sie mit Wasser aus einer mitgebrachten Plastikflasche. Rhodesian Ridgeback Rufus, der langbeinige braune Hund, wirkt desinteressiert.

Bild sechs: Wilenitsch lässt sich ermattet auf einer Sitzbank am Gang nieder, Rufus kriecht darunter.

Bild sieben: Ein (ebenfalls) schlecht gekleideter Mann mit langen Haaren gesellt sich, mit einer Zeitschrift in der Hand, zu ihm, wird zuerst scheinbar abgewiesen, verwickelt ihn dann aber in ein Gespräch. Der Mann zückt ein Aufnahmegerät. Es sieht so aus, als würde ihm Wilenitsch tatsächlich ein Interview geben – möglicherweise das erste in seinem Leben.

Bild acht: Die schwarz gekleidete und auch über den Kopf bedeckte Klägerin Ladan Bashiir Ismaciil versucht in gebückter Haltung, ihren steif im Rollstuhl harrenden Mann Hussien Ahmed Cabdi Rashiid ins mediale Abseits zu schieben.

Niemand wagt, sie anzusprechen. Sie sind unantastbar. Man kann zwar ahnen, was in ihnen vorgeht, aber man fühlt es nicht. Sie sind kein gutes Motiv für Fotografen. Sie lassen keine lebendigen Bilder zu.

KAPITEL SECHZEHN

Vor dem Aus

»Ich würde gerne Schluss machen«, verrät Richterin Cornelia Hohender. »Und ich würde mir außerdem gerne ein Urteil ersparen, mir und uns allen, wenn das irgendwie möglich ist. Können wir uns vielleicht doch noch außergerichtlich einigen?« Ihr Blick schweift zwischen den klagenden und den beklagten Parteien hin und her und streift auch Anwalt Steinpichler, der mit seinem Stuhl zwar einige Meter hinter seine Mandantin gerückt ist, sich aber dennoch sofort angesprochen fühlt.

»Das liegt nicht an mir, Frau Rat, ich bin hier nur der Vertreter«, stellt er lakonisch fest.

»So bescheiden kenne ich Sie gar nicht«, erwidert die Richterin kühl. Er lächelt, als hätte sie soeben mit ihm geflirtet.

»Ich möchte jedenfalls beide Parteien jetzt um eine klare und eindeutige Stellungnahme ersuchen«, betont sie.

»Darf ich?«, fragt Elisa. Sie dreht sich zu ihrem Anwalt.

»Aber bitte gerne, immerzu. Sie sind hier die Chefin, Sie können mir gerne, meinen Job abnehmen«, erwidert er. Im Publikum läppern sich ein paar schmunzelnde Geräusche zusammen. Den meisten im Saal ist schon lange nicht mehr nach Lachen zumute. Sie harren mit Anspannung Elisas Worten.

»Ich versuche mich kurz zu fassen. Der Brief von Aayanas Bruder ist mir sehr ... nahegegangen ist gar kein Ausdruck dafür. Hätte ich ihn vor dem Urlaub gelesen, wäre das Unglück nicht passiert. Meine Tochter hat den Brief erhalten, aber leider nicht an mich weitergegeben. Ich möchte mich schützend vor sie stellen und die volle Verantwortung für die Katastrophe übernehmen. Und zwar alleine.«

»Und Ihr Mann?«, ruft jemand aus den Zuhörerreihen.

»Ich ersuche Sie, jede Art von Wortmeldungen zu unterlassen, sonst muss ich Sie des Saales verweisen, wir sind hier nicht im Kino«, rügt die Richterin den Zurufer.

»Mein Mann ist nicht hier, er weiß auch gar nicht, dass ich da bin, und das ist auch gut so. Er kann nichts dafür, er hat mit der Angelegenheit nichts zu tun. Er hat damit nie etwas zu tun gehabt. Er ist von Anfang an dagegen gewesen, dass wir das Mädchen in den Urlaub mitnehmen. Die Entscheidung hatte ich ganz alleine getroffen. Und deshalb ziehe ich jetzt auch die Konsequenz. Und die heißt: Schluss mit dem Prozess. Er hat uns allen mehr geschadet als genützt, und er reißt immer neue Wunden auf. Ich möchte auf alle Forderungen der Familie Ahmed eingehen. Sagen Sie, Herr Anwalt, was Sie wollen, und ich zahle es. Ich will nur, dass das hier endlich vorbei ist.«

Anwalt Steinpichler enthält sich eines Kommentars. Er hat sich so weit wie möglich zurückgelehnt und mimt den unbeteiligten, aber durchaus interessierten und für neue, originelle Lösungsansätze stets aufgeschlossenen Zuhörer.

»Danke, Frau Doktor Strobl. Das war ja jetzt ziemlich … überraschend für uns alle. Und mehr als eindeutig. Herr Doktor Wilenitsch, darf ich Sie um eine ebenso klare und prägnante Replik bitten? Die wird Ihnen ja vermutlich nicht mehr allzu schwerfallen«, sagt die Richterin, die sich sichtlich anstrengt, in Ton und Wortwahl sachlich zu bleiben.

»Da muss ich leider widersprechen, Frau Rat. Ich denke, es gibt an dieser Stelle für mich schon ein paar Worte mehr zu sagen«, erwidert der Anwalt.

»Ist das wirklich notwendig? Ein großzügigeres Angebot können Sie wohl gar nicht kriegen«, meint die Richterin.

Wilenitsch hievt sich mit Anstrengung aus seinem Sitz, stützt sich mit beiden Händen auf der Tischplatte ab, um die Balance nicht zu verlieren, und setzt zu seiner Rede an.

Es fehlt Salz

»Sie erwarten sich ein Dankeschön für das Entgegenkommen? Eine Zahl? Eine Summe? Und dann ist es vorbei? – Leider nein, ich muss Sie enttäuschen. Sie glauben wohl alle, dass es hier nur um Geld geht. Um eine offene Rechnung. Um den Streitwert. Weil wir ja im Zivilgericht sind, nicht wahr? Aber das tut es nicht. Es geht in Wirklichkeit um etwas ganz anderes. Es geht um diese Leute hier.« Er deutet auf die schwarze Frau und den Mann im Rollstuhl. Jetzt kramt er einen Notizzettel aus der Hosentasche hervor und wirft ein Paar Blicke darauf. Er dürfte also eine längere Rede vorbereitet haben.

»Es sind Fremde. Fremdlinge. Flüchtlinge. Die leben in ihrer Welt. Gehören nicht zu uns. Haben nichts mit uns zu tun. Haben ihre Vorgeschichte, die sie schicksalhaft hierhergebracht hat. Und das ist es dann bereits? – Irrtum, großer, großer Irrtum. Sie haben nicht nur ihre Vorgeschichte, sie haben auch ihre Geschichte, so wie wir alle.

Ja, wir alle haben unsere Lebensgeschichte, die beginnt bei der Geburt und endet erst mit dem Tod. Es liegt an uns, wie viel wir davon zwischendurch preisgeben. Manche tun sich leicht, über sich zu reden und sich in den Mittelpunkt zu stellen, wie zum Beispiel der berühmte lustige Herr Anwalt da drüben. Der kann gut erzählen, der wird die Zuhörer immer auf seiner Seite haben.« Er deutet auf Steinpichler, der mit übertrieben abweisender Geste und weit aufgerissenen Augen komödiantisch darauf reagiert.

»Andere tun sich schwerer damit, wie zum Beispiel ich. Ich

bin eher der verschlossene Typ. Aber auch ich kann mir Gehör verschaffen, wenn es sein muss. Es findet sich immer wer, der uns zuhört, der uns versteht, weil es ihm vielleicht gerade ähnlich ergeht. Wir tauschen uns aus. Wir sind unter unseresgleichen. Wir sind – bei uns daheim.« Er macht eine Pause, um sich von der Anstrengung zu erholen, die ihm längeres Sprechen offensichtlich bereitet.

»Anders ist es bei denen da. Die sind zwar auch unter uns, aber nur scheinbar mitten unter uns. Sie sind unter uns in einem anderen Sinn: Sie sind darunter. Unter unserer Wahrnehmung. Unter unserem Interesse. Ihre Geschichte will hier keiner hören. Und sie können sie auch nicht erzählen. Sie werden nicht danach gefragt. Und von sich aus schaffen sie es nicht, sich zu Wort zu melden. Ihnen fehlen die Mittel. Ihnen fehlt unsere Kultur. Ihnen fehlt unsere Bildung, auf die wir uns so viel einbilden. Und es fehlt ihnen vor allem unsere Sprache. Ohne Sprache kein Verständnis. Ohne Sprache keine Geschichte. Nicht wahr? So ist es doch. – Entschuldigung.« Er hustet, hält sich schwer auf den Beinen.

»Sie können sich gerne niedersetzen«, sagt die Richterin. Er hört ihre Worte gar nicht, so konzentriert ist er auf seine eigenen.

»Ich glaube nicht, dass es gut ist, dass die hier sind, diese vielen, vielen Flüchtlinge, die von so weit her kommen. Nein, es ist für niemanden gut. Nicht für uns, die wir Angst haben, dass man uns was wegnimmt und dass die da unsere heiligen Werte über den Haufen werfen. Es ist aber auch für sie selbst nicht gut. Denn es tut weh, wenn man wo rausgerissen wird. Und es tut weh, wenn man woanders neu eingepflanzt werden soll, wo die Wurzeln nicht greifen, weil der Boden dafür nicht geschaffen ist. Da verwelkt man mit der Zeit. Oder ein Vergleich aus der Sprache, die ich selbst gut verstehe: Leute wie die da sind wie Meeresfische in Süßwasserteichen. Sie können sich zwar eine Weile über Wasser halten, also im Wasser. Aber ihnen fehlt das Salz. Sie verlieren nach und nach ihre eigene Flüssigkeit. Sie trocknen buchstäblich aus, weil sie sich in einem Gewässer bewegen, das nicht für sie bestimmt ist und nicht an ihre Lebensbedingungen angepasst wird. Genauso ergeht es Leuten wie diesen hier, meinen Mandanten. So ähnlich jedenfalls.«

»Herr Doktor Wilenitsch, ich will Sie wirklich nicht drängen, aber können Sie dann doch langsam …«, unterbricht die Richterin.

»Jaja, ich weiß, ich ufere ein bisschen aus, aber ich bin gleich fertig. Lassen Sie mich nur noch sagen, was mir wirklich wichtig ist: Wenn sich Menschen auf die Flucht durch die halbe Welt begeben, dann muss ihre Not so groß sein, dass sie sogar in Kauf nehmen, in fremden Gewässern auszutrocknen. Für wen tun sie das? Für ihre Kinder, für wen sonst. Für die Hoffnung, dass die Kinder eine Chance kriegen, die man ihnen selbst genommen hat. Dieses Ehepaar hier, die Ahmeds und ihr Sohn, der leider nicht gekommen ist, glauben Sie mir, die haben mehr durchgemacht, als es sich jeder Einzelne von uns vorstellen kann.« Jetzt schafft er es wirklich kaum noch, sich auf den Beinen zu halten.

»Bitte setzten Sie sich doch«, sagt die Richterin.

»Wie bitte? Ah so. Ja.« Er lässt sich vorsichtig nieder, atmet einige Male tief ein und aus und setzt dann zum Finale an.

»Was ich mir daher wünsche und warum ich eigentlich hier bin: Ich will, dass man denen da, den Ahmeds, einmal zuhört, wenigstens ein einziges Mal. Ich will, dass sie hier ihre Geschichte erzählen dürfen, gar nicht lange, nur in Stichworten, nur in Stationen. Nur die nackten Fakten, das genügt vollkommen. Und zwar mit Hilfe dieser netten mitfühlenden Frau da drüben, die ihre Sprache spricht, ich beobachte sie schon die ganze Zeit.« Er zeigt auf Dolmetscherin Farah Hersi.

»Hier sitzen auch viele Journalisten. Die sollen das ruhig einmal hören, vielleicht schreibt sogar wer was darüber, dann hätte das ganze Medienspektakel sogar noch einen Sinn. Und Sie, Frau Doktor … Frau Politikerin … Frau Abgeordnete zum …«

»Nationalrat«, hilft die Richterin.

»Ja genau, Frau Abgeordnete. Sie tun mir ja auch leid, ehrlich. Ich sehe ja, wie Sie mit sich ringen. Sie sind tragisch in die Geschichte der Familie hineingeraten, Sie sind ein Kapitel darin geworden. Ein trauriges Kapitel, aber nur eines von vielen. Hören Sie sich auch den Rest der Geschichte an. Und dann entscheiden Sie selbst, ob Sie Schadenersatz oder sonst einen Ersatz oder was auch immer in welcher Höhe auch immer leisten wollen. Dann urteilen Sie bitte selbst, ob die Familie es wert ist, dass man ihr Salz gibt für ihr Weiterleben. Wir haben zwar kein Meer hier in Österreich. Aber wir haben Salz, mehr als genug. Bei uns sollte niemand vertrocknen. Danke für die Aufmerksamkeit.«

Ende der Klage

»Ich muss sachlich bleiben«, sagt die Richterin. Alle merken, wie schwer es ihr fällt. »Aber eine persönliche Bemerkung möchte ich mir trotzdem erlauben, und ich beziehe mich dabei nur auf meine Arbeit. – Ich bin sehr erleichtert und glücklich, und ich will mich bei beiden Parteien dafür bedanken, dass sie zu einer Lösung gefunden haben. So ein Fall darf nicht durch ein Gericht entschieden werden, dabei kann es keine Sieger geben.«

Was macht Anwalt Oliver Steinpichler in dieser prekären Situation? Er tastet mit der Hand nach der nächstbesten Holzfläche und klopft mit den Knöcheln anerkennend und Respekt zollend darauf. Er darf ja wohl nicht der einzige Verlierer hier im Raum sein. Und es kann nie schaden, Pluspunkte bei Conny zu sammeln.

»Ich fasse also zusammen.« Jetzt hat sie wieder zum nüchternen Ton einer Vorsitzenden in einem Zivilprozess gefunden. »Die noch offenen Anträge der klagenden Parteien hinsichtlich Schockschaden und Trauerschmerzensgeld haben sich erübrigt. Den Zeugen Engelbert Binder benötigen wir nicht mehr. Auf die von mir geplante Verlesung der Protokolle aus dem Asylverfahren kann verzichtet werden. Frau Magister Hersi und ich werden Frau und Herrn Hussien Ahmed im Anschluss öffentlich durch ein Gespräch begleiten. Und danach ziehen Sie, Herr Doktor Wilenitsch, Ihre Klage mit Einwilligung der Beklagten zurück. Habe ich das richtig verstanden?«

»Ja, ich denke schon.« Wilenitsch überlegt noch und nickt dann bestätigend.

»Und Sie, Frau Doktor Strobl, werden der Familie Hussien Ahmed in außergerichtlicher Vereinbarung eine Unterstützung zukommen lassen. Oder Sie bieten sonst Ihre Hilfe an, worin auch immer eine solche bestehen könnte. Ist das richtig?«

»Ja, das verspreche ich«, sagt Elisa.

»Einverstanden, Herr Doktor Steinpichler? Wo ist er? Ah, da hinten.« Er hebt den Arm, streckt mustergültig Zeigefinger und angelegten Mittelfinger hoch wie in der Schule.

»Sehr zuvorkommend von Ihnen, dass Sie auch an mich denken, Frau Rat. Einverstanden, selbstverständlich. Der Wunsch meiner Mandanten ist mir stets Befehl mit höchster Priorität.« – Erstaunlich, aber es findet sich im Publikum immer noch jemand, der über ihn lachen kann.

»So, liebe Frau Magister, und wir werden das jetzt alles einmal in gestraffter Form für die Ahmeds übersetzen«, sagt die Richterin.

Carola hat gerade Mathe-Schularbeit. Der Papa sitzt wahrscheinlich im Büro und telefoniert. Die Mama hält vielleicht eine Rede im Parlament. Lotte zappelt sicher herum und schreit so lange, bis ihr die Oma ein neues Fahrrad kauft. Und sie, Sophie Luise – sie fliegt ihnen auf und davon und zählt ihre letzten Hausnummern.

Die Troststraße hat viele graue Häuser, die sich freiwillig auf den Kopf stellen lassen. 74, warm, da riecht es nach Kebab. 76, wärmer, ein kleiner Hund zieht eine alte Frau an der Leine. 78, noch wärmer, die verkaufen etwas aus Porzellan. 80, noch viel wärmer, das Kind dreht sich einfach weg. »Hast du was?«, fragt Sophie Luise.

82, heiß! Sie ist am Ziel. Die vielen Knöpfe machen sie schwindelig. Da steht 16, da drückt sie darauf. Das Tor ist dunkel, die Tür ist offen. Da ist es finster und mieft nach nassem Zeitungspapier. Im Hof gibt es ein bisschen Licht, aber nicht viel, sehr matt und düster das Ganze. Der Hof stinkt nach Kohl. Alle alten Wiener Höfe stinken nach Kohl, das ist ihr schon aufgefallen, obwohl sie mit solchen Höfen eigentlich immer wenig zu tun gehabt hat, sie kommt aus einer Gegend, wo alles grün war und besser gerochen hat. Aber egal.

Da lauern jetzt die braunen Mistkübel, da muss man aufpassen, dass man nicht stolpert und hineinfällt. Das ist ihr als Kind nämlich beinahe einmal passiert.

Links die Treppe hinauf, das kann sie gut. Einen Fuß vor den anderen setzen. Wichtig ist, dass man sich selbst unter Kontrolle hat, das ist immer schon Sophie Luises große Stärke gewesen. Rechts die zweite Tür. Rechts ist, wo der Daumen links ist, hat der Papa oft gesagt, das hat genervt. Und das da muss die zweite Tür sein. Das ist sie, die Tür. Die zweite. Die letzte. Die krasse. Einmal noch Einlass bitte, dann haben wir es geschafft.

Sie läutet und klopft gleichzeitig, damit Pierre sie nicht überhören kann. Sie ist überhaupt nicht nervös, sie war noch nie so wenig nervös wie jetzt gerade, obwohl ihr Herz so laut schlägt, dass man es wahrscheinlich bis in den dritten Stock hinauf hört.

Sie wird ihm in die Arme fallen, sie wird ihn küssen, und dann heben sie gemeinsam ab. Komm schon, Pierre, mach endlich auf! Sie klopft noch einmal, noch fester. Und sie hält ihren Finger lange auf den Knopf mit der kleinen Glocke darauf. Sie hört seine Schritte, wie sie näher zur Tür kommen. Heiß, heißer, am heißesten. Das ist nämlich das Spiel »kalt-warm«, das kennt jeder. Am heißesten heißt, dass es heißer nicht mehr geht. Sie greift zum Zippverschluss ihrer roten Lieblingsjacke und zieht ihn herunter. Pierre wird Augen machen. Sie spürt schon seine Hand an der Türschnalle, sie kann ihn beinahe riechen. Mach auf, endlich! Komm schon, Pierre, heben wir ab!

Die Tür bewegt sich, zieht sich schnell nach innen. Starker Luftzug. Sophie Luise breitet ihre Arme aus zum Abflug. Alles offen vor ihr. Da steht er. Sie erschrickt. Pierre? Kalt, kälter, am kältesten. Arme herunter. Schnell die Jacke wieder zu und beide Hände schützend davor.

»Was machst denn du hier?«, fragt sie mit leiser Stimme.

Die Geschichte der Ahmeds (I)

Elisa sitzt vorne rechts. Melanie und Engelbert Binder konnten letzte freie Plätze zwischen den Journalisten ergattern. Rufus liegt eingerollt unter dem Stuhl seines Besitzers. Vielleicht hat auch er ein paar Tropfen abbekommen. Anwalt Wilenitsch hat jedenfalls gerade welche geschluckt, und Tabletten ebenfalls. Jetzt fühlt er sich in der Lage, der Verhandlung ohne weitere Pause bis zum Ende zu folgen.

Anwalt Steinpichler hatte kurz den Saal verlassen, man dachte schon, er würde darauf verzichten, dem zivilrechtlich bedeutungslos gewordenen Finale beizuwohnen, aber er ist wiedergekommen und hat sich unter die Zuhörer gemischt, wo er sich nun in sein Smartphone vertieft.

Ladan Bashiir Ismaciil, die hier »Frau Ahmed« genannt wird, hat sich in die Mitte gesetzt und ihr Gesicht von der schwarzen Bedeckung frei gemacht, damit Dolmetscherin Hersi sie akustisch besser verstehen kann. Für ihren Mann Hussien Ahmed Cabdi Rashiid, der seit seinem Schlaganfall im Sommer halbseitig gelähmt ist, wäre Sprechen zu anstrengend. Er muss das Reden vollständig seiner Frau überlassen und kann höchstens versuchen, mit Gesten darauf Einfluss zu nehmen.

Frau Ahmed ist es lieber, auf konkrete Fragen zu antworten, als die Geschichte frei und zusammenhängend zu erzählen. Richterin Cornelia Hoheneder führt das Gespräch. Sie bleibt durchgehend in Blickkontakt mit der Somalierin und kriegt die Übersetzungen von der neben ihr sitzenden Farah Hersi quasi ans Ohr geliefert.

Ich fange so an, wie man bei uns meistens ein Gespräch beginnt: Wie geht es Ihnen?

Nicht so gut.

Warum nicht?

Es ist viel Unglück geschehen. Mein Mann ist krank und kann sich nicht bewegen. Und Abdulaziz, unser Sohn, ist verlorengegangen. Das ist das Schlimmste. Er war ein … »Caawiye«. Eine Stütze. Er war eine Stütze für uns alle.

Wo ist Ihr Sohn?

Wir wissen es nicht. Abdi meldet sich seit Wochen nicht mehr. Es hat Streit gegeben. Er hat etwas Verbotenes gemacht. Er hat Rauschgift zu sich genommen. Da sind sogar Polizisten ins Haus gekommen. Ich habe mit ihm geschimpft, sehr laut. Ich hab zu ihm gesagt, Abdi, du siehst doch, wie es deinem Vater geht, du darfst nicht Ärger machen, das bringt ihn noch um sein Leben. Und dann ist Abdi weggegangen und bis heute nicht heimgekehrt.

Ich springe jetzt weit zurück, ganz an den Anfang. Sie haben in Mogadischu gelebt. Wie ging es Ihnen dort?
Wir waren glücklich. Die Kinder waren noch klein. Cabdi, mein Mann, hat einen Laden gehabt, ein Geschäft. Er hat Eisenwaren verkauft. Und Imani ist in die Koranschule gegangen. Imani war sehr klug.

Wer ist Imani?
Imani war unsere große Tochter. Wir hatten vier Kinder. Drei Mädchen und einen Jungen. Imani war die Älteste. Dann kommt Caaisho. Dann Abdi, also Abdulaziz. Und dann Aayana. Aayana war die Jüngste.

Wieso hat sich die Situation so verschlechtert. Was ist geschehen?
Es hat wieder eine Explosion in der Stadt gegeben, wie alle paar Tage. Damit haben wir leben müssen. Es war Krieg. Wir haben zwar nie Feinde gesehen, aber es war Krieg mit Feuer und Bomben. Diesmal hat es uns getroffen. Meine Eltern sind gestorben. Und unser Haus ist komplett zerstört worden. Wir haben Schutz gesucht für unsere Kinder. Ein Nachbar hat uns seine Hilfe angeboten. Er hat zu einem anderen Clan gehört, zu einem größeren. Aber wir haben ihm vertraut, denn er war gut zu uns. Wir durften in seinem zweiten Haus wohnen. Aber er wollte etwas dafür, eine Gegenleistung, das haben wir nicht gewusst.

Was wollte er?

Er wollte Imani. Sie sollte ihm versprochen werden. Sie sollte mit ihm in seinem Haus wohnen und ihn später heiraten. Aber sie wollte nicht. Sie war noch ein Kind.

Wie alt war sie?

Sie war elf Jahre alt. Und sie wollte weiter in die Schule gehen und lernen. Sie wollte einmal eine andere Frau werden.

Was meinen Sie mit »andere Frau«?

Sie wollte nicht sofort Kinder kriegen und nicht daheim sein und nichts tun. Sie wollte nicht zu einem Mann gehören. Sie wollte nicht das Eigentum von jemandem sein und seinen Befehlen gehorchen. Sie war sehr stur und störrisch. Sie hat viel gelesen, das hat sie verblendet. Sie hat viele ... wie sagt man auf Deutsch ... Flausen im Kopf gehabt. Cabdi, mein Mann, hat zu Imani gesagt, du musst uns helfen, du musst an die ganze Familie denken, wir sind nur ein kleiner Clan, wir haben wenig Schutz, wir müssen zusammenhalten. Imani hat geschrien und geweint. Sie wollte nicht.

Und was ist dann passiert?

Dann haben wir einen Fehler gemacht. Wir haben ihr nachgegeben. Wenn man ein Kind hat, dann will man sehen, dass es lacht, nicht, dass es weint. Das war unser Fehler. Wir haben zu dem Mann gesagt, Imani kann nicht zu ihm ziehen, und sie kann ihm keine Kinder schenken. Ihr Herz ist nicht bei ihm. Das hat seinen Stolz verletzt. Das hätten wir wissen müssen. Es war eine große Schande für ihn. Dann hat er uns aus dem Haus gejagt. Seine Brüder sind gekommen und haben Cabdi geschlagen,

nicht wahr, Cabdi? Sie haben dir einen Arm gebrochen.
Sie haben zu dir gesagt, das nächste Mal, wenn wir dich
sehen, brechen wir dir beide Beine. Wir mussten uns
verstecken.

Und wie ging es dann weiter?
Wir sind bei einem Großcousin untergekommen. Dort
war aber kein Platz für uns alle. Imani konnte nicht mehr
in die Schule gehen, das war zu gefährlich. Caaisho und
Aayana waren oft krank. Auf Abdulaziz hat schon die
Miliz gewartet, die Al-Shabaab. Sie wollte aus ihm einen
Krieger machen. Wir wollten aber nicht, dass er kämpfen
lernt. Er war noch zu klein.

Wie alt war er?
Er war acht Jahre alt. Da holen sie unsere Kinder. Mein
Mann hat gesagt, Cabdi, du hast gesagt, wenn schon die
kleinen Kinder Waffen in der Hand haben, hört der Krieg
niemals auf. Das hast du immer gesagt, nicht wahr? Wir
wollten nicht, dass Abdi kämpft. Wir mussten also weg aus
der Stadt. Aufs Land konnten wir nicht flüchten, dort
haben wir keine Familie gehabt. Dort konnte uns niemand Schutz geben. Also hat Cabdi seinen Laden verkauft. Und wir sind nach Äthiopien geflüchtet, in ein
Lager, dort waren wir wenigstens sicher.

Wie lange waren Sie dort? Wie waren die Bedingungen?
Wir waren mehr als drei Jahre dort. Am Anfang war es
besser. Cabdi hat im Lager mitgearbeitet. Er hat Zäune
neu gemacht und Zelte wieder hergerichtet. Er ist sehr
fleißig gewesen und war sich für keine Arbeit zu gut. Ich
habe Kleider und Decken genäht. Wir haben ein bisschen
Geld verdient. Wir haben gespart und gespart. Auch die

Kinder haben sich nützlich gemacht. Aber Caaisho ist von Tag zu Tag stiller und trauriger geworden. Und dann haben wir gesehen, dass sie Wunden hat, am Rücken und an den Beinen. Und am Hals hat jemand zugedrückt. Sie hat geweint und gesagt, dass sie nicht mehr zu den Männern gehen will.

Wer waren die Männer?
Sie haben das Lager beaufsichtigt, und sie haben die Bewohner mit Essen und Wasser versorgt. Caaisho ist dann bei mir daheim geblieben, ich habe sie beschützt. Aber wir haben zur Strafe nur noch wenig zu essen bekommen. Und oft war es schlechtes, verdorbenes Essen, sodass die Kinder immer wieder krank geworden sind. Wir waren plötzlich wie Feinde im Lager. Alle Familien haben Angst gehabt, dass es ihnen schlechter geht, wenn sie mit uns reden. Wir waren isoliert. Die Kinder haben geweint. Das hat nicht ewig so weitergehen können. Dann haben wir uns an Khaled gewandt.

Wer war Khaled?
Khaled war jemand, der Menschen übers Meer in Sicherheit bringen konnte. Nach Europa. Alle wussten davon, keiner sprach offen darüber. Das war ein Traum, den jeder gern für sich behalten hat, weil er so zerbrechlich war und so schön. »Nolol xor ah« – ein freies Leben. Ohne Angst, ohne Verfolgung. Frei.

Und Khaled sollte den Traum erfüllen?
Ja. Khaled kam aus Libyen. Er war bei einer großen Company beschäftigt. Sie hatten viele Fahrzeuge für die Wüste und Schiffe fürs Meer – hat es geheißen. Wir haben alle unsere Ersparnisse zusammengelegt, haben alles

verkauft, was noch einen Wert gehabt hat. Und das haben wir Khaled angeboten. Aber er hat gesagt, das ist viel zu wenig Geld, das reicht nur für einen Platz, für einen Menschen, für Abdulaziz, den Jungen. Der würde stark sein, der würde es schaffen, der würde nach Europa kommen. Dort würde er sehr schnell sehr viel Geld verdienen. Und dann kann er die ganze Familie in die Freiheit hinüberholen.

Und wie haben Sie darauf reagiert?
Wir haben das besprochen, auch mit Imani, unserer großen Tochter. Und sie war es, die gesagt hat: Nein. Wir müssen zusammenbleiben. Wir sind eine kleine Familie, wir sind nur stark, wenn wir zusammenhalten. Wir schaffen es nur gemeinsam. Cabdi, du hast erwidert: Aber wir haben zu wenig Geld für alle. Darauf hat Imani gesagt: Lasst mich machen, ich werde mit Khaled verhandeln, ich weiß, wie ich mit ihm rede. Vertraut mir.

Und was konnte Imani erreichen?
Es hat eine Zeit gedauert. Aber dann ist sie gekommen und hat gesagt: Es ist so weit. Wir können unsere Flucht vorbereiten. Khaled und seine Leute werden uns nach Europa bringen, alle, die ganze Familie. Für das gleiche Geld.

Wie hat sie das erreicht? Was war der Preis?
Das wussten wir nicht. Sie wollte es uns nicht verraten. Sie hat gesagt, alles ist gut, macht euch keine Sorgen. Wir hatten kein gutes Gefühl. Im Inneren spürten wir, dass sich Imani an Khaled und die Männer aus Libyen verkauft hat. Aber keiner wollte es aussprechen. Wir mussten immer entscheiden, was ist schlecht, und was ist

noch schlechter. Wir mussten immer auf all unsere Kinder gleichzeitig schauen.

So haben wir uns auf Khaleds Reise eingelassen. So konnte Abdi bei uns bleiben. Abdi war damals noch kein starker Junge, erst später. Er hätte es alleine nicht geschafft.

Darunter Pierre

Unterdessen breitet Sophie Luise ihre Arme aus zum Abflug. Die Tür ist offen. Da steht er. Sie erschrickt. Pierre? Kalt, kälter, am kältesten. Arme herunter. Schnell die Jacke wieder zu und beide Hände schützend davor.

»Was machst denn du hier?«, fragt sie mit leiser Stimme. Sie hat ihn sofort erkannt. Er trägt die gleiche rote Baseballkappe. Seine Augen sind halb geschlossen. Seine Blicke streifen an ihr vorbei. Er war der Bote, der ihr unter der Brücke das Geschenk von Pierre überbracht hat. Sammy.

»Warum bist du hier? Wo ist Pierre?«

»Abdi ist in seinem Zimmer, er schläft.« Sammy kriegt den Mund kaum auf. Er wankt umher wie ein Betrunkener. Er macht sie noch schwindeliger, als sie ohnehin schon ist.

»Abdi? Wieso Abdi? Wo ist Pierre?«

»Abdi ist Pierre. Pierre für dich, Abdi für mich.«

»Warum bist du da, Sammy? Du zerstörst alles. Geh weg, ich muss zu Pierre. Er wartet auf mich. Es ist unser Tag, es ist unsere Zeit.« Sammy versucht sich breit vor sie zu stellen. Sein Oberköper wippt vor und zurück.

»Du kannst nicht zu ihm. Er schläft. Er muss erst wieder herunterkommen. Er hat ein bisschen zu viel erwischt. Geh nach Hause, Mädchen.« Sophie Luise wird zornig, so kann man nicht mit ihr reden, schon gar nicht Sammy.

»Lass mich sofort zu Pierre, sonst schreie ich.«

»Das ist nicht gut. Du bist noch zu klein, geh zu deiner Mama nach Hause. Abdi braucht Ruhe.« Jetzt reicht es ihr. Sie stürmt frontal auf Sammy zu. Er wankt zurück. Seine Knie sind wie aus Gummi. Ein kleiner Finger von ihr genügt, und er knickt ein und fällt um.

Da kauert er jetzt auf einer versifften Matratze.

»Ich hab es dir gesagt, Mädchen«, brummt er noch in sich hinein.

Sophie Luise tastet sich durch den dunklen Raum. Die Küche besteht nur aus einer braungebrannten Herdplatte, einem Wasserhahn und einem Haufen verdrecktem Geschirr. Da ein Stuhl mit einem Berg Klamotten darauf. Dort ein alter Schrank, dem die Läden wie Eingeweide heraushängen. Ein grauer Teppich faltet sich unter ihren Füßen zusammen. Zehn Schritte höchstens, mehr nicht, dann kommt die Tür, die sie öffnet.

Da steht sie in seinem Zimmer und starrt auf die Wand und kann ihren Blick nicht mehr loslösen von dort. In ihrem Kopf ist es, als würden sich Eisplatten übereinanderschieben und zersplittern. Dazwischen brechen Gedanken durch. Erinnerungen, die wehtun. Denn an der Wand hängt ein riesiges Bild. Es ist eine Zeichnung von Pierre mit zwei Menschengestalten. Zwei junge Frauen. Zwei schöne Gesichter, weiß und schwarz. Arme, die sich umschlingen. Hände, die ineinandergreifen. Körper, die sich aneinanderschmiegen. Die eine ist sie selbst, Sophie Luise in ihrem schönen hellblauen Sommerkleid aus der Toskana. Die andere – das ist Aayana in ihrem rotgestreiften Bikini, in ihrem letzten Gewand. Und darunter der, der die beiden verbindet. Unter dem Bild liegt Pierre.

KAPITEL SIEBZEHN

Die Geschichte der Ahmeds (II)

Und dann hat sich die Familie Hussien Ahmed mit ihren vier Kindern auf die Flucht durch die Wüste gemacht. Aayana, die Jüngste, war gerade zehn Jahre alt. Imani, die Älteste, war fünfzehn. Zur Information, aus dem Asylakt – die Familie ist von Äthiopien über den Sudan entlang der Sahelzone nach Ägypten geschleppt worden, hat über die Sahara den Südwesten Libyens erreicht und sich dann quer durch die Wüste bis nahe Tripolis an die Mittelmeerküste durchgeschlagen.

Frau Ahmed, damit wir uns das vorstellen können: Wie lange hat die Flucht vom Lager in Äthiopien bis zum Mittelmeer gedauert?
Es waren 145 Tage. Ich kann nicht gut rechnen. Aber Imani hat ein kleines Büchlein gehabt. Jeder Morgen, der wieder hell geworden ist, hat einen Strich mit dem Bleistift erhalten. So kann ich heute sagen: 145 Tage. Sie sind uns wie ein halbes Leben vorgekommen. Wir haben viele Nächte an der gleichen Stelle bleiben müssen. Das Auto ist oft kaputt gewesen, und wir haben auf ein neues Fahrzeug gewartet. Es hat Sammelpunkte gegeben. Da sind viele Menschen zusammengeströmt. Allen ist es schlecht gegangen, das hat man gesehen. Aber wir haben nicht miteinander reden dürfen, das haben sie uns verboten.

Sie und die Kinder waren offenbar enorm großen Belastungen ausgesetzt.
Ja. Manchmal haben wir uns hinten im Auto unter den

Säcken vor den Soldaten versteckt. Caaisho hat keine Luft mehr bekommen und wäre beinahe erstickt. Aayana hat einmal hohes Fieber gehabt, da hat sie ein Insekt gebissen. Der Fuß war doppelt so dick. Es hat keine Medizin gegeben, und das nächste Dorf mit einem Arzt war zu weit weg. Khaleds Männer waren sehr hart und grob zu uns. Wir waren für sie Gegenstände, keine Menschen. Und die Kinder waren für sie kranke Tiere, wenn sie in der Nacht vor Hunger schreien.

Und wie haben Sie es durch die Wüste geschafft?
In der Wüste haben wir alle Schmerzen erlebt, die es gibt. Es hat fast nichts zu essen gegeben. Jeder hat nur eine Hand voll Reis bekommen. So groß die Hand war, so viel Reis hast du bekommen. Aayana hat eine sehr, sehr kleine Hand gehabt. Und es hat sehr wenig Trinkwasser gegeben. Wenn die Kinder geweint haben vor Hunger, haben sie ihnen Benzin ins Wasser gegossen. Dann war der Hunger weg, aber der Bauch hat sich … rund gemacht, wie sagt man, aufgebläht. Das war wie Gift.

Und dazu kam dann noch die fast unerträgliche Hitze?
Ja. Tagsüber hat es oft fünfzig Grad Celsius bekommen, und es hat kaum Schutz vor der Sonne gegeben. Cabdi, du hast dich manchmal über die Kinder gelegt, damit sie in deinem Schatten sind, erinnerst du dich? Und Abdi hat das Gleiche mit Aayana gemacht. Danach haben wir Abdi die verbrannte Haut vom Rücken gezogen.
Am Abend, wenn sich die Sonne zu Boden gesenkt hat, war der Himmel feuerrot. Und in den Nächten ist es sehr kalt geworden. Wir haben Angst gehabt, dass die Kinder erfrieren. Wir haben sie in leere Ölfässer gesteckt, damit sie vor der Kälte geschützt sind. So haben wir die Nächte

überlebt. Wenn ein Kind eingeschlafen ist, haben wir gebetet, dass es wieder aufwachen wird.

Das ist alles sehr ... bewegend. Können Sie noch weiter darüber reden, Frau Ahmed?

Ja, ich kann reden. Ich rede nur, was ich sonst immer denke, jeden Tag und jede Nacht. Mein Kopf ist vollgefüllt damit. Es macht keinen Unterschied, ob ich denke oder ob ich rede. Aber besser, ich rede, dann kommt etwas davon heraus.

Ich sehe, Sie können noch nasse Augen bekommen, Frau Richterin. Und Frau Hersi. Und auch Sie, Frau ... Das ist gut. Ich möchte gerne weinen können. Ich kann es nicht mehr.

Und wie ist es weitergegangen?

Wir haben das Meer erreicht, wir alle sechs. Wir sind dort in ein Lager gekommen und haben auf das Schiff gewartet, das uns in die Freiheit bringt. Aber das Glück ist nicht lange bei uns geblieben. Denn dann haben wir es bemerkt: Imanis Bauch ist runder und immer runder geworden. Zuerst haben wir geglaubt, das kommt vom giftigen Öl, das sie getrunken hat. Aber es ist etwas anderes gewesen. Imani war ...

Sie war schwanger.

Ja. Das war der Preis für unsere Flucht. Das hat sie für uns alle gemacht. Wir wollten, dass sie das Kind bekommt. Aber ihr Körper ist schon sehr schwach gewesen. Khaleds Männer haben sich geweigert, sie in die Stadt zu bringen, dort hat es ein Spital gegeben. Aber sie haben Angst vor den Soldaten gehabt. Das Lager war überfüllt, und es hat kaum Medizin gegeben. Und wir haben keine Frau finden können, die ein Baby lebend aus dem Bauch holen kann, wie sagt man ... keine Geburtshelferin.

Und was haben Sie getan?

Mein Mann hat ... Cabdi, du hast in der Nacht ein Auto gestohlen. Du hast Imani hineingesetzt. Du wolltest mit ihr ins Spital fahren. Sie haben euch abgefangen. Sie haben dich niedergeschlagen. Und sie haben Imani mitgenommen. Wir wissen nicht, was sie mit ihr gemacht haben. Wir sagen, sie haben ihr sicher nichts Böses angetan, sie waren gut zu ihr, und sie wollten ihr helfen, dass sie das Baby bekommt. Wir müssen das glauben, wir müssen es uns immer wieder ... yuqnie ... wie sagt man, wir müssen es uns einreden. Sonst können wir nicht mehr sein.

Was ist mit Imani passiert?

Als es hell geworden ist, haben sie Imani in unser Zelt gebracht. Sie war tot, und auch ihr Baby im Bauch. Wir haben sie begraben. Wir haben den Kindern gesagt, das ist nur ihr Körper, der gestorben ist. Nur ihr Kleid, nur ihre Schale. Imani selbst ist noch immer unter uns. Sie bleibt bei uns. Sie lebt in denen weiter, die sie lieben. Je mehr wir sie lieben, desto stärker können wir sie spüren. Wir sind dann weiter geflüchtet, übers Meer. Imani hat uns begleitet.

Sophie hebt nicht ab

Bei Elisa im Gerichtssaal ist eine Nachricht mit einem Dring-
lichkeitssignal auf ihrem Handy eingegangen. Ihre Sicht ist
durch Tränen getrübt, sie braucht ein paar Sekunden, um den
Text überfliegen zu können. Es ist Oskar. Er schreibt:

Hallo, wo bist du? Warum hast du dein Telefon abgestellt?
Melde dich! Sophie ist nicht in der Schule, trotz Mathe-Schul-
arbeit! Sie haben angerufen. Daheim ist sie auch nicht. Und sie
hebt auch nicht ab. Auf ihrem Bett liegt ein Zettel: Tschüss, ich
komme euch bald besuchen, eure S.L. *Was ist da los? Hast du*
eine Ahnung, wo sie ist? Hat sie zu dir was gesagt? Ich meine, es
wird schon nichts passiert sein, aber seltsam klingt das schon. Melde
dich! Oskar.

Elisa schreibt: *Ich melde mich in zehn Minuten!! E.*

Die Geschichte der Ahmeds (III)

Aus dem Asylakt geht hervor, dass die Familie Hussien Ahmed
mit drei Kindern knapp vier Monate nach dem Tod ihrer fünf-
zehnjährigen Tochter Imani die Flucht über das Mittelmeer nach
Lampedusa angetreten hat. Sie wurde in eines von fünf überfüll-
ten Fischerboten gepfercht. Zur Information: Die Entfernung von
Tripolis zur italienischen Insel beträgt knapp dreihundert Kilo-
meter. Wie wir alle wissen, kommen auf dieser Strecke jährlich
tausende Migranten ums Leben.

Frau Ahmed, was ist in Ihrem Boot passiert?
   Die halbe Nacht war es ruhig. Das Boot hat nur leicht
   geschaukelt. Die Kinder haben sich nicht gefürchtet.
   Wir haben uns eng aneinandergepresst und gegenseitig
   aufgewärmt. Wir haben Lieder gesungen, in vielen

Sprachen. Kinder können in allen Sprachen singen und
lachen. Wir haben uns sicher gefühlt.

Aber dann?

Dann ist Wind aufgekommen. Und manche Menschen
sind unruhig geworden. Ein Mann hat gesagt, wir müssen
aufstehen und auf die andere Seite gehen oder kriechen,
sonst fällt das Boot um. Plötzlich hat es einen starken
Windstoß gegeben. Manche haben Panik bekommen,
kleine Kinder haben geweint. Wir haben uns ganz fest an
den Händen gehalten. Abdi und ich haben Aayana
gehalten. Cabdi, du hast Caaisho gehalten. Caaisho war
ganz vorne. Da ist eine große Welle gekommen und hat
Caaisho weggerissen.

Ist sie über Bord gegangen?

Ja, sie ist ins Meer gefallen. Wir haben gehört, wie sie nach
Hilfe schreit. Ein paar Männer sind ins Wasser gesprungen. Cabdi, du bist auch sofort gesprungen. Die Menschen
auf dem Boot haben geschrien. Dort ist sie. Dort. Wir
können sie hören. Dort ist sie. Cabdi, du hast Caaisho
gesucht, aber es war finster, und die Wellen haben so hart
geschlagen. Cabdi, du bist gegen das Boot geprallt. Sie
haben dich gesehen, wie du treibst. Sie haben dir ein
langes Holz, ein … wie sagt man … ein Ruder hingehal-
ten. Sie haben dich hinaufgezogen ins Boot.

Und Caaisho?

Sie haben lange gesucht, mit Licht von kleinen Lampen.
Dann haben sie das Licht ausgemacht. Aayana hat
geweint. Sie hat gefragt, wo ist Caaisho? Wir haben gesagt,
schau, Aayana, siehst du, da hinten, da kommen die
Rettungsboote, die nehmen Caaisho mit. Liebst du

Caaisho? Sie hat gesagt, ja, sie liebt Caaisho. Wir haben gesagt, wenn du sie wirklich liebst, dann kannst du sie sehen, da drüben auf dem anderen Boot, da ist sie. Sie winkt zu uns herüber, und sie lacht. Da hat Aayana gesagt: Ja, ich kann sie sehen. Und Abdi hat gesagt: Winken wir ihr zurück, da freut sie sich.

Ich ... Verzeihung, einen kurzen Moment ... Also, alle restlichen Insassen auf den Fischerboten sind gerettet worden.
Ja. Das war am nächsten Tag. Da ist ein großes Schiff aus Italien gekommen. Sie haben uns abgeholt. Sie waren gut zu uns. Es hat warme Decken gegeben. Und heißen Tee zum Trinken. Aber, Cabdi, du hast dich nicht bewegen können. Sie haben dir ein kleines Bett gemacht ... wie sagt man, eine Trage. Sie haben dich mit Seilen auf das große Schiff gezogen, weißt du noch?

Und an Land sind Sie ärztlich versorgt worden?
Ja, zuerst waren wir alle im Spital. Wir haben Medizin bekommen. Dann nur noch Cabdi. Er ist lange geblieben. Viele, viele Nächte. Sein Rücken war kaputt. Die Säule hinten ... die Wirbelsäule war gebrochen. Sie haben gesagt, er wird nicht mehr gehen können. Er muss immer in einem Stuhl sitzen bleiben. Aber der Stuhl hat Räder und kann fahren. Das war eine gute Nachricht für die Kinder. Für Abdi. Und für Aayana. Und auch für Imani und Caaisho. Wir sind immer wir sechs geblieben, vier Körper und noch zwei Seelen dazu.

Und dann sind Sie von Italien nach Österreich gebracht worden.
Ja, das war nach dem Spital. Da waren viele gute Menschen. Sie haben uns Essen und Geld geschenkt, sie haben ein Herz für unsere Kinder gehabt. Wir sind mit einem

Flugzeug geflogen und zwei Tage mit der Eisenbahn gefahren. Das war schwer für Cabdi. Wir waren eine kleine Gruppe mit vielen Kindern. Ein Mann hat unser Geld eingesammelt und hat uns mit einem großen Auto über die Grenze gebracht. Wir sind in ein Lager gekommen. Und später in ein Wohnheim in Wien.

Sie haben sehr bald Asyl zugesprochen bekommen. Sie leben seit zweieinhalb Jahren hier in Österreich. Wie ist es Ihnen ergangen?
Wir haben viel Hilfe bekommen. Und wir sind sehr dankbar dafür. Aber die Menschen sind nicht immer sehr fröhlich zu uns. Manchmal sind sie sehr streng und schimpfen. Und sie lachen nicht viel. Es ist nicht leicht hier für uns, es ist so viel passiert, wir haben so viel verloren. Es ist unser zweites Leben. Aber es ist nur noch ein halbes Leben.

Warum nur ein halbes Leben? Wie meinen Sie das?
Cabdi, wie kann ich sagen, Cabdi ist abgebrochen. Nicht nur im Rücken. Auch im Herzen. Er hat zu viele Schmerzen gesammelt. Er hat aufgehört, Cabdi zu sein. Er hat sich versteckt. Er wohnt nur noch in sich. Und ich wohne bei ihm und passe auf ihn auf. Ich bin seine Frau. Wir zwei sind verbunden. Aber wir sind nur noch zwei, und wir blicken nach innen. Draußen gibt es nicht mehr.

Aber da ist doch auch noch Ihr Sohn Abdulaziz.
Ja, Abdi hat uns ein Stück Leben zurückgegeben, am Anfang. Abdi ist groß geworden, er ist erwachsen geworden. Er hat alles für uns gemacht. Er hat Deutsch gelernt. Und er hat auf Aayana aufgepasst. Er war ihr Beschützer. Aayana hat viel Schutz gebraucht. Sie war sehr stumm. Sie hat sich verschlossen. Sie hat Caaisho nicht aus ihrem

Kopf gebracht. Sie hat immer auf sie gewartet, jeden Tag und jede Nacht. Sie hat geglaubt, Caaisho wird noch einmal aus dem Wasser kommen. Aber das Schicksal hat es besser gewusst. Das Schicksal hat alles umgedreht.

Was hat das Schicksal umgedreht?
Caaisho ist nicht aus dem Wasser gekommen. Also ist Aayana zu ihr ins Wasser hinuntergestiegen.

Aayana lebt weiter

»Mama.«
»Engelchen?«
»Mama.«
»Liebes, wo bist du? Bist du daheim? Ist Papa da? Warum bist du nicht in der Schule? Was ist los mit dir? Du klingst so …«
»Mama.«
»Um Himmels willen, Schätzchen. Weinst du? Bist du krank? Sag, was ist? Hörst du mich? Hörst du mich? Wo bist du? Bist du daheim?«
»Mama, mir ist so schlecht.«
»Liebes, ich komme sofort, ich bin auf dem Weg nach Hause.«
»Ich bin nicht zu Hause.«
»Wo bist du? Bitte sag es!«
»Ich bin bei Pierre. Wir wollten abheben. Wir wollten wegfliegen.«
»Kind, was redest du? Wer ist Pierre? Wo genau bist du? Bist du in einer fremden Wohnung? Wer ist dieser Pierre? Ist das ein Schulfreund? Sag, wo du bist, ich hole dich sofort ab.«
»Pierre ist ihr Bruder. Aber er bewegt sich nicht mehr. Mir ist so schlecht. Hilf mir.«

»Um Gottes willen. Wer bewegt sich nicht? Welcher Bruder? Wo bist du? Bist du in Gefahr?«

»Er hat uns gezeichnet. Er liebt mich. Mich und Aayana.«

»AAYANA? Kind, was sagst du da? Ist das der …? Das ist aber nicht … Ist das ihr Bruder? Aayanas Bruder? Abdi? Wie kommst du …? Hat er dich …?«

»Sag nicht Abdi. Alle sagen Abdi. Er heißt nicht Abdi, er heißt Pierre. Es ist mein Pierre.«

»Kind, was machst du für Sachen? Was ist geschehen? Hast du was geschluckt? Hast du Drogen genommen? Hat er dir Drogen gegeben? Bitte, sag nein, das ist so gefährlich. Tu es ja nicht! Du kannst sterben.«

»Pierre sagt, Aayana lebt in mir weiter. Er hat es auf das Papier geschrieben. Darum liebt er mich. Damit Aayana leben kann. Ich liebe ihn auch. Aber er bewegt sich nicht mehr. Was soll ich tun? Mir ist so schlecht. Mir zerspringt mein Kopf.«

»Engelchen, bitte! Du musst dich jetzt zusammenreißen. Sag mir, wo bist du? Die Adresse! Das ist ganz wichtig. Ich komme sofort. Wir rufen die Rettung. Wir holen dich! Die Adresse, bitte, sag mir die Adresse.«

»Troststraße.«

»Troststraße? Stimmt das? Und die Nummer. Bitte, das ist ganz wichtig. Weißt du die Nummer?«

»Troststraße 82. Mir ist schlecht, es dreht sich alles im Kreis.«

»Troststraße 82! Ich komme. Ich hol dich! Ich ruf die Rettung. Bleib dran, Liebes. Bitte bleib dran. Bleib dran. Nicht einschlafen. Hörst du? Nicht einschlafen.«

»Hallo? Troststraße 82. Ja, Wien. Ja, Favoriten, Troststraße 82. Bitte dringend, ganz dringend. Ein Notfall. Troststraße 82! Schnell. Meine Tochter ist … Die Nummer, die Türnummer? … Moment, Moment, ich frage …«

»Kind, die Türnummer. Wir brauchen die Türnummer. Bitte.«

»Du musst den Knopf 16 drücken. Und dann durch den Hof. Hilf mir! Ich weiß nicht, was ich tun soll. Er bewegt sich nicht.«

»Troststraße 82, Tür 16. Bitte schnell! Meine Tochter … Wie bitte? Sophie. Sophie Strobl … fünfzehn Jahre alt … Nein, nicht fünfzig. Fünfzehn, fünfzehn! Ja, fünfzehn. Weiß ich nicht … Sehr, sehr schlecht … Übelkeit. Schwindel. Und ihre Stimme ist schwach. Und sie weint. Und da ist noch wer. Ein Junge … Ich glaube, Abdulaziz. Ahmed. Sechzehn oder siebzehn. Er bewegt sich nicht. Stabile Seitenlage? Ich weiß es nicht, ich weiß es wirklich nicht. Es kann sein … Okay, einen Moment.«

»Engelchen, hast du was genommen? Du musst es mir sagen, das ist wichtig. Hast du etwas geschluckt?«

»Nur in der Früh zwei. Nur die Blauen, aber zwei. Die letzten zwei. Sonst nichts. Mir ist schwindelig. Ich kann nicht aufstehen. Mein Kopf zerspringt. Hilf mir.«

»Sie hat Tabletten geschluckt. Keine Ahnung. Sie sagt zwei … Weiß ich nicht. In der Früh. Blau. Ja, bitte schnell! Akute was …? Wie bitte? Intoxikation. Was heißt das? Ist das lebensgefährlich? Ja, okay, sag ich ihr, sag ich ihr …«

»Liebes, du musst wach bleiben! Sie sind gleich da. Alles wird gut werden. Du musst dich aufsetzen. Sitzt du? Du musst sitzen. Wenn du erbrechen musst, erbrich!«

»Pierre ist ganz grau im Gesicht. Er schaut mich an, aber er sieht mich nicht.«

»Ich steige in ein Taxi. Ich bin gleich bei dir. Ich ruf Papa an. Der Notarzt kommt gleich. Alles wird gut, alles wird gut. Bleib sitzen, bleib bitte sitzen. Nicht einschlafen.«

»Wenn Pierre stirbt, will ich nicht mehr leben.«

»Engelchen. Bitte. Sag nicht solche Sachen! Niemand stirbt. Alles wird gut. Wir sind gleich bei dir. Bleib sitzen. Halte durch. Ich liebe dich. Papa auch. Wir lieben dich. Wir alle lieben dich.«

KAPITEL ACHTZEHN

Asphalt-Genossen

Die Sonderausgabe der bis dato eher nur vom Wegschauen bekannten Straßenzeitung *Kellerlicht* ist schnell vergriffen. Dem parteilosen »Ohr für Randgruppen aller Art« ist es gelungen, ein Exklusivinterview mit Johann Wilenitsch zu veröffentlichen, dem Mann, der sonst nicht spricht und dennoch plötzlich in aller Munde ist. Das Gespräch war in der Pause vor der Beendigung des Prozesses im Zivilgericht geführt worden. Autor Günter Summer, ehemals obdachlos, leitet den Interview-Text mit persönlichen Worten ein.

Probieren kann man es ja einmal – das war schon immer mein Motto als spätberufener Reporter. Ich gehe also auf den grimmigen Rechtsanwalt mit seinem riesigen Hund zu und halte ihm die jüngste Ausgabe von *Kellerlicht* vors Gesicht, um ihm unsere Zeitung schmackhaft zu machen. Bevor ich etwas sagen kann, greift er instinktiv in seinen Hosensack, zieht ein paar Münzen heraus und fragt mich: »Wie viel?«

Ich sage: »Das ist nett von Ihnen. Aber ich dachte eher an eine Wortspende, damit wäre uns mehr geholfen. Ich bin nämlich Reporter, kein Kolporteur.«

Er antwortet: »Ah so. Und was soll ich Ihnen sagen?«

Ich erwidere: »Zum Beispiel, warum Sie hier sind.«

Er darauf, sichtlich genervt: »Alle wollen wissen, warum ich hier bin. Warum sind Sie denn hier?«

Ich darauf: »Ich? Ich bin hier, weil ich schon einmal auf dem Boden gelegen bin und wieder auf die Füße gekommen bin, und jetzt würde es mich freuen, wenn ich noch eine Weile auf den Füßen bleibe. Da kann es nicht schaden, etwas Sinnvolles zu tun.«

Ich merke, das war eine richtig gute Antwort, vielleicht eine meiner besten überhaupt. Denn er schaut mich lange an, er nimmt mich eigentlich jetzt erst wirklich wahr. Und dann sagt er:

»Das kommt mir irgendwie bekannt vor. Wir sind offenbar Asphalt-Genossen.«

Er klopft mir auf die Schulter und will gehen. Ich merke, das ist meine Chance. Und ich setze nach.

»Sie würden mir eine riesige Freude machen, wenn Sie mir ein kleines Interview geben. Nur mir, dem Kellerlichtler, sonst keinem. Dann kann ich meiner Chefin nämlich eine richtig saubere Honorarnote vorlegen, das wollte ich immer schon einmal.«

Das hat ihm gefallen. Und er sagt: »Sie sind ein Scherzbold. Meinetwegen. Aber nur kurz. Es tut nämlich nichts zur Sache. Und so interessant bin ich nicht. Setzen wir uns nieder.«

Zwei Heilige Drei Könige

Herr Wilenitsch, wie sind Sie zur Familie Hussien Ahmed gekommen?

Die Ahmeds sind zu mir gekommen. Oder über mich gekommen. Es war mehr so eine Erscheinung. Ich war nicht ganz bei mir, bin gestrauchelt und habe den Gehsteig geküsst. Da haben sie sich über mich gebeugt, die Kinder.

Können Sie das etwas näher ausführen?

Noch näher?

Was ist vorher mit Ihnen passiert?

Also gut, wenn Sie es unbedingt wissen wollen: Ich bin vor drei Jahren – oder sind es schon vier Jahre – von Klagenfurt nach Wien gezogen. Das ist meine persönliche Fluchtgeschichte. Meine Frau hat mir nämlich den Laufpass gegeben. Ich will das nicht kommentieren, aber ich denke … also ich kann es heute verstehen. Ich musste weg von dort, wo jeder jeden kennt. Und in Wien hatte ich Freunde – zumindest glaubte ich das damals. Es waren Jagdfreunde von früher, wir hatten gesoffen auf Teufel komm raus. Das waren die fetten Jahre. Aber die waren vorbei. Die Freunde waren weg, nur das Saufen ist geblieben. Und dann habe ich eine Diagnose bekommen. Die Ärzte haben gesagt: Sofort aufhören mit allem, was Spaß macht. Mir hat ohnehin nicht mehr viel Spaß gemacht. Aber auch damit hätte ich aufhören sollen. Mir war dann insgesamt nach »aufhören« zumute. Ich wollte nicht mehr.

Das hört sich nach einer waschechten Lebenskrise an.

Nach einer? Das waren mindestens drei Lebenskrisen. Und das noch dazu Anfang Jänner in der Kornfeldsiedlung-Nord in Wien-Donaustadt. Für einen Kärntner die Höchststrafe. Da hilft dann nur noch Schnaps, bildete ich mir ein. Und möglichst keine Pausen dazwischen, sonst hätte ich noch darüber nachdenken müssen.

Da sind Sie dann also so richtig abgestürzt.

Ja. Ich bin zwar immer wieder hochgekommen. Aber an diesem Abend hab ich mir schwergetan. Es hat geschneit – oder geregnet, in Wien ist das nie so klar. Das war mein letzter Eindruck. Und ich habe nur noch gemerkt, wie die Leute an mir vorbeiziehen und einen Bogen um mich machen. Dann wurde es finster.

Aber da ist dann doch wer stehengeblieben?

Ja, anscheinend. Ich muss zwischendurch einmal aufgewacht sein. Ich hab geglaubt, ich bin schon im Jenseits. Da glotzen mich zwei afrikanische Gesichter an. Zwei Heilige Drei Könige, von der dunklen Sorte. Zwei Kinder, oder Jugendliche. Das waren Abdulaziz und die kleine Aayana.

Und was ist dann passiert?

Ehrlich gestanden, ich weiß es nicht. Meine Erinnerung setzt erst Tage später wieder ein. Da bin ich schon wieder in meinem Bett gelegen und hab mich von meinem Jahrhundertrausch erholt. Angeblich war der Notarzt da, großes Tamtam. Aber mir ist nur dieses eine Bild geblieben. Die zwei schwarzen Kinder, wie sie sich über mich beugen und mich anglotzen.

Und dann?

Hab ich sie ein paar Tage später wiedergesehen, auf der Straße. Sie haben über beide Ohren gelacht. Sie haben mich ausgelacht. Ich muss für sie eine Witzfigur gewesen sein, aber sie haben mich genommen, wie ich bin. Das ist das Entscheidende. Sie haben mich wahrgenommen. Und ich sie auch. Ich wollte wissen, was sie hier tun und woher sie kommen. Da haben sie zu erzählen begonnen. Also Abdi hat erzählt, der Junge. Der konnte Deutsch. Und da habe ich was bemerkt.

Was haben Sie bemerkt?

Dass es mich berührt. Ein Gefühl, das mir schon ewig fremd war. Ich wollte mehr von ihnen erfahren.

Und dann?

Haben sie mich in den dritten Stock hinaufgeschleppt, zu

ihrer Familie. Sehr ärmlich alles, aber Tee hat es gegeben,
ohne Rum, na ja. Die Mutter eingehüllt, der Vater im
Rollstuhl, das war schon gespenstisch. Dann haben sie mir
ihre ganze Lebensgeschichte erzählt, mit Händen und
Füßen haben sie geredet. Das ist mir nahegegangen, bist
du wahnsinnig. Das ist eine irre Geschichte.
*(Anmerkung der Redaktion: »Das Schicksal der Familie
Ahmed«, siehe Seite 9)*

Und was hat das bei Ihnen bewirkt?
Dass ich mir auf einmal so unglaublich lächerlich
vorgekommen bin mit meinen siebenundsechzig Jahren,
mit meinem Krebsgeschwür und meiner Fettleber und
meinem Selbstmitleid und meiner Zerstörungswut. Ja, die
haben mir einen Schub gegeben, die Ahmeds. Ich bin
plötzlich aufgewacht.

Und was haben Sie gemacht?
Ich hab mir Rufus zugelegt, vom Tierschutzhaus. Das war
eine meiner besseren Ideen im Leben. Ich hab mir wieder
einen Grund gegeben, da zu sein und vielleicht doch noch
eine Zeit lang zu bleiben.

Haben Sie Kontakt zu der somalischen Familie gehalten?
Ja, sporadisch. Wenn ich den Abdi gesehen habe, oder die
kleine Aayana, wenn sie in die Schule gegangen ist, dann
habe ich ihnen immer ein bisschen Geld zugesteckt, für
einen Burger oder ein Kebab, oder was man als Moslem
halt so isst.

*Und dann im Sommer? Wie haben Sie von dem Badeunglück
erfahren?*
Abdi ist mir über den Weg gelaufen. Ich habe sofort

gewusst, da muss was Furchtbares passiert sein. Er war so verzweifelt, am Boden zerstört. Er war auch komplett verwirrt. Ich glaube, er hat schon Drogen genommen. Jedenfalls hat er mir alles erzählt, auch dass sein Vater einen Schlaganfall gehabt hat und nun auch im Gesicht gelähmt war, und dass sie nicht mehr weiterwussten. Ich war dann öfter bei ihnen, aber ich konnte ihnen auch nicht wirklich helfen. Die Familie war gebrochen. Stellen Sie sich vor, Sie haben vier Kinder, und drei davon sterben, drei Mädchen, der Reihe nach, das verkraftet man nicht.

Und da wollten Sie etwas für die Familie tun?

Ja. Ich hab ein paar Mal Zeitung gelesen, das mache ich sonst nie. Da ist mir aufgefallen, es wird über jeden und alles geschrieben und geredet, nur nicht über die, die es am härtesten trifft. Die sind komplett untergegangen, die Ahmeds. Die hatten keine Stimme. Um die hat sich keiner geschert. Das war so himmelschreiend ungerecht. Wenn man in seinem Leid so alleingelassen wird, das ist unmenschlich.

Und da sind Sie dann auf die Idee gekommen, die Familie Strobl-Marinek zu klagen?

Ja. Mir ist eingefallen, dass ich in meinem früheren Leben einmal Rechtsanwalt gewesen bin. Das hatte ich lange verdrängt, denn ich bin nie glücklich damit gewesen. Aber jetzt habe ich mir dann wieder die entsprechenden Texte aus dem Zivilrecht zu Gemüte geführt. Und ich sah da eine juristische Möglichkeit, dieser Familie oder besser gesagt dem Rest der Familie so etwas wie öffentliche Aufmerksamkeit zu verschaffen.

War Ihre Schadenersatzklage über 200.000 Euro nicht übers Ziel geschossen?

Natürlich. Absolut. Das war mein Kalkül. Alle sollen sich aufregen, dann hören sie wenigstens zu. Es geht ja nicht ums Geld, ging es nie. Das Notwendigste können die Ahmeds auch von mir haben, mein Erspartes, ich brauche es ohnehin nicht mehr. Es geht darum, dass man der Familie einmal Gehör schenkt. Das ist der Sinn der Sache.

Vielen Dank, Herr Wilenitsch, dass Sie mir dieses Interview gegeben haben. Ich wünsche Ihnen von Herzen alles Gute, vor allem gesundheitlich.

Aber ja. Eine Weile wird es wohl noch gehen. Muss es ja. Schon wegen Rufus.

Wettkampf der Gefühle

Pressetext/Eilt/Politik/Chronik
+++Elisa Strobl-Marinek tritt zurück+++

Elisa Strobl-Marinek (39) verlässt die Politik. Wie heute Vormittag bekannt wurde, gibt die Grün-Abgeordnete zum Nationalrat ihr Mandat ab, legt ihre Ämter nieder und tritt von allen politischen Funktionen zurück.

In einer kurzen schriftlichen Erklärung begründet Strobl, die noch vor wenigen Monaten als künftige Umweltministerin gehandelt worden ist, diesen Schritt mit »privaten Prioritäten«. Details dazu seien »nicht mehr notwendig«. Denn es gebe nichts, »das der Öffentlichkeit in den vergangenen Wochen vorenthalten und meiner Familie erspart geblieben« wäre, schreibt sie.

Strobl-Marinek bezieht sich dabei auf das von der Boulevardpresse und den sozialen Netzwerken getragene Medienspektakel rund um den tragischen Ertrinkungstod der vierzehnjährigen Aayana Hussien Ahmed, einer Schulfreundin ihrer Tochter Sophie Luise, im vergangenen Sommer in einem Swimmingpool in der Toskana.

Im anschließenden Zivilverfahren, das vom Rechtsvertreter der Eltern des getöteten Mädchens, einer somalischen Flüchtlingsfamilie mit Asylstatus, angestrengt worden war und vor knapp drei Wochen letztlich mit einem Vergleich geendet hat, ist man tief in die Privatsphäre der Familie Strobl eingedrungen.

»Man hat einen regelrechten Wettkampf der Mitleidsgefühle, ein wahres Schaulaufen von familiären Tragödien veranstaltet.« So beschreibt es die Psychologin und Medienexpertin Ilse Prachner in einer ersten Reaktion auf den Rücktritt der beliebten Grün-Politikerin: »Auf der einen Seite die breit ausgewalzte Flucht- und Elends-Geschichte der afrikanischen Familie, auf der anderen Seite das zum modernen Shakespeare-Drama hochstilisierte Drogenschicksal der Strobl-Tochter Julia und des jungen Flüchtlings-Sohnes Romeo.« Gemessen an diesem »grell ausgeleuchteten und emotional übersättigten Hintergrund« sei die Entscheidung Strobls, sich von der Politik zu verabschieden und aus der Öffentlichkeit zurückzuziehen, »keineswegs überraschend und mehr als verständlich«, meint Prachner. »Ein Wunder, dass sie so lange durchgehalten hat«, fügt die Expertin an.

(Politische Reaktionen auf den Rücktritt der Abgeordneten folgen in Kürze.)

Dazu 3466 Postings, hier einige davon, mit Antworten:
P25: Alles Gute für Ihre weitere Zukunft, Frau Strobl! Und viel Glück für Ihre Tochter.

AI: Da schließe ich mich an.

A2: Schade um sie. Sie war eine der wenigen, die etwas weiterbringen hätte können.

A3: Pech, dass sie von niemandem zum Rücktritt aufgefordert worden ist. Dann wäre sie nämlich sicher geblieben.

A3a: Hihi. Ja so ist das in Österreich. Wer rücktrittsreif ist, bleibt. Wer bleiben sollte, geht. Ich finde, die Strobl hat einen guten Job gemacht. Mir tut es leid um sie.

P266: Noch widerlicher als die Boulevard-Walze sind sogenannte »Medienexpertinnen« wie die Prachner, die sich über Untugenden wie Not und Elend akademisch-hochtrabend erhaben fühlen. Als müssten wir uns dafür genieren, dass wir Mitleidsgefühle entwickeln können. Das ist zynisch und menschenverachtend.

A1: Aber sie hat recht. Was interessiert mich die tausendste Fluchtstory von Muslimen. Wären sie daheim geblieben, hätten wir uns das alles erspart. Und die Strobl wäre Umweltministerin geworden.

A1a: Du bist zu blöd zum Mitdenken. Lass es bitte bleiben!

A2: Mich nervt das ewige Hinhauen auf die bösen Boulevard-Medien. Außerdem ist es verlogen. Die sogenannten »Qualitätsmedien« holen sich den Boulevard halt durch die Hintertür herein, mit den anonymen Postings, wo jeder seinen Dreck absondern kann.

A2a: Keiner zwingt dich, unsere Kommentare zu lesen und deinen Dreck hier abzusondern. Also halt die Gosch'n!

A2: Ui, da hat sich gleich einer persönlich angesprochen gefühlt. Noch dazu völlig zu Recht.

P578: Weiß man eigentlich, wie es der Strobl-Tochter geht?

A1: Am besten, du fragst ihre Mutter. Die wird dir das sicher gerne beantworten.

A2: Die Sophie Strobl hat eine drogeninduzierte Psychose aufgerissen. Ist heute auch nichts mehr Außergewöhnliches. Da musst du dann mindestens ein Jahr Medikamente schlucken, die dich ziemlich runterdrücken. Und vor allem: nie wieder in deinem Leben Drogen nehmen, auch keine Joints rauchen. Wer das nämlich nicht verträgt, kann immer wieder ausrasten. Ich weiß, wovon ich rede. Ist eine Tortur.

A3: Mich würde mehr interessieren, was aus dem Sohn von den Somaliern geworden ist. Hat der die Überdosis überlebt?

A3a: Klar. Da war doch eh das Foto auf Instagram, mit abertausend Zugriffen. Das ist ein harter Hund. Der ist schon durch die Wüste gegangen.

A4: Ich habe gerade was im Netz entdeckt – das schlägt alles. Die machen jetzt eine Riesen-Charity-Veranstaltung und versteigern die Zeichnungen von dem Ahmed-Sohn, Künstlername »Pierre«. Und zwar um sauteures Geld. Das kommt dann alles der Familie Ahmed zugute. Und wisst ihr, wer diese Wohltätigkeits-Sache initiiert hat? Und wer angeblich bereits das Hauptbild »So-Lu und Aayana« selbst erworben hat? – Rechtsanwalt Oliver Steinpichler.

A4a: Blödsinn.

A4b: Fake News!

A4c: Also ich glaube es.

ENDE